HISTOIRES À RISQUES ET PÉRILS

Dans Le Livre de Poche :

ALFRED HITCHCOCK
présente :

HISTOIRES À NE PAS LIRE LA NUIT.
HISTOIRES À FAIRE PEUR.
HISTOIRES DIABLEMENT HABILES.
HISTOIRES MACABRES.
HISTOIRES ANGOISSANTES.
HISTOIRES À N'EN PAS REVENIR.
HISTOIRES RICHES EN SURPRISES.
HISTOIRES PIÉGÉES.
HISTOIRES TROUBLANTES.
HISTOIRES DE MORT ET D'HUMOUR.
HISTOIRES NOIRES.
HISTOIRES MÉDUSANTES.
HISTOIRES QUI DÉFRISENT.
HISTOIRES À SANG POUR SANG.
HISTOIRES POUR TUER LE TEMPS.
HISTOIRES EXPLOSIVES.
HISTOIRES DÉROUTANTES.
HISTOIRES À CORPS ET À CRIMES.
HISTOIRES AVEC PLEURS ET COURONNES.

ALFRED HITCHCOCK

présente :

Histoires à risques et périls

LE LIVRE DE POCHE

LE DINDON DE LA FARCE

par Gloria Amoury

Que j'aie été convoquée chez la vieille dame, ce mardi après-midi-là, par un coup de téléphone de la police, me tracassait un peu. Je n'avais jamais été interrogée par des policiers. Et même si je savais très bien ce que j'allais leur raconter, je n'étais pas vraiment sûre de ce qu'ils allaient en penser — et penser de moi — contre son histoire à elle — et contre elle. Aussi, avant d'entrer dans son appartement, j'ai regardé par le judas. Comme Papa n'a jamais remplacé le volet interne qui avait été arraché, la porte de la vieille dame est probablement la seule, à New York, qui permette de voir ce qui se passe à l'intérieur.

Rendue à demi aveugle par la cataracte, elle était assise dans le désordre de ses affaires, avec ses cheveux teintés de bleu et ridiculement frisottés, bavardant avec un vieux flic obèse et un autre, plus jeune, aux cheveux coupés ras. Je pouvais entendre sa voix tremblotante à travers la porte.

— Bien entendu, le collier n'était pas assuré. A quoi cela sert-il d'assurer ce que l'argent ne peut racheter ?

— Le collier de jade est la seule chose qui ait été prise ? demanda le jeune flic.

— C'est bien assez comme ça. Il avait été offert à mon grand-père, missionnaire en Chine, par un Chinois qu'il avait converti au christianisme. Confucius dit que l'éclat du jade représente la pureté, sa dureté, l'intelligence, et ses arêtes — qui ne sont pas coupantes malgré les apparences —, la justice.

— Pensez-vous que ce soit la fille que nous avons convoquée qui ait fait ça ? demanda le vieux flic.

— Avec la clef de son père, elle peut entrer ici comme elle veut. Et comme je l'ai engagée à plusieurs reprises pour faire le ménage, elle sait où se trouvent mes affaires. De plus, elle était informée de mon rendez-vous de mardi chez le coiffeur. Alors, voyez-vous, c'est oui. Je suis sûre que c'est elle, et j'en suis désolée. Je m'attendais à mieux de sa part.

— Pourquoi tout ce désordre, alors, demanda le plus jeune, si le coup a été fait par quelqu'un qui savait où trouver ce qu'il cherchait ? Pourquoi aurait-elle trafiqué la serrure si elle possédait le passe de l'immeuble ?

— Pour vous lancer sur une fausse piste.

— Quel âge a-t-elle ?

— Quinze ans. Mais on lui a enseigné la voie du mal comme à une adulte.

C'était plutôt que l'on m'avait appris à tenir bon *face au* mal, me dis-je. J'étais en tout cas soulagée qu'elle ne leur ait pas dit qui était mon « professeur ». Et d'ailleurs, comment l'aurait-elle su ?

— Si elle faisait votre ménage, dit le vieux flic, il

doit y avoir ses empreintes dans tout l'appartement. Ce n'est pas comme ça qu'on la coincera.

Bien vu, vieille noix.

J'ouvris la porte avec la clef de Papa avant qu'ils n'aient trouvé une meilleure façon de m'épingler, et me joignis à eux.

Le regard appréciateur du plus jeune remonta de mes jambes à mes cheveux, qui étaient propres, bien que m'arrivant à la taille — Tiger ne supporterait pas une fille avec des cheveux sales. Le plus vieux adopta une attitude paternelle. Encouragée, je demandai :

— Madame Carpenter, que s'est-il passé ?

— C'est à vous de nous le dire, Penny, répondit-elle en pinçant les lèvres.

Je m'assis sur une chaise, affectant un air étonné. Le vieux flic demanda :

— Êtes-vous Penelope Green, la fille de Billy Green, le gardien de cet immeuble ?

Je répondis par un signe de tête affirmatif.

— Vous vivez avec votre père dans l'appartement du sous-sol ?

— Oui.

— Je suis l'inspecteur O'Neill. Et voici l'inspecteur Rouse. Nous enquêtons sur un vol qui a eu lieu ici au cours des deux dernières heures.

Je haussai les épaules.

— J'ai mis Mme Carpenter en garde contre les colporteurs, qu'elle fait entrer chez elle et à qui elle raconte ses affaires, mais venant d'une famille de missionnaires, elle pense que tout le monde mérite d'entendre la Bonne Parole.

On aurait dit que je venais de lui planter un couteau dans le dos. Désolée, ma vieille, me dis-je alors, mais ou bien c'est toi, ou bien c'est Tiger et moi.

Les flics échangèrent un coup d'œil, puis la regardèrent. Et me regardèrent.

— Quand nous sommes entrés dans cet immeuble, dit O'Neill, nous avons remarqué l'interphone qui relie les appartements à la porte principale du rez-de-chaussée, laquelle, j'imagine, ne s'ouvre qu'avec une clef, ou quand un locataire appuie sur son bouton.

— C'est exact, répondis-je. Et l'échelle d'incendie ne touche le toit ou le sol que lorsque Papa la remonte, ou la fait descendre. Il s'est tellement efforcé d'assurer la sécurité des locataires qu'un étranger ne peut pénétrer dans l'immeuble sans l'assistance d'un habitant.

Sur ce, je lançai un coup d'œil chargé de sens dans la direction de Mme Carpenter et les flics la regardèrent aussi.

— J'aurais difficilement pu faire entrer un étranger quand je n'étais pas là, dit-elle.

— Vous auriez pu en raconter assez à quelqu'un pour qu'il sache à quel moment vous seriez absente, déclarai-je. Et pour qu'il traîne dans le coin juste à ce moment-là, afin de se glisser dans l'immeuble dès qu'un autre locataire ouvrirait la porte. Ensuite, pour peu que vous n'ayez pas pensé à refermer le verrou supérieur de votre porte, il n'aurait eu qu'à ouvrir la serrure du milieu avec une vulgaire carte à jouer.

Je regardai les policiers.

— Pour mieux protéger les locataires, Papa a fait installer ce système de double verrou sur toutes les portes.

— Ce n'est pas quelqu'un d'étranger à la maison qui a pris mon collier, dit Mme Carpenter.

— Quel collier ? demandai-je.

— Un collier de jade, répondit O'Neill en me regardant attentivement.

— Qu'est-ce que c'est du jade ? m'enquis-je.

— Je vous ai expliqué ce qu'était le jade, dit-elle, le matin où j'ai essayé de vous convaincre de l'intérêt de se comporter convenablement. Comme de toute évidence vous ne m'écoutiez pas, vous devriez pouvoir vous souvenir du collier que vous aviez dans la main. Vous avez même dit que vous adoriez cette couleur vert foncé.

— Il vous est arrivé de faire le ménage de Mme Carpenter ? me demanda O'Neill.

— Oui, quelquefois, chez elle et chez deux autres locataires âgées.

— Quelqu'un peut-il se porter garant de votre présence pendant les deux dernières heures ? demanda Rouse.

— Mon père, certainement. Comme il n'y a pas d'école en été, je passe mon temps libre à l'aider. Les deux dernières heures, je les ai employées à nettoyer le four. Depuis que Maman est morte, je fais de mon mieux pour l'aider, garder notre foyer propre.

Ayant repéré une lueur d'attendrissement dans les yeux des deux policiers, je poursuivis.

— J'ai vu un vendeur de magazines sonner hier à tous les appartements. Les locataires ne l'ont pas laissé entrer, mais peut-être que Mme Carpenter...

— Sornettes, coupa-t-elle. J'ai beau détester dire du mal d'un père devant son enfant, cette fille me force à vous avouer que la parole de son père est sans valeur aucune. Il y a de fortes chances pour que, au moment du vol, il ait été ivre de l'alcool qu'il avait volé à des locataires. Quant à sa mère, elle n'est pas du tout morte. Un beau jour, après avoir régulièrement volé de l'argent aux occupants de l'immeuble, elle a filé. Sans doute avec un homme.

Je m'attendais à ce que cela arrive à un moment ou un autre, aussi haussai-je les épaules comme si j'étais habituée à l'entendre proférer des bêtises.

— Si les gens de cette famille volent les locataires, madame Carpenter, pourquoi acceptez-vous qu'ils restent ici ? demanda Rouse.

— Je ne peux répondre pour les autres locataires, dit-elle. Peut-être la plupart d'entre eux sont-ils comme mes voisins, les Miller, des couples se suffisant à eux-mêmes et ne se souciant pas de savoir qui s'occupe de l'immeuble. *Je* me suis contentée des Green, même s'ils ne sont pas des gens bien, parce qu'il n'y avait personne d'autre. Ce n'est quand même pas une raison pour que je laisse cette fille garder mon collier.

— Mme Carpenter raconte des mensonges sur nous parce que nous lui avons demandé de ne pas introduire d'étrangers dans cet immeuble, dis-je. Elle n'en a tenu aucun compte, et maintenant elle refuse d'admettre que c'est elle qui a fait entrer le voleur.

— Est-il vrai que vous ouvriez votre porte à des colporteurs et leur racontiez vos problèmes ? demanda O'Neill à Mme Carpenter.

— Quelquefois. Et il m'arrive aussi de leur offrir une tasse de café. Mais aucun représentant ne m'a volé mon collier. Si vous me le rendez, Penny, je ne porterai pas plainte.

— Je ne peux pas vous rendre ce que je n'ai pas, lui dis-je.

— Madame Carpenter, on ne peut pas accuser les gens sans preuve, intervint Rouse. Nous allons parler au père de cette jeune fille et vérifier les pistes que nous avons.

— Si vous ne me retrouvez pas mon collier, inspecteur, rétorqua-t-elle d'un ton ferme, je m'en chargerai. Tant pis pour Penny.

***

Les policiers ont certainement repéré que Papa n'était pas tout à fait sobre quand il leur affirma que j'étais en train de nettoyer le four au moment du vol, mais je crois que, à leur avis, son état ne rendait pas obligatoirement son témoignage inacceptable. Toujours est-il qu'ils ne m'ont plus posé de questions.

La vieille dame fit changer son verrou supérieur et refusa d'en remettre la clef à Papa. Elle me dit qu'elle ne me laisserait plus faire son ménage, ce qui m'était bien égal parce que je n'aimais pas travailler pour elle. Elle conseilla aux Miller et à d'autres locataires de changer leur verrou, mais ils ne l'écoutèrent pas.

Le plus ennuyeux, c'est qu'elle se mit à me suivre partout.

Au supermarché, je la surprenais en train de me surveiller. Lorsque je la vis dans notre refuge habituel, un café du coin de la rue, prenant du thé et des toasts à une table proche de la mienne, je racontai à mon amie Matilda Harrow les ennuis que j'avais avec elle.

— Elle espère te voir porter le collier, me dit

Matty. Elle n'a pas d'autre moyen de prouver que tu l'as pris.

— Elle devrait savoir que je ne suis pas assez bête pour ça !

— Elle pense que tu es suffisamment frimeuse.

Ayant admis que Matty devait avoir raison, je me mis à la recherche d'un collier de pacotille ressemblant au sien, l'achetai et commençai à le porter. Je n'attendis pas longtemps avant de me retrouver face à O'Neill et à la vieille dame, qui désigna mon cou d'un index triomphant.

— Mademoiselle Green, dit le policier, puis-je examiner ce que vous portez ?

J'ôtai le collier vert et le lui tendis.

— C'est de la verroterie, déclara-t-il.

Je vis le visage de la vieille dame s'effondrer.

— Excusez-moi de vous avoir dérangé, monsieur O'Neill, dit-elle. Ce sont mes yeux...

***

Tiger ne fut nullement épaté par son collier.

Sa superbe barbe rousse étalée sur sa chemise rouge, il l'examina en même temps que les autres articles qui, selon lui, étaient trop particuliers pour être portés au clou, et déclara d'un air dégoûté :

— Pourquoi as-tu pris ça ? Des perles de cette taille sont tellement repérables que c'est comme si le nom de la propriétaire était inscrit dessus.

Retenant mes larmes parce que je lui avais déplu, je lui dis :

— Tu ne faisais pas autant d'histoires avant que Ruth Garvey obtienne cette place au Palais du Bijou.

— Ruthie me rapporte des éclats de diamants et de l'or que personne n'ira identifier !

— Je fais de mon mieux dans cet immeuble.

— Le premier prêteur sur gages venu identifierait cette broche de perles et de corail d'après une liste de bijoux volés établie par un flic.

— Il n'y a rien d'autre qui ait de la *valeur*, dans cet immeuble.

— Et les autres vieilles dames chez qui tu fais le ménage ?

— L'une d'elles a donné tout ce qu'elle avait de précieux à sa fille qui vient souvent la voir. L'autre a déposé ses bijoux dans un coffre.

— Ta Carpenter doit posséder des choses qui m'intéressent bien plus que ça. Si je pouvais fouiller son appartement, je les trouverais sûrement.

Ayant réfléchi, je lui dis :

— Tu ferais mieux de ne pas essayer. J'ai déjà eu assez de mal à me débarrasser des flics dans cette affaire.

— Mais tu as réussi à t'en débarrasser. De nos jours, dans n'importe quel vol, c'est la victime qui a le mauvais rôle. Le voleur n'a rien d'autre à faire que de filer avec quelque chose dont on ne puisse facilement retrouver la provenance, et la boucler. Tu n'as qu'à m'introduire dans l'appartement de Mme C., je me chargerai du reste.

— Je n'ai pas la clef de son nouveau verrou.

— Aucune porte verrouillée ne peut m'empêcher d'aller là où je veux aller. Tu n'as qu'à me dire quand elle s'absente de chez elle.

Même si je n'avais aucune envie de monter ce coup alors que l'affaire du collier était à peine terminée, je ne pouvais pas me permettre de perdre Tiger. C'est pourquoi je lui donnai l'ancien emploi du temps de la vieille dame.

Mais elle le modifia, comme si elle avait deviné

ce que nous préparions. Elle cessa de sortir. Elle se fit livrer par l'épicier et se mit à teindre elle-même ses cheveux. On aurait cru qu'elle avait décidé de passer le restant de ses jours à surveiller ses affaires. Ce qui confirma les soupçons de Tiger : elle devait certainement posséder des objets précieux.

— Je viens d'avoir une idée, me dit-il un après-midi d'août, alors qu'elle n'avait pas franchi le seuil de sa porte depuis plus d'un mois. Quel est le numéro de téléphone de la vieille ?

Quand je l'eus trouvé dans l'annuaire, il le composa.

— Madame Carpenter, lui dit-il d'une voix suave, ici Joe Gaskel. J'ai un magasin de prêts sur gages au coin de la 57e Rue et de la 11e Avenue. Il y a ici un collier de jade dont la police pense qu'il pourrait vous appartenir.

D'où je me trouvais, je l'entendis glapir d'excitation. J'étais sûre que d'ici quelques minutes, elle serait dehors en train de héler un taxi.

C'est effectivement ce que Tiger et moi, postés à notre fenêtre, la vîmes faire.

— D'ici qu'elle comprenne qu'on l'a roulée et essaie de rentrer avec un autre taxi, me dit-il, elle sera coincée dans les embouteillages de fin de journée. Nous avons tout le temps.

Tiger, muni des outils de Papa, entreprit de soulever la porte de ses gonds en faisant le moins de bruit possible, au cas où les Miller seraient chez eux.

Une fois à l'intérieur, j'observai les doigts agiles de Tiger ratisser les tiroirs de la commode. Il trouva cinq bracelets en or parmi les petites culottes parfumées à la lavande. « Dix-huit carats », annonça-t-il. Au milieu des cuillères de la cuisine, il en découvrit six qui étaient, selon lui, en platine. Et derrière un album rempli de photographies jaunies, il dénicha un poste de radio à transistors.

Quand nous eûmes les bras pleins, nous quittâmes les lieux. Tiger remit la porte en place. Si la vieille dame a parlé du deuxième cambriolage à la police, ils ne m'ont en tout cas pas interrogée. Comme disait Tiger, le deuxième coup a dû définitivement écarter les soupçons qui pesaient sur moi pour le premier.

Il me récompensa de ma participation en m'offrant des boucles d'oreilles en éclats de diamant que Ruth avait subtilisées au Palais du Bijou.

Après ce second cambriolage, Mme Carpenter retourna chez son coiffeur et engagea une autre femme de ménage. Rien dans son comportement n'indiquait qu'il s'était passé quelque chose, sinon qu'elle nous snobait, Papa et moi.

Ce qui m'arrangeait tout à fait.

Jusqu'à un certain matin de septembre, à trois heures.

La sonnerie du téléphone me réveilla.

Comme Papa s'était soûlé le soir précédent avec des bouteilles d'alcool trouvées chez trois locataires partis en vacances, je savais qu'il n'entendrait pas le téléphone, et je répondis.

C'était Mme Carpenter.

— Penny, s'écria-t-elle, il y a le feu chez moi !

Cela me réveilla complètement. Heureusement, Papa m'avait appris à garder la tête froide en cas d'urgence : j'appelai les pompiers. Ils réveillèrent Papa en tambourinant contre notre porte, et il alla tirer l'échelle de secours en grommelant des injures.

Les pompiers firent sortir tous les occupants de l'immeuble, sauf Mme Carpenter, qui ne voulait pas, ou ne pouvait pas ouvrir sa porte. Ensuite, pendant que les autres locataires, Papa et moi regardions depuis la rue, un pompier gravit l'échelle de secours jusqu'à la fenêtre de la vieille dame, au quatrième étage, et la brisa.

— J'espère qu'elle n'a rien, dit Warren Smith, locataire du cinquième, d'un ton inquiet.

— Comment se fait-il que je n'aie pas senti de fumée ? demanda sa voisine de palier, Mary Herman.

— Je n'en sens pas non plus, marmonna Papa.

Au bout d'un moment, un pompier sortit et nous annonça que le feu était éteint...

Papa et moi la trouvâmes chez nous, en robe de chambre. Accompagnée de l'inspecteur O'Neill. Le contenu frauduleux de mon tiroir était étalé sur la table de la salle à manger.

Et cette vieille sorcière arborait son collier de jade.

— Un des colporteurs que j'ai laissé entrer chez moi a dû jeter une cigarette allumée dans ma corbeille à papiers, dit-elle. Quand le feu s'est déclaré, je suis descendue vous chercher, monsieur Green. Votre porte était grande ouverte. J'ai trouvé ces objets un peu partout.

— Ils ne traînaient pas un peu partout, dis-je étourdiment. Vous les avez trouvés dans mon tiroir.

— Qu'est-ce que faisait dans votre tiroir ce bracelet à breloques dont Margaret Foster a signalé la disparition voici trois mois ? me demanda O'Neill. Et cette broche de perles et de corail, qui a été volée à Mme David Brown ?

— Et mon collier ? enchérit Mme Carpenter en le caressant voluptueusement.

— Ils m'ont été offerts, répondis-je. Par mon petit ami.

— Il semblerait plutôt que vous les ayez pris pour les donner *à* votre petit ami, rectifia O'Neill. George "Tiger" Fenwick.

— Qui est George Tiger Fenwick ? demanda la vieille dame.

— Un séducteur de quartier que nous soupçonnons de faire travailler une douzaine d'adolescentes. Elles chapardent pour son compte dans les magasins de bijoux et les appartements. Avec les bénéfices, il achète de la drogue, et il paie des gamins pour la revendre.

— C'est un mensonge, m'écriai-je. Il n'y a que Ruth et moi qui volions pour Tiger ! Et il met l'argent de côté pour plus tard, quand nous serons mariés !

— Il ferait mieux d'économiser pour payer les honoraires de l'avocat, dit O'Neill. Avec tout ce que vous avez avoué, plus ces objets comme preuve, nous en avons assez pour l'épingler. En attendant, suivez-nous.

***

Lorsque Tiger aura purgé sa peine, et moi la mienne ici, dans la maison de correction où l'on me « redresse », je réussirai bien à le convaincre que je n'ai rien fait pour qu'on l'épingle. Alors, notre rêve se concrétisera, j'en suis certaine.

Papa vient me rendre visite quand il peut.

Il me donne des nouvelles de Mme Carpenter, dont le bail a encore un an à courir. Si on l'a accusée d'avoir lancé une fausse alerte, je n'en ai rien su. Il est vrai, maintenant que j'y pense, que c'est moi qui ai appelé les pompiers.

Une assistante sociale d'ici m'a traitée aujourd'hui

de dindon de la farce. Je ne sais pas ce que c'est, mais je ne lui ferai certainement pas le plaisir de le lui demander. Est-ce que, par hasard, cela n'aurait pas quelque chose à voir avec Tiger ?

Cat's pow.
Traduction de M.-C. Aubert.

DU HAUT EN BAS

par Lawrence Block

Rien de particulier n'avait marqué sa dernière journée. Elle avait semblé un peu nerveuse, comme préoccupée par quelque chose — à moins que sa nervosité n'ait été qu'une question d'humeur. Mais chez Paula, cela n'avait rien de nouveau ou d'extraordinaire.

Depuis trois mois qu'elle travaillait chez Armstrong, elle ne s'était jamais montrée une serveuse particulièrement aimable ou efficace. Elle oubliait les commandes, se trompait de tables et quand vous désiriez avoir l'addition ou une autre consommation, il fallait pratiquement se lever et aller la tirer par la manche pour obtenir satisfaction. Il y avait des jours où elle allait et venait dans la salle comme un fantôme ou une somnambule. Son long corps mince et svelte était là, ses mains apportaient les plateaux et les consommations, donnaient un coup de torchon machinal sur les tables après le départ des clients, mais son esprit était ailleurs, dans un autre monde où la vie était sans doute plus gaie et plus facile.

Pourtant, il lui arrivait de faire des efforts. Du moins, elle essayait. Parfois elle réussissait même à sourire. Oh, certes, pas un de ces sourires qui illuminent le visage. Non, plutôt le sourire d'un être blessé dans sa chair, qui, malgré ses souffrances, veut montrer aux autres combien il est courageux. Ou, parfois encore, ce petit sourire pincé et contraint, qui est la marque d'une profonde anxiété que l'on a tenté de combattre à coup d'amphétamines. Mais quand on est comme moi, on prend ce que l'on vous donne sans chercher plus loin et un sourire, quel qu'il soit, est préférable à pas de sourire du tout.

Elle connaissait la plupart des habitués par leur nom et le bonjour qu'elle m'accordait me faisait chaud au cœur et me donnait l'impression d'être un peu chez moi chez Armstrong. Quand on n'a pas d'autre chez soi, on apprécie ces petits détails.

Et si elle ne s'impliquait pas totalement dans son travail, elle avait sans doute quelques excuses. Serveuse dans un café n'était pas un métier particulièrement prestigieux ou rémunérateur et elle avait probablement rêvé l'autre chose quand elle était « montée » pour la première fois à New York. Dans la vie, souvent, on ne choisit pas et je la comprenais d'autant plus que moi non plus je n'avais pas choisi d'être un ex-flic qui ne s'accrochait encore à cette terre que grâce à un subtil mélange de bourbon et de café. Néanmoins, il y avait une grande différence entre nous : l'âge. Quand on est jeune comme l'était Paula Wittlauer, on espère toujours que les choses vont aller mieux. Passé la cinquantaine, ce qui est mon cas, on est résigné et on espère seulement qu'elles ne vont pas aller plus mal.

Elle prenait son service l'après-midi, de midi à huit heures. Du mardi au samedi. Trina arrivait à six heures, afin qu'il y eût deux filles dans la salle pendant la durée du coup de feu. A huit heures, Paula était libre d'aller où bon lui semblait et Trina restait jusqu'à la fermeture, à deux heures du matin.

C'est un jeudi que Paula prit son service pour la dernière fois. Nous étions à la fin de septembre. La chaleur de l'été commençait à nous laisser un peu de répit. Ce matin-là, il y avait eu une petite pluie rafraîchissante, puis le ciel était resté gris et voilé. A quatre heures, comme à mon habitude, j'avais poussé la porte du snack, un exemplaire du *Washington Post* sous le bras, et j'avais entrepris de lire mon journal, tout en buvant mon premier bourbon de la journée.

Dans la soirée, deux infirmières de l'hôpital Roosevelt auxquelles j'avais donné rendez-vous me rejoignirent et me racontèrent leurs problèmes avec leur chef de service, un chirurgien qui les martyrisait. Elles voulaient que je l'espionne et découvre les points faibles de sa vie privée, afin de pouvoir se défendre en ayant enfin barre sur lui. J'écoutais leurs doléances d'une oreille distraite, tout en fixant dans ma tête le montant de mes honoraires, lorsque Paula passa à côté de notre table et me dit bonsoir.

— Bonne nuit à vous aussi, répondis-je machinalement.

Levai-je la tête ? Échangeâmes-nous un sourire ? A dire vrai, je ne m'en souviens pas.

— A demain, Matt, ajouta-t-elle.

— Oui, à demain... Si Dieu veut.

Mais, à l'évidence, il ne le voulait pas.

Vers deux heures, Justin, le barman ferma son bar et je me rendis à mon hôtel, de l'autre côté du pâté de maisons. J'avais ingurgité assez de bourbon et de café pour ne plus être conscient de grand-chose. Je me mis au lit et m'endormis immédiatement.

Mon hôtel est dans la 57ᵉ Rue, entre la Huitième et la Neuvième Avenue. Sa façade est sur le côté du pâté de maisons tourné vers l'extérieur de la ville, mais la fenêtre de ma chambre, elle, donne vers le sud. Depuis mon lit, en me redressant simplement un peu, je puis apercevoir le World Trade Center, à la pointe de Manhattan.

Et je peux également voir l'immeuble où habitait Paula. Il est sur l'autre côté de la 57ᵉ Rue, à une centaine de mètres à l'est, une tour qui, si elle n'avait pas été un peu sur le côté, m'aurait enlevé toute ma vue sur le World Trade Center.

Son appartement était au dix-septième étage. Aux environs de quatre heures du matin, cette nuit-là, elle ouvrit l'une de ses fenêtres et se jeta dans le vide.

Son corps s'écrasa cinquante mètres plus bas sur la chaussée, entre deux voitures garées le long du trottoir.

Au lycée, en classe de physique, je ne sais plus trop en quelle année, on vous apprend que l'accélération de la pesanteur, à la latitude et à l'altitude de New York, est d'environ 9,8 m/s. Soit, 9,8 mètres la première seconde, 19,6 mètres la deuxième, et ainsi de suite. Donc sa chute avait duré au maximum entre trois et quatre secondes.

***

Je me levai aux environs de dix heures et demie. En descendant, je m'arrêtai à la réception pour y prendre mon courrier, comme chaque matin, et, tout en me le donnant, Bernie me dit qu'il y avait eu un suicide de l'autre côté de la rue pendant la nuit.

— Une fille qui a sauté par la fenêtre... Toute nue, ajouta-t-il avec une lueur égrillarde dans le regard. Elle n'avait guère de chances de se rater en s'y prenant de cette façon-là.

Tout en jetant un coup d'œil à mon courrier, je l'écoutais d'une oreille distraite. Hormis des factures et de la publicité, il n'y avait rien.

— Elle a atterri dans la rue, au ras du pare-chocs d'une Cadillac. J'imagine la tête du type, s'il avait découvert ça sur son capot ! Tu parles d'une figure de proue ! A propos, je me demande si on est couvert par les assurances dans un cas de ce genre... Avec un suicide, c'est toujours épineux. Un truc à rouler à vélo pendant des années, tandis que les avocats se gobergent à vos frais.

Sortant de derrière son comptoir, il m'entraîna jusqu'à la porte vitrée.

— C'est là-bas qu'elle est tombée, m'expliqua-t-il en joignant le geste à la parole. Juste après la camionnette de fleuriste. Il n'y a plus rien à voir maintenant. Quand j'ai pris mon service, à huit heures, tout était déjà terminé. La voirie avait même nettoyé la chaussée.

— Qui était-ce ?

Il haussa les épaules.

— Je n'en ai pas la moindre idée. Il y aura son nom dans le journal demain, je suppose.

J'avais du travail, ce matin-là, et tout en le faisant, je songeai de temps à autre à cette malheureuse. A

New York, il arrive assez fréquemment que des désespérés choisissent de se donner la mort en sautant par l'une des fenêtres de leur appartement et, en général, ils « passent à l'acte » dans les petites heures qui précèdent l'aube. D'après les statistiques, il y a des jours et des périodes de l'année particulièrement meurtriers.

Au début de l'après-midi, comme je passais par hasard devant chez Armstrong, j'en poussai la porte avec l'intention de boire rapidement un petit verre avant de poursuivre mes pérégrinations. Comme je ne voulais pas m'attarder, je m'assis sur l'un des tabourets du bar et regardai autour de moi pour dire bonjour à Paula. Elle n'était pas là. Une rousse plantureuse qui la remplaçait de temps à autre et répondait au prénom de Rita s'activait à l'autre bout de la salle.

Dean était derrière le bar.

— Paula n'est pas là ? lui demandai-je jovialement. Aurait-elle décidé de faire l'école buissonnière aujourd'hui ?

— Vous ne savez pas la nouvelle ? s'étonna-t-il.

— Non... Jimmy ne l'a tout de même pas mise à la porte ?

Il secoua la tête et avant que j'aie pu faire d'autres suggestions, il me raconta le drame.

***

Je bus mon verre de bourbon lentement. J'avais rendez-vous avec quelqu'un à propos d'une affaire sur laquelle j'étais en train de travailler, mais brusquement ce rendez-vous semblait avoir perdu toute importance. Je gagnai la cabine téléphonique, mis une pièce de dix cents dans la fente, annulai mon rendez-vous et revins commander un deuxième bourbon au bar. Quand je saisis le verre, ma main tremblait légèrement. Je bus d'un trait et l'alcool réussit à apaiser un peu les battements désordonnés de mon cœur.

Puis je sortis, traversai la Neuvième Avenue et allai m'asseoir dans l'église St. Paul pendant un moment. Dix, vingt minutes, peut-être. J'y allumai un cierge pour Paula et deux ou trois encore pour tous les autres malheureux de cette terre. Il y a quelques années, à l'époque où j'ai quitté la police, j'ai découvert que les églises sont un des rares endroits où l'on peut encore se recueillir, réfléchir à la vie et à la mort, prier pour les désespérés qui, un jour, n'en peuvent plus et se jettent par la fenêtre.

En ressortant, je me rendis à pied jusqu'à son immeuble et m'arrêtai sur le trottoir devant l'entrée. La camionnette de fleuriste était partie et, machinalement, j'examinai l'endroit de la chaussée où elle était tombée. Comme Bernie me l'avait assuré, il n'y avait plus la moindre trace de ce qui s'était passé. Je renversai la tête et regardai la façade de l'immeuble en me demandant de quelle fenêtre elle avait bien pu sauter, puis baissai les yeux vers la chaussée et les levai à nouveau, ce qui me donna une brusque sensation de vertige. Ce faisant, j'attirai l'attention du portier, qui sortit sur le trottoir et s'avança vers moi, visiblement désireux de parler de son ex-locataire. C'était un Noir, à peu près de mon âge, paraissant aussi fier de l'uniforme qu'il portait que le G.I. que l'on voit sur les affiches publicitaires vantant les possibilités de carrière qui s'offrent à un jeune homme sportif et courageux dans le prestigieux corps des Marines. Un uniforme qui avait belle apparence, d'ailleurs — veste de velours à parements, épaulettes, boutons dorés, casquette à visière, rien n'y manquait ou presque.

— C'est affreux ! s'exclama-t-il en prenant un air consterné. Une jeune femme qui aurait dû tout avoir pour être heureuse...

— Vous la connaissiez bien ?

Il secoua la tête.

— Pas vraiment. Elle me souriait chaque fois qu'elle me croisait et me disait aimablement bonjour. Mais elle était toujours pressée et ne prenait pas le temps de s'arrêter pour bavarder un peu. Toujours en train de courir, ces jeunes, comme s'ils vivaient dans l'angoisse de perdre ne serait-ce qu'une miette de leur précieux temps ! A la voir, on n'aurait pas pensé qu'elle puisse avoir le moindre souci en ce monde. Mais sait-on jamais ce qui se passe dans la tête des gens ?

— Oui, le sait-on jamais...

— Elle habitait au dix-septième étage. Pour ma part, jamais je n'habiterais aussi haut, même si on me proposait un appartement gratis.

— Vous avez le vertige ?

Je ne sais s'il entendit ma question, mais, en tout cas, il n'y répondit pas.

— J'habite au premier. Pour moi, c'est bien assez haut comme cela. Je n'ai pas besoin de prendre l'ascenseur et si jamais je saute par la fenêtre, je me ferai tout au plus une entorse.

Son regard s'assombrit et il sembla sur le point de dire autre chose, mais, à cet instant, quelqu'un poussa la porte du hall dont il avait la garde et il se précipita pour l'intercepter.

Je levai à nouveau les yeux vers la façade, essayant de compter les fenêtres pour repérer où se trouvait le dix-septième étage, mais j'eus à nouveau un vertige et je dus y renoncer.

***

— Êtes-vous M. Scudder ? Matthew Scudder ?

Je levai la tête de mon journal. La jeune fille qui venait de s'adresser à moi ne devait pas compter beaucoup plus que vingt ans. Elle avait des longs cheveux châtains qui lui tombaient sur les épaules et de très grands yeux brun-vert. Son visage était ouvert et franc, mais, visiblement, elle était sous le coup d'une profonde émotion car ses lèvres tremblaient un peu et son sourire était plutôt contraint.

Je lui dis que j'étais bien Matthew Scudder et l'invitai à s'asseoir en face de moi.

— Je suis Ruth Wittlauer, déclara-t-elle en restant debout.

Je fronçai les sourcils. Ce nom ne me disait rien.

— La sœur de Paula, ajouta-t-elle en voyant ma perplexité.

— Ah...

Je hochai la tête et l'examinai de plus près, à la recherche d'une ressemblance. S'il y en avait une, je fus incapable de la découvrir. Il était dix heures du soir. Paula était morte depuis près de dix-huit heures maintenant et, malgré moi, je me demandai ce que pouvait bien me vouloir sa sœur.

— Asseyez-vous donc, insistai-je. Voulez-vous boire quelque chose ? Un martini, un bourbon ?

— Je ne bois pas d'alcool.

— Un café, alors ? proposai-je

— Non plus, refusa-t-elle. J'en ai bu je ne sais combien de tasses tout au long de la journée et j'en ai presque des palpitations. Faut-il vraiment que je commande quelque chose ?

Elle était à bout de nerfs et je lui souris gentiment.

— Bien sûr que non, la rassurai-je.

Je fis un petit signe à Trina pour lui signifier que nous n'avions besoin de rien et qu'elle pouvait s'occuper des autres clients. Puis, je bus une gorgée de bourbon tout en continuant d'examiner Ruth Wittlauer par-dessus le rebord de mon verre.

— Vous connaissiez ma sœur, n'est-ce pas, monsieur Scudder ?

— Oui, acquiesçai-je, mais d'une façon assez superficielle. Comme un client peut connaître la serveuse du bar où il vient tous les jours.

— La police prétend qu'elle s'est suicidée.

— Et vous pensez que ce n'est pas le cas ?

— J'en suis certaine.

Je la regardai au fond des yeux. Elle était persuadée de ce qu'elle disait, cela se voyait tout de suite. Elle n'avait pas le moindre doute que Paula n'avait pas pu sauter délibérément par la fenêtre de son appartement. Bien sûr, une telle conviction ne prouvait pas pour autant qu'elle avait raison.

— Un accident alors, suggérai-je. Votre sœur était peut-être somnambule et quand on habite au dix-septième étage...

— Non, affirma-t-elle. Quelqu'un l'a poussée. Elle a été assassinée et je pense savoir par qui.

— Qui donc ?

— Cary McCloud.

— Je ne le connais pas.

— Mais cela peut avoir été quelqu'un d'autre également. Cependant, ajouta-t-elle après avoir allumé une cigarette et tiré deux ou trois bouffées, je suis à peu près sûre que c'est lui.

— Pourquoi ?

— Ils vivaient ensemble...

Elle fronça les sourcils, comme si elle venait brusquement de se rendre compte que le fait de vivre ensemble ne prouvait en rien qu'il l'avait tuée.

— Enfin, je pense qu'il est capable de l'avoir fait, rectifia-t-elle prudemment. A mon avis, tout le monde n'est pas capable de commettre un meurtre. Certes, dans un moment de colère, n'importe qui peut se laisser emporter, mais il y a une grande différence entre cela et pousser délibérément quelqu'un par une... par une...

Elle s'interrompit, visiblement trop émue pour terminer sa phrase, et je posai une main paternelle sur la sienne. Elle avait des doigts fins et longs, sa peau était fraîche au toucher.

— Et à la police ? Que vous a-t-on dit ?

— Pour eux, c'est un suicide, sans doute possible, déclara-t-elle en tirant sur sa cigarette. Mais ils ne la connaissaient pas. Si Paula avait voulu se supprimer, elle aurait choisi un autre moyen. Des barbituriques, par exemple. Elle avait une véritable passion pour les médicaments et les comprimés de toutes sortes.

— Plusieurs fois, j'ai eu l'impression qu'elle prenait des excitants, dis-je en hochant la tête.

— Des excitants, des tranquillisants, des somnifères... Dès qu'elle avait un problème, elle prenait un cachet. En sus de quoi, elle aimait bien le haschisch et l'alcool.

Elle baissa les yeux. Ma main était toujours sur la sienne et je la retirai avec un peu de gêne.

— Ce n'est pas comme moi, murmura-t-elle. Toutes ces drogues me font peur. Je ne bois que du café. C'est mon seul vice, encore que je n'en abuse pas car, à la longue, il me donne des palpitations. Si je suis nerveuse ce soir, c'est parce que j'en ai trop bu aujourd'hui afin de me remonter. Depuis ce matin je... j'ai...

— Bien sûr, je comprends, acquiesçai-je en souriant.

— Elle avait vingt-quatre ans. J'en ai vingt. J'étais sa petite sœur — le bébé de la famille — du moins, c'était comme cela qu'elle me considérait. Elle faisait toutes ces choses horribles et en même temps elle me disait de ne pas les faire, de ne pas suivre le mauvais exemple qu'elle me donnait. Je pense d'ailleurs que c'est en grande partie grâce à elle que je me suis toujours tenue à l'écart de tout cela. Non pas à cause de ce qu'elle me disait, mais parce que je voyais l'effet que toutes ces drogues avaient sur elle, et que je ne voulais pas que ma vie devienne aussi un enfer. Je pensais que c'était dingue tout ce mal qu'elle se faisait, mais en même temps j'avais une véritable adoration pour elle. C'était ma sœur, vous comprenez... Nous avions vécu toute notre enfance ensemble... Maintenant, elle est morte et c'est lui qui l'a tuée. Je sais qu'il l'a tuée.

— C'est possible, concédai-je. Mais que pouvons-nous y faire ?

— Vous êtes un détective, n'est-ce pas ?

— Un détective privé, seulement. Je n'ai aucun pouvoir administratif, même si j'ai été pendant longtemps inspecteur de police.

— Pourriez-vous découvrir ce qui s'est passé réellement ?

— Je ne sais pas, avouai-je.

— J'ai essayé de parler avec la police, murmura-t-elle en soupirant. C'était comme si je m'adressais à un mur. Pour eux, c'est un suicide et l'affaire est classée. Je voudrais au moins faire quelque chose, ne serait-ce que pour ma tranquillité d'esprit.

— Supposez que je procède à une enquête et qu'il en ressorte que c'est réellement un suicide ?

— Elle ne s'est pas suicidée, s'obstina-t-elle.

— Peut-être, concédai-je, mais imaginez que je ne trouve rien qui soit susceptible de prouver le contraire ?

Elle réfléchit un instant avant de répondre.

— Dans ce cas, je pourrais toujours croire ce que j'ai envie de croire.

— Certes, acquiesçai-je. D'autant plus que dans ce genre d'affaire, il y a toujours place pour le doute.

— J'ai de l'argent, annonça-t-elle en posant son sac sur la table. Je n'ai jamais vécu au jour le jour comme Paula. Je travaille dans un bureau et, chaque mois, j'économise un peu d'argent pour l'avenir. J'ai apporté cinq cents dollars.

— C'est folie de se promener dans un quartier comme celui-ci avec une pareille somme sur soi ! déclarai-je en secouant la tête avec réprobation.

— Est-ce assez pour louer vos services ?

Je n'avais guère envie de prendre son argent. Mon enquête ne lui rendrait pas sa sœur et je devinais que ces cinq cents dollars étaient quasiment toutes ses économies. J'aurais bien travaillé pour rien, certes, mais cela n'aurait pas été satisfaisant non plus, car ni l'un, ni l'autre, dans ce cas-là, nous n'aurions pris la chose très au sérieux. Et puis j'ai mes frais, moi aussi. Sans compter la pension que je verse à ma femme chaque mois pour l'éducation de mes deux enfants, et ce bourbon qui peu à peu m'est devenu indispensable. Je peux donc me montrer grand et généreux, mais seulement dans certaines limites. En conséquence de quoi j'acceptai quatre billets de cinquante dollars et lui promis de faire de mon mieux pour les mériter.

***

Après que Paula eut fait son grand saut dans l'inconnu, une voiture de patrouille de la 18e circonscription avait été prévenue par la centrale et s'était rendue sur les lieux. L'un des flics de cette patrouille était un nommé Guzik. Je l'avais connu quand j'étais encore dans la police et, depuis lors, nous nous étions rencontrés plusieurs fois. Ce n'était pas à proprement parler un ami, mais il était raisonnablement honnête et m'avait donné l'impression d'être compétent. Le lendemain matin, je l'appelai à son bureau et lui proposai de déjeuner avec moi. Il accepta et je lui fixai rendez-vous dans un restaurant italien de la 56e Rue.

Il opta pour une escalope milanaise et une bouteille de chianti. N'ayant pas très faim, je me contentai d'une pizza.

— La petite sœur de Paula Wittlauer ? déclara-t-il entre deux bouchées apparemment succulentes. J'ai bavardé avec elle. Elle est si mignonne et si pure qu'il suffirait d'un rien pour qu'on se laisse attendrir. Et, bien entendu, elle refuse catégoriquement de croire que sa sœur chérie ait pu commettre un acte aussi horrible. En soi, c'est plutôt compréhensible. A tout hasard, je lui ai demandé si elle était catholique, car lorsqu'il y a des convictions religieuses, je préfère rester dans le doute. Elle ne l'était pas. D'ailleurs, si elle l'avait été, un prêtre aurait eu tôt fait de calmer ses angoisses. Ce sont les meilleurs avocats, ce qui n'est guère étonnant avec les deux mille ans de pratique qu'ils ont. De mon côté, je me suis efforcé d'atténuer le choc. Je lui ai dit que cela pouvait aussi bien avoir été un accident. Avec toutes ces drogues qu'elle prenait... Une soirée bien arrosée, un joint ou deux pour couronner le tout et, se sentant un peu mal à l'aise, elle ouvre la fenêtre en quête d'un peu d'air. Vertige, — qui sait, un léger évanouissement ? — et elle tombe dans le vide. Aussi bien, elle n'a pas eu le temps de se rendre compte de ce qui lui arrivait. Comme il n'est pas question d'assurance, Matt, je ne vois aucun inconvénient à ce qu'elle pense qu'il s'est agi d'un accident et ce n'est pas moi qui irai lui corner aux oreilles que c'était un suicide. Mais, néanmoins, c'est ce qui a été consigné dans tous les rapports.

— L'affaire est donc définitivement close ?

— Définitivement, acquiesça-t-il. Il n'est absolument pas question d'ouvrir une enquête. Nous avons d'autres chats à fouetter.

— La petite est persuadée qu'il y a eu meurtre.

Guzik hocha la tête.

— Elle m'a déjà tout raconté, acquiesça-t-il. D'après elle, c'est McCloud, le petit ami de sa sœur, qui l'aurait tuée. L'ennui c'est que le type en question se trouvait dans une boîte de nuit de la 53e Rue au moment où Paula Wittlauer s'est jetée par la fenêtre de son appartement.

— C'est un alibi qui tient ?

Il haussa les épaules.

— Il n'y a pas d'alibi sans faille. Cette boîte n'est pas très loin de l'immeuble où habitait Paula et il peut très bien s'être absenté une demi-heure sans que personne ne s'en aperçoive. Non, s'il n'y avait eu que cet alibi, nous n'aurions pas classé l'affaire aussi facilement. C'est l'histoire de la porte qui nous a convaincus.

— Quelle histoire ? m'étonnai-je.

— Sa sœur ne t'en a pas parlé ? L'appartement de Paula Wittlauer était fermé à clef et, en plus, la chaîne était mise. Le portier nous a ouvert, mais il a fallu qu'il aille chercher une scie à métaux dans son atelier au sous-sol pour pouvoir le faire. On ne peut enclencher la chaîne que de l'intérieur et lorsqu'elle est mise le battant ne s'entrebâille que de quelques centimètres. Donc, soit Paula Wittlauer s'est jetée par la fenêtre toute seule, soit elle a été poussée dehors par un contorsionniste de cirque assez souple pour se glisser entre la porte et le montant quand la chaîne est mise.

— A moins que le meurtrier n'ait pas quitté l'appartement, suggérai-je.

— Pardon ?

— As-tu fouillé l'appartement complètement après que le concierge vous a eu ouvert la porte ?

— Nous avons jeté un coup d'œil dans toutes les pièces, bien sûr ! Il y avait une fenêtre ouverte et une pile de vêtements sur une chaise. Tu sais qu'elle a sauté dans le vide toute nue, n'est-ce pas ?

— Euh... oui, acquiesçai-je.

— En tout cas, si c'est cela que tu veux savoir, il n'y avait pas d'assassin dissimulé derrière les rideaux.

— Vous avez vraiment tout fouillé à fond ?

— On a fait notre boulot. Consciencieusement.

— Vous avez regardé sous le lit ?

— C'était un lit moderne, avec un grand tiroir sous le sommier pour les vêtements. Même un enfant n'aurait pu se cacher dessous.

— Et les placards, la penderie ?

Il but une gorgée de vin, reposa son verre bruyamment et me regarda en fronçant les sourcils.

— Où veux-tu en venir au juste ? questionna-t-il sur un ton irrité. Aurais-tu une raison de penser qu'il y avait quelqu'un de caché dans cet appartement quand nous y sommes entrés ?

— Non, j'envisage simplement toutes les possibilités.

Guzik secoua la tête.

— Honnêtement, penses-tu qu'un type aurait pu être assez stupide pour rester dans cet appartement après avoir poussé Paula Wittlauer par la fenêtre ? Nous sommes arrivés dans la rue une bonne dizaine de minutes après le — hum — l'acte désespéré de cette malheureuse. Si quelqu'un l'avait tuée — ce que pour ma part je ne crois pas — il aurait été déjà loin lorsque nous avons ouvert cette porte. Fuir était tout de même plus logique que se cacher sous un lit ou dans une penderie, non ?

— Sauf si le meurtrier craignait de passer devant la loge du portier et d'être reconnu par lui.

Guzik haussa les épaules.

— Il aurait eu alors la possibilité de se cacher n'importe où ailleurs dans l'immeuble et cela valait mieux que de se faire prendre bêtement à l'intérieur de l'appartement où il venait de commettre son crime. Sans compter que le portier est tout seul et qu'il est censé contrôler beaucoup plus les entrées que les sorties. L'assassin pouvait donc attendre tranquillement dans un coin ou dans un autre et sortir au milieu de la matinée. Par contre, s'il était resté dans l'appartement, il avait neuf chances sur dix de se faire pincer.

— Oui, mais ça n'a pas été le cas.

— Ça n'a pas été le cas parce qu'il n'y avait

personne ! s'exclama Guzik avec agacement. C'est sur des faits que je travaille, pas sur des hypothèses saugrenues. Et si jamais un jour je commence à me perdre dans de telles divagations, on aura tôt fait de me rappeler à l'ordre ou même de m'envoyer me reposer quelque temps à la campagne !

Il y avait eu une allusion voilée dans sa remarque. Je n'avais pas quitté la police à cause d'hypothèses saugrenues ou même d'une faute quelconque. Mes supérieurs s'étaient toujours montrés satisfaits de mon travail. Un soir, simplement, il y a quelques années, j'avais interrompu un hold-up dans un bar et poursuivi dans la rue les deux agresseurs du malheureux barman. Ce faisant, j'avais tiré plusieurs coups de feu et l'un d'entre eux avait atteint mortellement une petite fille. Un accident, une « bavure » en terme de métier. Il y avait eu enquête, bien sûr, et j'avais été lavé de tout reproche, mais, moralement, je ne m'en étais jamais remis. J'avais perdu le sommeil et commencé à boire. Puis, j'avais quitté ma femme et mes enfants, après quoi j'avais démissionné de la police. Mais peut-être cela serait-il arrivé même si je n'avais pas tué la petite Estrellita Rivera. Certains individus sont moins armés que d'autres contre les coups durs de la vie...

— Ce n'était qu'une hypothèse, dis-je. La sœur de Paula pense que c'est un meurtre et je cherche donc naturellement dans cette direction.

— Inutile de te fatiguer, répliqua Guzik. Tu perdras ton temps et n'arriveras à rien.

— Peut-être as-tu raison... Je me demande pourquoi elle a bien pu faire ça.

— Comme si elle avait eu besoin d'une raison ! Je suis entré dans sa salle de bains et j'ai ouvert son armoire à pharmacie. Pleine à craquer de somnifères, tranquillisants, excitants... Toute la panoplie de la parfaite petite droguée ! Complètement sonnée, elle s'est aussi bien imaginée qu'elle était capable de voler. Cela expliquerait pourquoi elle était nue. On ne vole pas tout habillé. Tout le monde sait ça.

Je hochai la tête.

— L'autopsie a-t-elle révélé qu'elle était sous l'emprise de la drogue au moment où elle a commis son acte ?

Guzik s'esclaffa.

— L'autopsie ? Oh, allons, Matt, tu plaisantes ? Je te rappelle qu'elle est tombée du dix-septième étage. Je ne sais pas si tu imagines le choc, mais ça n'était pas beau à voir. On a emballé les restes dans un grand sac en plastique et le médecin a signé le certificat de décès sans se poser de questions. A l'article « cause du décès », il a inscrit « chute d'une grande hauteur ». Et ne viens pas me demander si c'était des barbituriques ou de l'héroïne qu'elle avait pris ou si elle était enceinte, parce que tout le monde s'en moque éperdument et moi le premier.

— Comment avez-vous su qu'il s'agissait d'elle ?

— Sa sœur l'a identifiée formellement.

— Je voulais dire, sur le moment. Comment avez-vous su de quel appartement elle était tombée ? Nue, elle n'avait pas de papiers d'identité sur elle. Le portier l'a-t-il reconnue ?

— Tu veux rire ? Le pauvre bougre était en état de choc. Dès qu'il a vu ce dont il s'agissait, il s'est précipité sur son téléphone pour nous appeler et s'est ensuite remonté le moral avec une bouteille de rhum. Quand nous sommes arrivés, il ne serait pas sorti dans la rue, même si nous l'avions menacé de toutes les foudres de la justice.

— Alors comment avez-vous su qui c'était ?

— A cause de la fenêtre. Il n'y avait que sa fenêtre qui était ouverte et, en plus, la lumière était allumée dans son appartement. De nuit, c'était facile, et tu aurais sans doute fait les mêmes déductions que nous. Un coup d'œil aux boîtes aux lettres nous a suffi pour connaître son identité.

— Bien sûr...

Il finit son verre de vin.

— C'était un suicide, affirma-t-il. Ou, à la rigueur, un accident. Il faudra bien que sa sœur l'admette, d'une façon ou d'une autre.

— Je tâcherai de la convaincre, acquiesçai-je. Cela t'ennuierait si je jetais un coup d'œil à l'appartement ?

— L'appartement de Paula Wittlauer ? Nous n'y avons pas mis de scellés, si c'est ce à quoi tu penses. Pour la clef, il faudra que tu te débrouilles avec le portier.

— Ruth Wittlauer m'en a confié une.

— Alors, pas de problème. De notre côté, l'affaire est close et si la famille de la victime est d'accord, nous n'avons aucune objection à formuler. Tu espères y trouver quelque chose ?

— Pas vraiment, avouai-je. Mais ainsi, je pourrai dire à Ruth que j'ai fait tout ce qui était en mon pouvoir de faire.

— O.K., je comprends. Avec un peu de chance, tu arriveras peut-être à dénicher une lettre explicative. C'est ce que j'ai cherché en premier. Quand on en trouve une, cela permet de lever tous les doutes pour les amis et les parents. S'il ne tenait qu'à moi, il y aurait une loi pour obliger les gens à ne jamais se suicider sans avoir au préalable mis par écrit leur intention d'abréger leurs jours.

— Elle ne serait pas facile à faire appliquer.

Guzik éclata de rire.

— Peut-être, admit-il, sauf si on trouvait un moyen pour ramener sur cette terre tous ceux qui y auraient contrevenu. Ainsi, on aurait de véritables confessions et dûment circonstanciées, tu peux me croire !

***

Le portier était le même que celui à qui j'avais parlé la veille. Il ne lui vint même pas à l'idée de me demander qui j'étais ou ce que je voulais. Je pris l'ascenseur et montai au dix-septième. L'appartement de Paula était le 17 G, tout au fond du couloir. La clef que Ruth Wittlauer m'avait confiée ouvrit la porte sans encombre. Il n'y avait qu'une seule serrure. C'est souvent le cas dans ce genre de résidences gardées jour et nuit. Un portier, même si ce n'est pas un cerbère redoutable, donne une sensation de sécurité aux locataires. Les gens qui habitent des immeubles non protégés dans une ville comme New York ne sont un peu rassurés que lorsqu'ils ont une porte blindée, avec au moins trois ou quatre verrous. Et encore, au moindre bruit, ils se mettent à trembler et sortent le pistolet qu'ils gardent en permanence sous leur oreiller.

L'appartement était en fait un grand studio en L, le petit côté du L faisant office de chambre. Il n'y avait pas de tapis sur le parquet vitrifié et les murs n'étaient décorés que par quelques posters accrochés à la va-vite avec des morceaux de ruban adhésif rouge. On avait l'impression que Paula ne s'y était jamais vraiment installée, que cela n'avait été pour elle qu'une halte transitoire où elle n'avait pas eu envie de laisser une quelconque marque personnelle. Il y avait des journaux et des magazines éparpillés un peu partout sur le sol, mais aucun livre. Entre autres, je remarquai plusieurs numéros de *Variety, Rolling Stone, People* et *Village Voice.*

Le poste de télévision était l'un de ces petits appareils japonais qu'on ne peut regarder qu'en étant littéralement collé contre l'écran. Il n'y avait pas de chaîne stéréo, mais je vis néanmoins une douzaine de disques, de la musique classique et de la musique folk — Pete Seeger, Joan Baez et Dave Van Ronk entre autres. A côté de la télévision, il y avait un rectangle sans poussière, comme si quelque chose avait été posé là pendant longtemps et enlevé récemment.

Je jetai un coup d'œil rapide dans les tiroirs de la commode et dans la penderie. C'était plein de vêtements féminins et je reconnus plusieurs robes et chemisiers que Paula avait l'habitude de porter.

Quelqu'un avait refermé la fenêtre. Il y en avait deux, qui donnaient sur la rue ; l'une dans la partie chambre à coucher du studio et l'autre dans la partie salle de séjour. Cependant, de toute évidence c'était par cette dernière qu'elle avait sauté, car l'autre était bloquée par plusieurs pots contenant des plantes vertes et des géraniums. Je me demandai pourquoi quelqu'un s'était avisé de la fermer. Sans doute pour éviter que la pluie n'entre à l'intérieur. Un geste empreint de bon sens, mais que je soupçonnai d'avoir été surtout un simple réflexe, un peu comme on rabat le drap sur le visage d'un défunt.

Je poussai la porte de la salle de bains. Un meurtrier aurait pu se cacher derrière les rideaux de la douche... S'il y avait eu un meurtrier.

Pourquoi continuai-je donc de penser en terme de meurtrier ?

J'ouvris la porte de l'armoire à pharmacie et en inventoriai le contenu soigneusement. De l'aspirine et plusieurs autres boîtes de cachets analgésiques, un tube d'antibiotique, une bouteille d'alcool, du mercurochrome, une bouteille de sirop, une boîte de sparadrap, des bandes de tailles diverses, des compresses et, sur le côté, des cotons-tiges, une brosse à cheveux, deux ou trois peignes, un tube de dentifrice et une brosse à dents dans un gobelet en plastique.

Il n'y avait pas d'empreintes de chaussures dans le bac à douche. Bien sûr, le meurtrier pouvait avoir été pieds nus ou avoir rincé le bac pour effacer toute trace de son passage.

Je retournai dans la partie salle de séjour et examinai le rebord de la fenêtre. Je n'avais pas demandé à Guzik s'ils s'étaient préoccupés de relever les empreintes digitales, mais j'étais à peu près certain qu'ils n'y avaient même pas songé. A leur place, d'ailleurs, je n'en aurais sans doute pas pris la peine non plus.

Mon examen du rebord de la fenêtre ne m'apprit rien. Je tournai la crémone et passai la tête à l'extérieur. La hauteur était vraiment vertigineuse et le seul fait de regarder vers le bas, me mit si mal à l'aise que je me reculai vivement à l'intérieur. Je laissai cependant la fenêtre ouverte. L'appartement avait bien besoin d'être aéré.

Il y avait quatre chaises pliantes dans la pièce, une près du lit, une à côté de la fenêtre, les deux autres repliées et appuyées contre un mur. Elles étaient en tubes de métal laqué bleu roi. Les vêtements de Paula étaient empilés sur celle à côté de la fenêtre. J'y jetai un coup d'œil. Elle les avait posés les uns sur les autres, à peu près en ordre, mais sans prendre la peine de les plier.

On ne sait jamais ce qui peut passer par la tête des candidats au suicide. Certains se mettront en smoking, nœud papillon et chemise blanche, avec des boutons de manchettes en or avant de se brûler la cervelle, alors que d'autres, au contraire, enlèveront tous leurs vêtements. Nu je suis venu au monde et nu je veux être aussi lors du grand départ...

Une jupe. Dessous une paire de bas, puis un chemisier, un soutien-gorge en dentelle noire et le reste de ses sous-vêtements. Rien de particulier. Je remis tout en place comme je l'avais trouvé, en éprouvant un vague sentiment de culpabilité, comme si je venais de violer une tombe.

Le lit était défait. Je m'assis au bord et restai immobile une bonne dizaine de minutes, le regard fixé sur un grand poster de Mike Jagger. Puis je secouai la tête et me remis debout.

En sortant, je jetai un coup d'œil à la chaîne. A mon arrivée, je n'y avais même pas prêté attention. Elle avait été sectionnée d'un coup net. Une moitié était encore accrochée au battant, tandis que l'autre moitié pendait le long du chambranle. Je refermai la porte et raboutai les deux extrémités, puis les laissai retomber et me grattai la tête pensivement. Et si...

Il y avait un rouleau de ruban adhésif posé sur la commode. J'allai le prendre et après avoir enlevé le bout de la chaîne de sa gâche, je raboutai les deux moitiés tant bien que mal, puis sortis dans le couloir. De l'extérieur, j'essayai ensuite de remettre l'extrémité de la chaîne dans sa gâche, mais je n'y réussis pas, car le ruban adhésif se décollait dès que je forçais un peu.

Je rentrai donc à l'intérieur et examinai les fixations de la chaîne. Non, décidément je cherchai midi à quatorze heures. Paula Wittlauer s'était jetée toute seule par la fenêtre et personne ne l'avait poussée.

Je retournai à la fenêtre. Une légère couche noire recouvrait uniformément l'appui, mais cela ne prouvait rien, pas plus dans un sens que dans l'autre. L'atmosphère de New York est l'une des plus polluées du monde, et même la fenêtre fermée, il suffisait de quelques heures pour constituer un tel dépôt. Je ne pouvais donc en tirer aucune conclusion.

Je regardai à nouveau la fixation de la chaîne, puis ressortis de l'appartement et pris l'ascenseur. Au rez-de-chaussée, le portier était dans sa loge. Je lui demandai de me prêter un tournevis, ce qu'il fit obligeamment, sans même m'avoir demandé qui j'étais ou ce que je voulais en faire.

Armé de cet instrument, je remontai à l'appartement de Paula Wittlauer et dévissai les deux fixations de la chaîne, celle sur le chambranle et celle sur le battant.

Quelques minutes plus tard, je poussai la porte d'une quincaillerie de la Neuvième Avenue.

Il y avait un assez bon choix de chaînes de sécurité, mais aucune n'était parfaitement identique à celle que j'avais démontée, et il me fallut faire plusieurs magasins avant de trouver ce que je voulais chez un petit détaillant au niveau de la 50e Rue.

De retour à l'appartement de Paula, je montai la nouvelle chaîne en utilisant les trous qui avaient servi à fixer la première chaîne. Je serrai solidement les vis avec le tournevis que m'avait prêté le portier et essayai ensuite de mettre la chaîne depuis le couloir. Bien que j'aie des gros doigts et sois plutôt maladroit, je n'eus aucune peine à la mettre et à l'ôter

J'ignorais qui l'avait posée, Paula ou un précédent locataire, mais cette chaîne de sécurité était à peu près aussi efficace qu'un emplâtre sur une jambe de bois. Et par conséquent, le fait qu'elle eût été mise au moment de l'arrivée de Guzik ne prouvait pas que Paula était seule dans son appartement quand elle avait sauté par la fenêtre.

Je remis la chaîne d'origine, récupérai celle que j'avais achetée, et redescendis rendre son tournevis au portier. Le brave homme parut presque surpris que je le lui rapporte.

***

Il me fallut une heure ou deux pour retrouver Cary McCloud. J'avais appris qu'il travaillait comme barman dans un pub de « West Village », le *Spider's Web*. Il était cinq heures de l'après-midi, lorsque j'en poussai la porte. Le type derrière le comptoir avait un menton fuyant et un regard de fouine, mais ce n'était pas Cary McCloud.

— Il ne prend son service qu'à huit heures, m'expliqua-t-il tout en continuant de rincer ses verres. Et, de toute façon, il ne viendra pas ce soir, car c'est son jour de repos.

— Où pourrais-je le trouver ? m'enquis-je après avoir commandé un bourbon.

— Quelquefois, il vient faire un tour ici dans l'après-midi, mais aujourd'hui, je ne l'ai pas vu. Et pour ce qui est de son adresse, je ne la connais pas. Nous ne faisons que nous croiser dans cette boîte et il ne m'a jamais été particulièrement sympathique.

Il me fallut poser la question à beaucoup de gens, avant de trouver quelqu'un sachant où il habitait. Même après avoir quitté la police, on continue d'avoir l'air et surtout l'intonation d'un flic. Parfois c'est un peu gênant, mais dans certaines circonstances, c'est bien utile. Quand on cherche un renseignement, par exemple. Personne ne s'étonna ou me demanda même pourquoi je cherchais Cary McCloud et le type qui finalement me renseigna, le fit sans la moindre hésitation. Sans doute avait-il eu l'occasion d'apprendre qu'il valait mieux coopérer avec la police, quand cela ne vous coûtait rien. Il me donna une adresse dans Barrow Street et me précisa sur quelle sonnette je devais appuyer.

Je me rendis à l'adresse en question et appuyai sur plusieurs sonnettes avant que quelqu'un m'ouvre enfin la porte du hall. J'avais évité sciemment celle de Cary McCloud, voulant arriver chez lui à l'improviste. Il était censé occuper un appartement au deuxième étage, la dernière porte au fond du couloir à droite, m'avait précisé mon informateur. Il n'y avait aucun nom sur les portes, pas plus qu'il n'y en avait à l'entrée de l'immeuble.

De la musique rock émanait de l'appartement. Le son était à un niveau difficilement supportable pour des oreilles normales, même dans le couloir. Je restai immobile quelques instants, le temps de reprendre mon souffle, puis je frappai à la porte, suffisamment fort pour être entendu par-dessus le charivari des guitares électriques et de la batterie.

A l'intérieur, quelqu'un baissa le son et je frappai de nouveau, autoritairement.

— Qui est-ce ? questionna une voix d'homme.

— Police ! répondis-je. Ouvrez !

Je me rendais ainsi coupable d'un délit, usurpation de titre et de fonction, mais je ne pensais pas courir un très grand risque, étant donné la personne à qui je m'adressais.

— C'est à quel sujet ?

— Ouvrez, McCloud ! ordonnai-je.

— Oh, bon, ça va, céda-t-il d'une voix lasse. Je vais vous ouvrir. Vous pouvez me donner une minute ou deux, le temps que j'enfile un pantalon et une chemise ? Je suis tout nu...

Parfois, c'est ce qu'ils disent pendant qu'ils vont chercher leur pistolet. Ensuite, ils vident leur chargeur à travers la porte et si vous avez eu l'imprudence de rester derrière, vous êtes mort. Cependant, j'avais une certaine habitude des criminels. A la voix de McCloud, j'avais tout de suite deviné que je n'avais pas affaire à l'un de ces tueurs qui tirent et ne réfléchissent qu'après. Je négligeai donc de m'écarter et collai même mon oreille à la porte, ce qui me permit d'entendre un murmure de voix étouffé. Je ne compris pas de quoi il était question, mais cela signifiait que McCloud n'était pas seul.

La porte s'ouvrit. Il était grand et maigre, avec des joues creuses, des pommettes saillantes et l'air d'un être usé prématurément. Il devait avoir trente ou trente-cinq ans, tout au plus, et ne paraissait pas beaucoup plus âgé, mais on sentait que dix ans suffiraient pour faire de lui un vieillard. S'il vivait jusque-là. Il portait un jean rapiécé et un T-shirt avec « Spider's Web » brodé en demi-cercle et gros caractères. Au milieu de cette légende, il y avait un dessin stylisé de toile d'araignée, sur le bord de laquelle une grosse araignée avec une tête d'homme, hirsute et hilare, tendait ses huit pattes tentaculaires en direction d'une mouche craintive qui, elle, avait la tête d'une jeune fille blonde et timide.

Remarquant que j'avais les yeux rivés sur son T-shirt, il grimaça un sourire.

— C'est la boîte de nuit où je travaille, expliqua-t-il.

— Je sais.

— Entrez donc... Vous m'excuserez, mon appartement n'est pas très en ordre. Je n'attendais pas votre visite.

Je le suivis à l'intérieur et refermai la porte derrière moi. La pièce devait faire quatre mètres sur quatre et ne contenait pour ainsi dire aucun meuble. Dans un coin, il y avait un matelas par terre et, pour s'asseoir, il y avait en tout et pour tout deux ou trois poufs éparpillés. La musique provenait d'une chaîne stéréo posée à même le sol, le long d'un mur. Une platine, un tuner, un ampli et deux baffles, alignés les uns à côté des autres. Sur la droite, il y avait une porte fermée. La salle de bains et à l'intérieur, sans doute, la jeune femme avec laquelle il avait échangé quelques phrases à voix basse avant de m'ouvrir.

— Je suppose que c'est au sujet de Paula, déclara-t-il avec lassitude.

Je hochai la tête silencieusement.

— J'ai déjà tout dit à vos collègues, poursuivit-il. Quand cela s'est passé, je n'étais pas avec elle. La dernière fois que je l'ai vue, c'est cinq ou six heures au moins avant qu'elle ne saute par la fenêtre de son appartement. Je travaillais au *Spider's Web* et elle est venue s'asseoir au bar. Je lui ai servi deux ou trois consommations, puis elle est partie.

— Et vous avez continué de travailler.

— Jusqu'à la fermeture. J'ai mis tout le monde dehors un peu après trois heures et, ensuite, j'ai donné un coup de balai, rangé ce qu'il y avait à ranger, sorti les poubelles dans la rue et verrouillé la porte. Quand je suis parti, il devait être aux environs de quatre heures. Après, je suis venu chercher Sunny ici et nous sommes allés tous les deux dans une boîte de la 53e Rue.

— Vous êtes arrivés là-bas à quelle heure ?

Il haussa les épaules.

— Je n'en sais rien. J'ai une montre, comme tout le monde, mais je ne suis pas sans cesse en train de la regarder. Il a dû me falloir quatre ou cinq minutes pour rentrer à pied ici et ensuite, Sunny et moi, nous avons pris un taxi pour aller chez « *Patsy* », l'une de ces boîtes qui restent ouvertes toute la nuit. Le trajet a dû durer une dizaine de minutes. J'ai déjà dit tout cela à vos collègues. Vous pourriez au moins vous transmettre les informations entre vous, que diable ! J'en ai marre de répondre toujours aux mêmes questions et j'aimerais qu'on me foute un peu la paix.

— Sunny ne pourrait-elle pas sortir de la salle de bains et me confirmer tout ceci ? suggérai-je en indiquant d'un geste la porte fermée. Peut-être aura-t-elle des souvenirs un peu plus précis.

— Sunny ? feigna-t-il de s'étonner. Elle est partie d'ici il y a un bon moment déjà.

— Ah bon. Elle n'est donc pas dans la salle de bains ?

— Non. Et il n'y a personne d'autre non plus.

— Cela vous ennuie si j'y jette un coup d'œil ?

— Non, mais à condition que vous me montriez un mandat de perquisition en bonne et due forme.

Nous nous regardâmes dans les yeux. Je lui dis que je supposais pouvoir le croire sur parole. Il me répondit qu'on ne l'avait encore jamais accusé d'être un menteur et je lui déclarai être convaincu qu'il n'en était pas un.

— Que signifie donc tout ce harcèlement ? questionna-t-il sur un ton excédé. Je sais bien que vous avez des formulaires à remplir et des rapports à rédiger, mais vous pourriez peut-être me laisser un peu tranquille, non ? Elle s'est suicidée et je ne vois pas comment je pourrais y être pour quelque chose puisque je ne pouvais me trouver avec elle quand cela s'est produit.

Il l'aurait pu. Du moins, d'un point de vue strictement technique. Les indications de temps qu'il avait données étaient relativement vagues ; il aurait pu trouver quelques minutes pour aller chez Paula et la pousser par la fenêtre. Cependant, cela ne prouvait pas qu'il l'avait fait, et, de plus, je n'avais pas l'impression que ce fût lui l'assassin. Je comprenais ce que Ruth Wittlauer m'avait dit à son sujet et, comme elle, je le croyais capable de commettre un meurtre. Mais pas ce genre de meurtre qui ne pouvait rien lui rapporter sinon beaucoup d'ennuis.

— Quand êtes-vous retourné à son appartement ? questionnai-je.

— Qui vous a dit que j'y étais allé ?

— Vous y êtes allé, affirmai-je. Ne serait-ce que pour récupérer vos vêtements. J'ai constaté moi-même qu'ils n'y étaient plus.

— Hier après-midi, admit-il à contrecœur. C'étaient mes affaires, après tout, et j'en avais besoin !

— Pendant combien de temps avez-vous habité avec elle ?

— Je n'habitais pas vraiment avec elle, éluda-t-il.

— Où habitiez-vous exactement alors ?

— Nulle part. La plus grande partie de mes affaires étaient chez Paula et je passais souvent la nuit avec elle, mais cela ne signifiait pas que nous vivions ensemble comme des gens mariés ou même comme un couple. L'un et l'autre ne tenions pas à ce genre de relations et gardions toute notre liberté. D'ailleurs, depuis quelque temps, cela allait beaucoup moins bien entre nous. Elle était vraiment trop dingue, pour mon goût.

Il sourit et ajouta d'un air entendu :

— Il faut qu'elles le soient un peu, mais quand elles dépassent les bornes, cela cause vraiment trop d'ennuis.

Certes, il aurait pu la tuer. Comme il pourrait tuer n'importe quel être humain qui se mettrait en travers de son chemin ou le dérangerait dans ses habitudes dépravées. Mais s'il devait tuer quelqu'un d'une manière réfléchie, en simulant un suicide, et après avoir pris la peine de remettre la chaîne de sécurité derrière lui, il choisirait un moment où il aurait un alibi absolument inattaquable. D'ailleurs, il n'était pas du genre à être aussi minutieux. C'était plutôt le gars qui tue sans réfléchir et prend la fuite.

— Vous êtes donc allé rechercher vos affaires, n'est-ce pas ?

— Oui.

— Y compris la chaîne stéréo et les disques.

— La chaîne était à moi. Pour les disques, je n'ai emporté que les miens. Tout ce qui était classique et folk appartenait à Paula. Moi, j'ai horreur de ce genre de musique.

— Pour cette chaîne stéréo que vous avez emportée...

— Je vous ai dit qu'elle était à moi ! m'interrompit-il avec impatience.

— Je suppose que dans ce cas-là vous en avez conservé la facture. J'aimerais la voir.

— Vous croyez que je suis un mec à garder ce genre de paperasse ? D'ailleurs, rien ni personne ne m'y oblige.

— Et si je vous répondais que Paula Wittlauer l'avait gardée, elle, cette facture ? Une facture que j'ai trouvée au milieu de ses papiers, à côté des talons de chèques qui ont servi à la payer...

— C'est du bluff.

— En êtes-vous vraiment sûr ?

— Non. Mais, de toute façon, même si c'est elle qui l'a achetée, elle peut très bien me l'avoir offerte en cadeau. Vous n'auriez rien à redire à cela. D'ailleurs, tout cela c'est de la frime. Je ne vous vois guère m'inculper du vol d'une simple chaîne stéréo.

— Pourquoi m'en priverais-je ? répliquai-je sèchement. Voler une morte est une sorte de sacrilège. Vous avez pris toutes les drogues également, n'est-ce pas ? D'après mes collègues, son armoire à pharmacie était pleine d'excitants et de calmants ; or moi je n'ai rien trouvé de plus fort que des cachets d'aspirine. C'est la raison pour laquelle Sunny est dans la salle de bains. Si j'essaie de forcer la porte, tous les précieux petits cachets iront dans la cuvette des w.-c. Je connais le scénario.

Il haussa les épaules avec dérision.

— Si cela vous chante, vous avez bien le droit d'imaginer ce que vous voulez !

— Je pourrais revenir avec un mandat de perquisition...

— C'est une idée, approuva-t-il ironiquement. Allez donc le chercher.

— Je devrais plutôt donner un coup d'épaule dans cette porte, juste pour le plaisir d'entendre la chasse d'eau noyer toutes ces saloperies qui finiront par avoir votre peau, mais cela n'en vaut pas la peine. Par contre, cette chaîne stéréo appartenait à Paula Wittlauer. Elle vaut plusieurs centaines de dollars et vous n'avez aucun droit de la garder, puisque vous n'êtes pas son héritier. Débranchez-la, McCloud, et remettez-la dans ce carton que j'aperçois dans le coin là-bas. Je l'emporte avec moi !

— Vous ne croyez tout de même pas que je vais vous la donner comme ça ? Vous rêvez !

— Pas le moins du monde.

— La seule chose que vous allez emporter d'ici, c'est votre propre personne ! Je vous ai laissé entrer chez moi, alors que je n'y étais même pas obligé, puisque vous n'avez pas de mandat de perquisition.

— Je n'ai que faire d'un mandat de perquisition en l'occurrence.

— Comment cela ? Vous n'avez pas le droit de...

— Je n'en ai que faire, l'interrompis-je, parce que je ne suis pas un policier, McCloud. Je suis un détective privé et je travaille pour le compte de Ruth Wittlauer, la sœur de Paula, et c'est à elle que doit revenir cette chaîne stéréo. J'ignore si elle désire la récupérer, mais, de toute façon, c'est à elle d'en décider, pas à vous. Pour ce qui est des drogues de Paula, elle n'est pas du genre à les utiliser et vous pouvez donc vous empoisonner tout à loisir avec elles, vous et votre petite amie. Mais je ressortirai d'ici avec cette chaîne stéréo, après vous avoir cassé la figure, si cela est nécessaire, et ne croyez pas que je n'en éprouverai pas un certain plaisir.

— Vous n'êtes même pas un flic.

— C'est vrai.

— Vous n'aviez pas le droit d'entrer chez moi. Vous avez prétendu en être un pourtant, quand vous avez frappé à ma porte.

— Je ne le nie pas, acquiesçai-je, et vous avez tout à fait le droit de me poursuivre, si bon vous semble.

— Je ne vois pas pourquoi, alors, je vous laisserais emporter cette chaîne stéréo.

Je souris sarcastiquement. Quand on mesure un mètre quatre-vingt-dix et pèse plus de cent kilos, on se sent relativement sûr de soi, et j'avoue que cela ne m'aurait pas déplu de donner une bonne leçon à ce minable.

— Je suis plus grand et plus fort que vous, répliquai-je, et en outre j'ai l'habitude de me battre. J'ai été assez longtemps dans la police, pour apprendre toutes les règles du close-combat, pratiquer le karaté et d'autres arts martiaux. Vous n'avez donc guère de chances contre moi et vous ne pouvez pas imaginer la satisfaction que j'aurais à vous rentrer dedans. Vous êtes une lavette et une épave, vous représentez tout ce que je hais le plus chez un être humain. A la limite, cela m'ennuie presque que vous n'ayez pas tué Paula, car j'aurais été content de vous voir passer aux assises. Mais, d'instinct, je sais que ce n'est pas vous qui l'avez jetée par la fenêtre de son appartement. Débranchez donc cette chaîne stéréo et remettez-la dans son carton pour que je puisse l'emporter et la rendre à sa propriétaire légitime avant que je ne perde vraiment patience.

Je ne plaisantais pas et il dut s'en rendre compte, car après un bref instant d'hésitation, il céda et entreprit de débrancher les fils. Sans doute avait-il jugé qu'il serait perdant dans une épreuve de force et que l'enjeu n'en valait pas la peine.

Grâce à Dieu, il s'agissait d'une chaîne compacte et je pouvais l'emporter en une seule fois.

Sur le pas de la porte, il me déclara d'une voix grinçante qu'il pouvait toujours aller voir les vrais flics et leur dire ce que j'avais fait.

— Certes, répliquai-je en haussant les épaules. Et en profiter pour leur expliquer comment vous êtes entré dans l'appartement de Paula Wittlauer afin d'y récupérer vos affaires et dérober cette chaîne. Je suis sûr qu'ils seront contents de vous poser quelques questions également sur la disparition d'un certain nombre de produits de son armoire à pharmacie. Des produits que l'on ne peut se procurer normalement que sur ordonnance...

— Vous avez dit que quelqu'un l'a tuée ?

— Oui, acquiesçai-je. J'en suis persuadé.

— C'est encore du bluff ?

— Pas plus maintenant que tout à l'heure.

— Vous êtes vraiment sérieux ? Quelqu'un l'aurait tuée... ?

Je hochai la tête.

— Et moi qui pensais, d'après ce que les flics avaient dit, qu'elle s'était suicidée et que l'affaire était classée, murmura-t-il comme se parlant à soi-même. En un sens cela me rassure et décharge ma conscience.

— Comment cela ?

Il haussa les épaules.

— Je m'étais imaginé que c'était un peu de ma faute si elle s'était suicidée. Depuis quelque temps, nous ne nous entendions plus très bien. Je sortais avec Sunny et elle, avec d'autres types. Pour ma part, cela ne me gênait pas qu'elle ait d'autres amis, mais quand j'ai appris qu'elle s'était suicidée, je me suis dit qu'elle n'avait peut-être pas réagi de la même façon que moi. Les femmes ont des réactions bizarres, quelquefois.

— Vous aviez des remords, en somme.

A ce moment-là, je l'aurais presque trouvé sympathique, mais aussitôt il me détrompa.

— Pas vraiment des remords. J'y pensais simplement de temps à autre. Dans cette chienne de vie, si on se laisse attendrir, on est foutu. Après tout, nous n'étions pas mariés et je ne lui avais jamais promis de rester toujours avec elle.

Pour toute réponse, je lui tournai le dos, chargeai le carton sur mon épaule et regagnai l'escalier.

***

Ruth Wittlauer m'avait donné un numéro de téléphone où je pouvais la joindre et une adresse à Irving Place. Depuis une cabine, je composai le numéro et laissai sonner une dizaine de fois, mais comme personne ne répondait, je ressortis de la cabine et pris un taxi pour retourner à mon hôtel.

A la réception, il n'y avait aucun message pour moi et je montai donc déposer la chaîne stéréo dans ma chambre, où j'essayai à nouveau d'appeler la jeune femme. Sans succès également. Comme il était trop tôt pour aller chez elle, je décidai d'aller à pied jusqu'au commissariat du 18e secteur.

Guzik avait terminé son service, mais l'un de ses

collègues me dit que j'avais des chances de le trouver dans un restaurant d'une rue voisine. Il y était, en train de boire une bière avec un autre inspecteur que je connaissais également. Mike Birnbaum.

Je m'assis à leur table et commandai un bourbon pour moi et une autre tournée pour eux.

— J'ai une faveur à te demander, déclarai-je à Guzik. J'aimerais que vous mettiez les scellés sur l'appartement de Paula Wittlauer.

— Nous avons classé l'affaire, me rappela-t-il.

— Je sais, acquiesçai-je, mais son petit ami a profité de ce que le champ était libre pour faire main basse sur la chaîne stéréo.

En quelques phrases, je lui racontai comment j'avais récupéré ladite chaîne chez McCloud.

— Je travaille pour Ruth Wittlauer, expliquai-je pour me justifier. C'est la sœur de Paula et le moins que je puisse faire est de m'assurer que ce qui est à elle lui revienne. Certes, ce n'est pas grand-chose, mais il n'y a aucune raison pour que McCloud et tous les autres qui ont les clefs de cet appartement le mettent au pillage. S'il y a des scellés sur la porte, cela devrait dissuader au moins les rapaces et les pilleurs de tombes.

— Je n'y vois pas d'inconvénient, accepta Guzik. Demain, cela t'irait ?

— Ce soir, ce serait mieux.

— Tu crois que c'est si urgent ? objecta-t-il. Hormis cette chaîne stéréo que tu as récupérée, il ne doit pas y avoir grand-chose qui vaille la peine d'être volé.

— Il y a des choses qui ont une valeur sentimentale.

Il me regarda, puis hocha la tête lentement.

— D'accord, acquiesça-t-il en se levant. Je vais donner un coup de fil tout de suite.

Pendant qu'il se dirigeait vers la cabine au fond de la brasserie, je me retournai vers Birnbaum pour parler un peu avec lui. Cela faisait peu de temps qu'il avait été muté à New York et, apparemment, il avait quelque peine à s'habituer au rythme de vie et à la violence quotidienne qui sont le lot de presque toutes les grandes villes.

Deux minutes plus tard, Guzik revint et me dit qu'il avait donné les ordres nécessaires pour que les scellés soient mis immédiatement sur l'appartement de Paula Wittlauer.

— Il y a autre chose que je voulais te demander, déclarai-je. Je suppose que des photos du corps ont été prises ?

— Bien sûr. C'est la routine.

— Tant qu'il y était, le photographe est même peut-être monté prendre quelques clichés dans l'appartement ? Non ?

— Si. Pourquoi ?

— J'ai pensé que tu ne verrais pas d'inconvénient à ce que j'y jette un coup d'œil.

— Qu'espères-tu y trouver ?

— On ne sait jamais, répondis-je en haussant les épaules. Pour la chaîne stéréo, j'ai su que celle qui était chez McCloud appartenait en fait à Paula, car j'avais vu un rectangle sans poussière sur sa commode, à côté de la télévision. Sur des photos prises juste après le drame, je découvrirai peut-être d'autres objets dérobés par McCloud et je tâcherai alors de les récupérer pour ma cliente.

— C'est seulement pour cela que tu veux les voir ?

— Oui, bien sûr.

Il me considéra d'un air soupçonneux.

— La porte était verrouillée de l'intérieur, Matt. Et, en plus, la chaîne était mise.

— Je sais, acquiesçai-je.

— Et il n'y avait personne dans ce maudit appartement quand nous y sommes entrés.

— Je le sais également.

— Matt, l'affaire est classée. La sœur de ta cliente était une paumée et une droguée qui, un soir, en ayant assez de cette chienne de vie, a sauté par la fenêtre. Un point, c'est tout. C'est un suicide et je ne vois pas ce que tu vas encore chercher.

— Je ne cherche rien, affirmai-je. Tout ce que je désire, c'est jeter un petit coup d'œil à ces photos. Après tout, Mlle Wittlauer m'a payé pour enquêter et je me dois de justifier mes honoraires... Des honoraires assez substantiels, d'ailleurs.

Guzik comprit l'allusion et se leva aussitôt en souriant.

— D'accord, on y va, déclara-t-il après avoir dit à Birnbaum qu'il n'en aurait que pour quelques minutes.

Je finis ma consommation et le suivis. En cours de route, je lui glissai deux billets de vingt dollars dans la main et il les fit prestement disparaître. Dans le métier qui est le mien, il est nécessaire de distribuer de « menus cadeaux », ne serait-ce que pour entretenir l'amitié et les bonnes relations.

J'attendis quelques instants à son bureau, le temps qu'il aille me chercher le dossier de Paula Wittlauer. Il y avait environ une douzaine de photos en noir et blanc, sur papier brillant haute définition. La moitié d'entre elles représentaient le corps de la malheureuse, pris sous des angles différents. Ce n'étaient pas elles qui m'intéressaient, mais j'y jetai néanmoins un coup d'œil, ne fut-ce que pour renforcer ma motivation quant à la poursuite de mon enquête.

Les autres clichés montraient l'intérieur de l'appartement de Paula. Je remarquai la fenêtre grande ouverte, la commode avec la télévision et la chaîne stéréo, l'une à côté de l'autre, et la chaise avec les vêtements de la jeune femme empilés au hasard dessus. Je séparai ces derniers clichés des autres et demandai à Guzik si je pouvais les garder pendant quelque temps. Il n'émit aucune objection.

— Tu as trouvé quelque chose ? questionna-t-il en me regardant avec curiosité.

— Rien qui vaille encore la peine d'en parler, répondis-je en mettant les photos dans ma poche.

— Si jamais tu découvrais un élément nouveau, j'aimerais que tu me tiennes au courant.

— Bien sûr.

— Cela te plaît, ce que tu fais ? Je veux dire ton job de détective privé ?

— Pour le moment, je ne me plains pas, répondis-je. Je suis au moins libre de mes horaires.

Il réfléchit un instant, puis hocha la tête et me reconduisit sans autres commentaires jusqu'à la porte du commissariat.

***

Un peu plus tard, dans la soirée, je reussis à joindre Ruth Wittlauer. Elle me dit de venir chez elle et, le carton de la chaîne stéréo sous le bras, je pris donc un taxi pour m'y rendre. Elle habitait un bel immeuble de pierre, non loin du parc de Gramercy. Son appartement n'était pas meublé de façon luxueuse, mais on voyait que chaque objet avait été choisi avec soin et goût. Tout était propre et net, et sa radio était réglée sur une station qui ne jouait que de la musique classique. Elle avait fait du café. J'en acceptai une tasse et, tout en buvant, je lui racontai comment j'avais récupéré la chaîne chez McCloud.

— J'ignorais si vous en auriez l'usage, ajoutai-je, mais il n'y avait aucune raison pour que ce McCloud la garde. D'ailleurs, si vous n'en voulez pas, il vous sera toujours possible de la revendre.

— Non, j'ai l'intention de la garder, déclara-t-elle en souriant. Je n'ai qu'un petit tourne-disques et cela faisait un certain temps que j'avais envie d'en acheter une. Vous avez déjà plus que gagné vos honoraires ! apprécia-t-elle en sortant les appareils du carton. Vous croyez que c'est lui qui l'a tuée ?

— Non.

— En êtes-vous certain ?

Je hochai la tête.

— Il aurait été capable de la tuer, mais je ne crois pas que ce soit lui. D'ailleurs, s'il l'avait tuée, il n'aurait pas pris cette chaîne stéréo et ces drogues, ni ne se serait comporté comme il l'a fait. Il ne m'a pas donné une seule fois l'impression que c'était lui le meurtrier et j'ai été assez longtemps dans la police pour posséder une sorte de sixième sens.

— Mais vous ne pensez pas non plus que ma sœur se soit suicidée, n'est-ce pas ?

— Non. Je suis même à peu près certain que quelqu'un l'a aidée.

La jeune femme ouvrit de grands yeux.

— Bien sûr, pour le moment je n'ai aucune certitude, déclarai-je. Il y a. simplement deux ou trois indices m'incitant à penser qu'il y a eu meurtre.

En quelques phrases, je lui racontai ma petite

expérience avec la chaîne de sécurité. Expérience ne prouvant pas qu'il y avait eu meurtre, mais réfutant la thèse de la police et laissant le champ libre à toutes les hypothèses.

Ensuite, je lui montrai les photos que Guzik avait bien voulu me confier. Je choisis l'une d'entre elles qui montrait en gros plan la chaise sur laquelle étaient empilés les vêtements de Paula.

— C'était surtout celle-là qui m'intéressait, expliquai-je. Je voulais être sûr que personne, ni mes collègues, ni McCloud, ni quelqu'un d'autre, n'avait modifié l'ordre de ces vêtements sur cette chaise. Il ne l'a pas été et c'est un indice très important, pour ne pas dire capital.

— Comment cela ? questionna la jeune femme d'un air perplexe.

Je souris et rassemblai mes idées avant de commencer mon explication.

— C'est tout simple. Si votre sœur s'est réellement suicidée, il y a deux possibilités. Soit elle s'est déshabillée, a posé ses vêtements sur cette chaise, est allée ouvrir la fenêtre et a... hum... sauté. Soit elle s'est déshabillée plus tôt et a fait quelque chose avant de se jeter dans le vide — pris une douche, par exemple. Mais, dans l'un ou l'autre des cas, elle a dû poser directement ses vêtements sur cette chaise. Je ne la vois guère les jeter d'abord par terre, puis les plier à moitié de cette façon. Or, même si je ne suis pas un spécialiste dans la manière dont les femmes ont coutume de se déshabiller, je ne pense pas qu'il y en ait beaucoup qui procèdent dans cet ordre.

Ruth hocha la tête, le visage pensif.

— Je vois ce que vous voulez dire, murmura-t-elle. Je l'imagine très bien en train de jeter ses vêtements sur cette chaise sans les avoir pliés — elle n'a jamais été très ordonnée et elle l'était probablement encore moins sous l'emprise de la drogue ou en période de dépression — mais tout est inversé. Le soutien-gorge est sous le chemisier et le collant sous la robe ! Si elle s'était réellement déshabillée de cette façon, cela aurait dû être le contraire.

— Exactement, acquiesçai-je. Cependant, cela n'est pas non plus une preuve absolument formelle. Plusieurs autres explications sont possibles. Elle peut avoir renversé la chaise, par exemple, et ramassé ensuite les vêtements en désordre. Et bien que cela soit improbable, car au cours d'une enquête on s'efforce de ne toucher à rien, un policier peut également les avoir ramassés avant que le photographe ne prenne ses photos. Enfin, en tout état de cause, c'est un indice.

— Vous êtes convaincu, vous aussi, qu'elle a été tuée, n'est-ce pas ?

— Oui, admis-je. Du moins j'en ai l'intuition et, par expérience, je sais que mon intuition me trompe rarement.

— Qu'allez-vous faire maintenant ?

— Je pense que je vais aller poser des questions à droite et à gauche. Je ne connais pas grand-chose de la vie que menait Paula et c'est en interrogeant les gens qu'elle fréquentait que j'ai une chance de découvrir son assassin. Mais c'est à vous de décider si vous voulez que je continue ou si vous préférez en rester là.

— Bien sûr que je veux que vous continuiez ! Pourquoi renoncerais-je maintenant ?

— Parce que mes investigations ne déboucheront probablement sur rien. Supposez, par exemple, que déprimée après sa conversation avec McCloud, elle se soit laissée draguer par un inconnu dans la rue. Elle l'emmène chez elle et, à la suite d'une dispute ou simplement pour lui voler son argent, l'inconnu la tue. Puis, pour maquiller son meurtre en suicide, il la déshabille et jette son corps par la fenêtre. Si c'est le cas, nous ne saurons jamais qui c'était.

Elle me regarda droit dans les yeux.

— Je ne veux quand même pas en rester là, décida-t-elle d'une voix ferme. Cela vous prendra du temps et je suppose que vous aurez besoin d'argent. Je vous ai donné deux cents dollars et je puis vous en offrir trois cents de plus. Quand vous estimerez avoir fourni assez de travail pour cette somme, vous me préviendrez et nous verrons ensemble si cela vaut la peine d'insister. Actuellement, il ne m'est pas possible de vous donner plus, mais si vous acceptiez d'attendre un peu, je pourrais trouver quelques centaines de dollars de plus, sans pour autant grever mon existence quotidienne.

Je secouai la tête.

— N'ayez crainte, la rassurai-je, je n'ai pas l'intention de vous demander plus, même si je dois passer beaucoup de temps sur cette affaire. Et, pour le moment, vous pouvez garder les trois cents dollars qui vous restent. Je vous les demanderai peut-être plus tard si j'en ai besoin et si j'ai la certitude de les avoir bien gagnés.

— Cela ne me semble guère équitable, protesta-t-elle. Vous avez besoin de vivre, comme tout le monde, et si...

— C'est tout à fait équitable, l'interrompis-je. Et n'allez surtout pas vous imaginer que je vous fais la charité et que vous avez une dette envers moi. Je vous assure que ce n'est pas le cas.

— Mais, votre temps vaut de l'argent !

— Non, plus maintenant, répondis-je avec un sourire un peu amer.

***

Je passai les quatre ou cinq jours suivants à éplucher le passé de Paula Wittlauer et, principalement, les derniers mois de son existence. Cela s'avéra une perte de temps, mais le temps est toujours passé quand on s'aperçoit qu'on l'a perdu. Et, de toute façon, j'avais dit la vérité quand j'avais affirmé que mon temps n'avait aucune valeur. Je n'avais rien de mieux à faire et cette petite enquête dans le monde où avait vécu Paula avait au moins le mérite de me tenir occupé.

Sa vie ne s'était pas limitée à son travail dans un bar de la Neuvième Avenue et à son appartement de la 57e Rue où elle accueillait épisodiquement Cary McCloud. Un soir par semaine, elle participait à une thérapie de groupe dans la 79e Rue ouest. Chaque mardi matin, elle prenait des leçons de chant, avenue d'Amsterdam. Elle avait un ex-petit ami qu'elle revoyait parfois. Le reste du temps, elle fréquentait plusieurs bars dans le voisinage et deux ou trois boîtes dans le « Village ». Elle s'agitait beaucoup en somme et connaissait plus ou moins bien pas mal de personnes. Ce qui n'était pas pour me faciliter la tâche. Il me fallut parcourir une bonne partie de Manhattan et parler à toutes sortes de gens pour me faire une idée de la femme qu'elle avait été et de l'existence décousue qu'elle avait menée. Tout cela sans découvrir le moindre indice susceptible de m'aider à identifier celui qui l'avait jetée par la fenêtre de son appartement.

En même temps, j'essayais de reconstituer son emploi du temps au cours de la dernière soirée qu'elle avait passée sur cette terre. Après avoir terminé son service chez *Armstrong*, elle s'était rendue plus ou moins directement au *Spider's Web*. Entre les deux, elle s'était peut-être arrêtée à son appartement pour prendre une douche et se changer. Très rapidement, sans doute. Aux environs de 22 heures, elle avait quitté le *Spider's Web* et je suivis sa trace dans deux ou trois autres boîtes du « Village ». Elle n'était restée longtemps dans aucune d'entre elles. Juste assez pour boire un verre et bavarder un peu avec les gens qu'elle connaissait. Elle était partie seule du dernier bar où j'avais réussi à repérer son passage. Du moins, autant que s'en souvenaient ceux qui l'y avaient rencontrée. Ce qui ne prouvait rien d'ailleurs, car elle pouvait très bien avoir fait un ultime arrêt dans une autre boîte avant de rentrer chez elle, ou même s'être laissée draguer par un type dans la rue, ce que j'avais appris qu'elle faisait de temps à autre quand elle se sentait trop seule ou avait besoin d'argent. Sans compter le téléphone. Elle pouvait avoir appelé son meurtrier et lui avoir donné rendez-vous à son appartement.

Son appartement... A minuit, il y avait changement de gardien dans l'immeuble où elle habitait, mais il me fut impossible de déterminer si elle était rentrée avant ou après ce changement. Étant locataire, elle possédait une clef du hall et pouvait donc entrer et sortir à n'importe quelle heure du jour ou de la nuit sans attirer l'attention du cerbère. En outre, comme elle avait l'habitude de rentrer tard, il n'y avait aucune raison pour qu'il ait noté l'heure de son passage ce soir-là.

Était-elle rentrée seule ou avec un compagnon ? Personne ne put me le dire, ce qui laissait supposer qu'elle était rentrée seule — si elle n'avait pas été seule, son retour aurait sans doute laissé une trace un peu plus précise dans la mémoire du gardien. Mais cela ne prouvait rien non plus. Un soir, je m'étais mis en faction en face de l'immeuble et avais observé le hall. Le gardien de nuit ne mettait pas du tout la même conscience professionnelle dans son travail que celui qui effectuait son service le matin et l'après-midi. La plupart du temps, il restait dans sa loge et ne jetait que de temps à autre un coup d'œil distrait à la porte. Paula aurait pu rentrer flanquée de six marins turcs, sans même qu'il remarque son passage.

Ce portier était celui qui avait été de service quand Paula avait sauté par la fenêtre de son appartement. C'était un vieil Irlandais perpétuellement enrhumé, avec un visage plein de taches de rousseur et une propension à somnoler chaque fois qu'il en avait la possibilité. Certes, l'impact du corps de Paula avait réussi à le sortir de sa léthargie, mais il ne l'avait pas entendue crier.

— J'étais en train de lire, m'expliqua-t-il, quand il y a eu ce bruit. Un bruit sourd et, sur le moment, je me suis demandé si ce n'était pas un tremblement de terre. C'est peut-être mon imagination, mais, j'aurais juré que la terre avait vibré ! Je n'avais pas la moindre idée de ce que cela pouvait être. Bien entendu, je me suis précipité dehors et quand j'ai découvert le spectacle... mon Dieu !

— Vous n'avez pas entendu de cris ?

— Il faisait nuit et il n'y avait personne dans la rue à ce moment-là. Je ne vois donc pas pourquoi j'aurais entendu des cris...

— Je voulais parler d'elle, expliquai-je patiemment. N'a-t-elle pas crié en tombant ?

— Non, je n'ai rien entendu.

Au fait, est-ce que les gens crient lorsqu'ils se jettent dans le vide ? Dans les films et dans les dessins animés, ils hurlent pendant toute la durée de la chute. Au temps où j'étais dans la police, j'avais eu à traiter de nombreux cas de suicides, et à New York sauter par la fenêtre est l'une des méthodes favorites des candidats au suicide. Mais, chaque fois, j'avais été appelé après qu'ils avaient commis l'irréparable et il ne m'était pas venu à l'idée de demander s'ils avaient crié. Deux ou trois fois j'avais été également présent lorsque les services spécialisés avaient tenté de persuader un désespéré de descendre du rebord de la fenêtre ou du toit sur lequel il était perché, mais chaque fois les efforts de mes collègues avaient été couronnés de succès et je n'avais donc jamais assisté « en direct » à une chute aussi vertigineuse d'un être humain.

D'ailleurs, a-t-on vraiment le temps de crier en moins de quatre secondes ?

Debout dans la rue, à l'endroit où elle était tombée, je levai les yeux vers sa fenêtre et comptai lentement jusqu'à quatre. Une voix criait dans ma tête. Une voix de femme très aiguë, presque hystérique. C'était jeudi, ou plutôt vendredi matin. Une heure venait de sonner au clocher d'une église voisine. L'heure à laquelle je poussais chaque soir la porte d'*Armstrong*, avec l'intention de boire assez de bourbon pour ensuite m'effondrer dans mon lit et dormir jusqu'au matin.

Il y avait une semaine maintenant que Paula

Wittlauer était morte et je n'avais toujours pas la moindre piste.

***

Lorsque j'arrivai chez *Armstrong*, mes idées noires avaient atteint leur habituel paroxysme. Sautant le café, je passai directement au bourbon et avant longtemps l'alcool commença à produire l'effet désiré. Une brume épaisse noya les contours de mes pensées et leur noirceur s'estompa dans la grisaille.

Quand Trina eut fini son service, elle me rejoignit à ma table et je lui offris un verre ou deux. Je ne me souviens pas précisément de ce dont nous avons parlé. Bien entendu, nous évoquâmes le destin tragique de Paula, parmi d'autres sujets. Trina n'avait pas vraiment connu Paula — leurs relations s'étaient en grande partie limitées aux deux heures où elles étaient de service ensemble chez *Armstrong* — mais elle connaissait un peu le genre de vie que Paula avait menée. Deux ou trois ans auparavant, sa propre existence avait été assez comparable. Maintenant, elle avait mûri et s'était quelque peu assagie. A la longue, Paula aurait peut-être réussi également à prendre sa vie en charge. Peut-être... Mais le destin en avait décidé autrement.

Il devait être trois heures, lorsque je proposai à Trina de la raccompagner chez elle. Notre conversation avait pris un tour sentimental et philosophique. Dans la rue, elle me confia que c'était surtout la nuit qu'elle trouvait la solitude insupportable. Particulièrement l'hiver quand il faisait froid et que le soleil n'apparaissait pour ainsi dire pas de la journée. Je songeai à Paula, à cet univers de béton sinistre et glacial dans lequel elle avait vécu et, instinctivement, je pris la main de Trina dans la mienne.

Elle habitait la 56e Rue, entre la Neuvième et la Dixième Avenue. Au croisement de la 57e Rue, pendant que nous attendions que le feu du passage clouté passe au vert, je tournai la tête et jetai un coup d'œil à l'immeuble où Paula avait vécu. Nous étions assez loin pour voir les derniers étages de la résidence. Seules deux ou trois fenêtres étaient allumées.

C'est à ce moment-là que la lumière se fit en moi.

Je n'ai jamais compris comment fonctionnent certains mécanismes de notre cerveau. Parfois, il suffit d'un minuscule détail, d'un mot ou d'un visage entr'aperçu pour déchirer le voile noir d'une énigme.

En une phrase ou deux, j'essayai de faire comprendre à Trina ce que je venais de ressentir.

— Vous savez qui l'a tuée ?

— Pas exactement, répondis-je. Mais maintenant je sais où je dois chercher. Et cela peut attendre jusqu'à demain.

Le feu passa au vert et nous traversâmes la rue.

***

Le lendemain matin, je me réveillai à côté de Trina. Elle dormait encore. Je me levai sans bruit, m'habillai et quittai son appartement. Il était plus de dix heures et il faisait grand jour. J'allai prendre une tasse de café et deux ou trois croissants chauds dans un snack, puis je me rendis à la résidence où avait habité Paula. Là, je commençai ma quête à partir du dixième étage et montai jusqu'en haut de l'immeuble, au vingt-quatrième, en sonnant à tous les appartements de chaque palier. La plupart des gens étaient à leur travail, mais je pus néanmoins glaner suffisamment de renseignements sur les uns et les autres. A midi, ma liste avait singulièrement diminué. Il me restait trois personnes qui entraient dans la catégorie que je recherchais et une douzaine de locataires sur lesquels je n'avais rien de précis.

Tout l'après-midi, je continuai mon travail de fourmi et, à huit heures et demie, j'appuyai sur la sonnette de l'appartement 21-G. Un appartement qui était identique à celui de Paula, quatre étages au-dessus. L'homme qui m'ouvrit était en pantalon de velours et chemise à col ouvert. Il était pieds-nus dans des pantoufles bleu marine.

— Je voudrais vous parler au sujet de Paula Wittlauer, lui dis-je de but en blanc.

Immédiatement, son visage se décomposa et j'oubliai à jamais mes trois autres suspects, car je tenais mon homme.

Comme il restait sans voix, la bouche ouverte, je poussai le battant avec fermeté et entrai. Il n'émit aucune protestation, s'effaçant même pour me laisser passer, et me suivit après avoir refermé la porte derrière moi. Je traversai la pièce et allai jusqu'à la fenêtre. L'appui était immaculé. Pas un grain de poussière ni de suie.

Je me retournai vers lui. Il s'appelait Lane Posmantur et devait avoir une quarantaine d'années. Sa taille commençait à s'épaissir et une calvitie précoce lui donnait un front d'intellectuel, ce que je savais qu'il n'était pas. Les verres de ses lunettes étaient épais et il était difficile de lire dans ses yeux, mais cela n'avait pas d'importance. Je n'en avais plus besoin.

— Elle est tombée de cette fenêtre, n'est-ce pas ? déclarai-je d'une voix neutre et impassible.

— Je ne sais pas de quoi vous parlez.

— Voulez-vous savoir comment j'ai découvert la vérité, monsieur Posmantur ? poursuivis-je en ignorant délibérément son objection. C'est en réfléchissant à toutes ces petites choses que personne n'avait remarquées, mais qui avaient attiré mon attention, parce que moi je n'avais pas d'idées *a priori*. Les flics, eux, avaient décidé d'emblée qu'il ne pouvait s'agir que d'un suicide et ils n'ont donc vu que ce qui allait dans leur sens : la fenêtre ouverte, les vêtements sur la chaise et la chaîne de sécurité sur la porte. Moi, j'ai vu que les vêtements ne pouvaient pas avoir été déposés ainsi par la victime, car une femme n'enlève pas son chemisier après son soutien-gorge. Quant à la chaîne de sécurité qui avait suffi à convaincre la police, il ne m'a pas fallu longtemps pour me rendre compte qu'on pouvait très facilement l'enclencher de l'extérieur. Il y avait donc eu meurtre... Il me restait à découvrir le meurtrier. Là, ce sont d'autres détails qui m'ont intrigué et qui, peu à peu, m'ont conduit jusqu'à vous. D'abord, il y avait de la poussière sur son appui de fenêtre à elle, mais aucune empreinte de pied nu... Ensuite, personne ne l'avait vue rentrer. Étonnant si elle avait été en compagnie de quelqu'un, mais beaucoup moins si elle était rentrée seule. Finalement, j'en suis arrivé à la seule solution possible : le meurtrier habitait lui aussi dans l'immeuble. Le reste n'a été qu'un jeu d'enfant. J'ai procédé par élimination et je suis arrivé jusqu'à vous. C'est bien de votre fenêtre qu'elle est tombée, n'est-ce pas ?

Il me regarda fixement, puis, soudain, il baissa la tête et ses épaules s'affaissèrent.

— Elle est venue vous rejoindre ici, poursuivis-je

inexorablement. Elle s'est déshabillée et vous a rejoint dans votre lit. C'est cela, n'est-ce pas.

Il hésita, puis hocha la tête, apparemment vaincu.

— Pour quelle raison avez-vous décidé de la tuer ?

— Je ne l'ai pas tuée ! protesta-t-il faiblement.

Je le regardai. Ses yeux croisèrent les miens, mais presque aussitôt il détourna la tête.

— Racontez-moi donc ce qui s'est passé, suggérai-je.

Il resta silencieux pendant une minute ou deux, puis me demanda l'autorisation de s'asseoir et se mit à parler.

C'était à peu près ce que j'avais imaginé. Elle vivait avec Cary McCloud, mais de temps à autre, quand son amant n'était pas là, elle allait rejoindre Lane Posmantur. Il était laborantin à l'hôpital Roosevelt et, assez souvent, il rapportait de la drogue chez lui. Une drogue qui était sans doute pour beaucoup dans l'attraction qu'il exerçait sur elle. Cette nuit-là, elle était venue frapper à sa porte un peu après deux heures. Elle était déjà sur un petit nuage et ils avaient fumé deux ou trois joints ensemble. Depuis quelque temps, lui aussi s'était mis à la drogue. Pas l'héroïne ou la cocaïne, bien sûr. Seulement un peu d'herbe.

Ensuite, ils s'étaient couchés et avaient fait l'amour, puis ils s'étaient endormis ; une heure plus tard environ, elle s'était réveillée brusquement et avait piqué une véritable crise d'hystérie. Il avait essayé de la calmer et il lui avait donné deux ou trois gifles en pensant que cela lui ferait reprendre ses esprits. L'effet avait été inverse. Au lieu de s'apaiser, elle avait trépigné de plus belle et dans l'un de ses mouvements désordonnés, trébuchant sur la table basse, elle était tombée à la renverse. Dans sa chute, sa tête avait heurté violemment le coin d'une chaise en bois et elle avait immédiatement perdu connaissance. Affolé, il s'était précipité vers elle et avait essayé de la ranimer. En vain. Elle s'était brisé la nuque et son pouls avait cessé de battre.

— C'est alors que j'ai perdu le peu de sang-froid qui me restait, murmura-t-il. Elle était morte dans mon appartement. La police trouverait de la drogue dans son corps et j'imaginai aussitôt tous les ennuis que j'allais avoir.

— Vous avez donc ouvert la fenêtre et l'avez poussée dehors.

— Non, se défendit-il, j'ai d'abord pensé à la descendre dans son propre appartement. J'ai essayé de la rhabiller, mais très vite je me suis rendu compte que je n'y arriverais pas. Et puis, même avec ses vêtements sur elle, je ne pouvais pas prendre le risque de rencontrer quelqu'un dans les couloirs ou dans l'ascenseur. Cela aurait été de la folie.

« Je l'ai donc laissée ici et je suis allé chez elle en pensant que si Cary était rentré, il accepterait peut-être de m'aider. J'ai sonné mais personne n'a répondu. Il n'était pas là. Avec la clef de Paula, j'ai ouvert, mais la chaîne était mise. Je me suis souvenu alors qu'elle avait l'habitude de la mettre de l'extérieur chaque fois qu'elle quittait son appartement. Elle croyait que c'était la meilleure des protections contre les cambrioleurs, car ils imaginaient ainsi qu'il y avait quelqu'un à l'intérieur. Elle m'avait montré comment on pouvait la mettre et l'enlever. Je l'ai décrochée et je suis entré.

« C'est à ce moment-là que j'ai eu l'idée de simuler un suicide. Je suis remonté chez moi, j'ai rassemblé ses vêtements et je suis redescendu les poser sur sa chaise. Puis, j'ai ouvert sa fenêtre en grand et j'ai allumé la lumière. En ressortant, j'ai remis la chaîne de sécurité en place.

« De retour ici, j'ai pris à nouveau son pouls. Rien, même pas un frémissement. J'ai écouté son cœur en posant mon oreille contre sa poitrine. Il ne battait plus et son corps commençait déjà à se refroidir. Je... j'ai alors éteint la lumière et je suis allé ouvrir la fenêtre... Mon Dieu, je vous jure qu'il n'y avait plus rien à faire. Ce... c'était un accident et je... j'avais tellement peur qu'on m'accuse de... de...

— Alors vous l'avez prise à bras le corps, l'avez tirée jusqu'à la fenêtre et basculée dans le vide, terminai-je inexorablement. Ensuite, vous avez refermé la fenêtre et êtes retourné vous coucher, comme si rien ne s'était passé.

Il hocha la tête, sans oser lever les yeux vers moi.

— Vous aviez la conscience tranquille. Ce n'était pas votre faute si elle s'était brisé le cou dans sa chute. Un simple accident. Et pour ce qui est de la drogue, personne n'irait faire une autopsie dans l'état où elle serait. Elle avait tout pour faire une excellente suicidée. Une désaxée, une instable... La police, surtout à New York, n'a pas de temps à perdre dans des enquêtes inutiles. Vous garderiez donc votre chère liberté et nul ne s'aviserait de venir vous poser des questions indiscrètes.

— Je ne lui ai rien fait de mal ! protesta-t-il. Je cherchais seulement à me protéger.

— En êtes-vous vraiment sûr, Lane Posmantur ?

— Que voulez-vous dire ?

— Vous n'êtes pas un médecin, lui rappelai-je. Il est possible qu'elle ait été morte quand vous l'avez jetée par la fenêtre. Mais peut-être aussi ne l'était-elle pas.

— Son cœur ne battait plus !

— Dites plutôt que vous ne l'avez pas entendu battre. Cela ne signifie pas qu'elle était morte. Avez-vous essayé la respiration artificielle ou un massage cardiaque ? Savez-vous s'il y avait encore une activité dans son cerveau ? Pour cela il aurait fallu faire un encéphalogramme... Non, vous vous êtes contenté d'écouter vaguement son cœur et comme vous n'entendiez rien, vous l'avez jetée par la fenêtre.

— Elle avait le cou brisé.

— C'est possible. Combien de cous brisés avez-vous eu à diagnostiquer au cours de votre vie ? Aucun. Il y a des gens qui se brisent le cou et qui survivent. Mais le problème, maintenant, n'est pas de savoir si elle était morte ou non. Cela, seul Dieu le saura jamais. Non, ce qui pose problème aujourd'hui, c'est la façon dont vous avez réagi. Vous aviez tellement peur pour vous-même que vous l'auriez achevée, si cela avait été nécessaire afin de préserver votre petite tranquillité. Vous auriez dû téléphoner au service des urgences de l'hôpital le plus proche, par exemple, l'hôpital Roosevelt où vous travaillez. Vous savez que c'est cela que vous auriez dû faire et vous le saviez au moment où vous l'avez poussée par la fenêtre, mais vous avez décidé de rester en dehors. J'ai connu des minables qui laissaient leur copain mourir d'une overdose, plutôt que de risquer de se retrouver devant la justice. Vous les avez dépassés, et de loin, dans l'ignominie. Vous n'avez pas hésité à la précipiter dans le vide du vingt et unième étage, alors que vous n'étiez pas même certain qu'elle était morte.

— Non ! s'exclama-t-il, le visage décomposé. Non, elle était morte !

Je haussai les épaules.

Par expérience, je savais que les gens ne croient jamais que ce qu'ils ont envie de croire.

— Peut-être, concédai-je, mais là encore cela peut très bien avoir été de votre faute.

— Comment cela ?

— Vous m'avez dit l'avoir giflée pour lui faire reprendre ses esprits, n'est-ce pas ? Êtes-vous sûr de ne pas avoir eu la main un peu lourde ?

— Ce n'était qu'une gifle, protesta-t-il en pâlissant.

Je haussai les épaules.

— Là encore, personne ne peut vous contredire, répliquai-je, mais cela n'empêche pas d'émettre des hypothèses. Vous étiez drogué, vous aussi, et vous avez très bien pu ne pas vous rendre compte de votre force. Et puis, un coup en amène un autre quand on s'affole et qu'on est devant une femme qui hurle à trois heures du matin, au risque d'ameuter tout l'immeuble. On voit rouge et on tape jusqu'au moment où...

— Non !

— Où elle tombe en arrière et se brise les cervicales.

— Ç'a été un accident.

— C'est toujours un accident.

— Je ne l'ai pas frappée. Je l'aimais bien. C'était une fille sympa et nous ne nous étions jamais disputés. Je...

— Chaussez-vous, Lane.

— Pour quoi faire ?

— Je vous emmène au poste de police. Nous

pouvons y aller à pied, il n'est qu'à deux ou trois pâtés de maisons d'ici.

— Suis-je en état d'arrestation ?

— Je ne suis pas un policier, répondis-je, mais un détective privé. Mon nom est Scudder. Matt Scudder. Je travaille pour la sœur de Paula. Je veux simplement que vous m'accompagniez jusqu'au poste de police du secteur. Là, il y a un flic qui s'appelle Guzik. C'est lui qui est chargé de cette affaire et vous pourrez lui raconter toute votre petite histoire.

Il réfléchit un instant, le sourcil froncé.

— Pourquoi irais-je lui dire quoi que ce soit ? murmura-t-il finalement. Après tout, vous n'êtes qu'un simple citoyen comme moi.

— C'est exact.

— Alors ce que je vous ai dit ne compte pas. C'est ma parole contre la vôtre... Vous n'avez aucune preuve contre moi.

— C'est possible, mais pas certain, répliquai-je. Vous avez probablement laissé des empreintes dans l'appartement de Paula. Ici, elle a dû en laisser aussi, mais sans doute les avez-vous effacées pour la plupart. Et puis il y a les voisins. Certains ont dû se rendre compte que vous couchiez avec elle et quelqu'un a peut-être remarqué votre manège entre son appartement et le vôtre la nuit où vous l'avez jetée par la fenêtre. L'un ou l'autre vous a peut-être même entendus vous disputer... Quand les flics savent dans quelle direction chercher, il est rare qu'ils ne trouvent pas ce qu'ils veulent. Le plus difficile dans ce métier, c'est de déterminer dans quelle direction on doit faire porter ses efforts. Après, il suffit d'être patient.

« Mais cela n'est pas mon problème non plus. Pour l'instant, vous allez mettre vos chaussures,

Lane, et m'accompagner chez Guzik. C'est un policier qui connaît son job et il ne manquera pas de vous dire quels sont vos droits. Il vous dira que vous avez le droit de ne rien dire si bon vous semble, et que tout ce que vous direz pourra être retenu contre vous. Si vous restez silencieux et avez la chance de tomber sur un bon avocat, je pense que vous pouvez très bien obtenir un non-lieu. Au bénéfice du doute, selon la formule consacrée.

— Pourquoi me dites-vous cela ?

— Pourquoi ? répétai-je avec une certaine lassitude. Parce que le pire qui puisse vous arriver, c'est justement de ne rien dire. Croyez-moi, Lane, vous n'y gagneriez rien. Si vous n'êtes pas trop idiot, vous raconterez à Guzik tout ce dont vous vous souvenez. Vous lui ferez un compte rendu spontané et détaillé de la nuit du drame puis, après l'avoir relu pour être bien sûr de ne rien avoir oublié, vous mettrez votre signature au bas de votre déposition. Parce que vous n'êtes pas vraiment un tueur, Lane. Si Cary McCloud avait tué Paula, cela ne lui aurait pas fait perdre une nuit de sommeil. Mais vous, vous êtes un être humain normal, pas un psychopathe. Vous étiez sous l'emprise de la drogue et complètement affolé quand vous avez commis cet acte absurde, et depuis lors vous êtes rongé par les remords. Dès que je vous ai parlé de Paula Wittlauer ce soir, votre visage s'est littéralement décomposé. Certes, vous pourriez jouer au plus fin et échapper à la justice, mais, tout compte fait, c'est à vous-même que vous causeriez le plus de tort. Vous habitez au vingt-quatrième étage, Lane, et, d'après les lois de la pesanteur, il vous suffirait de quatre secondes pour aller vous écraser sur le trottoir. Un jour ou l'autre, vous n'en pourriez plus, vous ouvririez la fenêtre et vous sauteriez.

— Non !

Je lui pris le bras et grimaçai un sourire.

— Si. Allez, venez. Guzik nous attend.

Out the window.
Traduction L. de Pierrefeu.

LE FRÈRE PRODIGUE

par William Bankier

Le gobelet en céramique sur la table de cuisine de Norman Harper avait deux teintes de bleu et était orné d'un filet jaune d'or. Tirant une chaise, Norman s'assit en face de Karen et de sa fille, Anita.

— C'est nouveau, n'est-ce pas ? s'enquit-il avant de prendre sa première gorgée de café.

— Je l'ai trouvé hier chez Peter Jones, répondit Karen. Pour remplacer ton vieux gobelet préféré, qui était cassé. Il te plaît ?

— Il est joli. Il évoque le ciel et la lumière. Il s'accorde à mon humeur.

— C'est pour ça que je l'ai choisi.

Jamais de toute sa vie Harper n'avait eu autant envie de dire comme il était heureux. A Montréal, avant de venir en Angleterre, à l'époque où il était enfermé dans son métier de chargé des relations publiques, une sensation de bien-être n'était guère fréquente. Quand il l'éprouvait, il hésitait à en parler de peur qu'elle ne s'évanouisse. Mais ici à Wimbledon, maintenant qu'il avait échappé à la foire d'empoigne des relations publiques et qu'il était bien payé pour effectuer un travail qu'il aurait fait pour rien, il parlait continuellement de sa bonne fortune.

— Quel est ton programme aujourd'hui ? s'enquit Karen.

— Pas grand-chose. Je vais aller à pied au bureau et répondre à quelques lettres.

En s'étant contenté de rencontrer, et d'impressionner quelques personnes bien placées et révélé être l'homme qu'il fallait au bon moment, Harper avait décroché le poste peinard d'agent de publicité de l'*All England Lawn Tennis Club*. Ce qui signifiait que le plus gros de son travail consistait à communiquer aux médias mondiaux des informations sur le prestigieux tournoi de tennis annuel connu sous le nom de Quinzaine de Wimbledon.

— Tu vois ça ? (Anita brandissait le journal du matin et montrait une photo à gros grain à la page des affaires.) Voilà le service informatique, et là c'est moi.

Harper prit le journal et vit sa fille en compagnie de deux collègues masculins agglutinés autour d'un listing. Elle était mignonne et elle avait l'air d'une femme d'affaires avec ses cheveux duveteux coupés court ainsi que ses lunettes fumées au bout du nez. A son arrivée à Londres trois ans plus tôt, Anita avait trouvé un emploi dans une société pétrolière américaine qui s'occupait actuellement de forages offshore en mer du Nord. Malgré son manque d'expérience et son absence de formation, mais grâce à son zèle, sa vivacité d'esprit en sus d'un charmant sens de l'humour, elle avait décroché trois promotions et avait maintenant une gentille situation.

— Magnifique, cette photo, observa Harper. Elle doit être truquée... Tu donnes l'impression d'être en train de travailler.

— Papa !

Harper finit son café et prit à deux mains le nouveau gobelet encore chaud. Ce gobelet avait quelque chose de fort agréable ; il plaisait à Harper.

— Et toi, Karen ? Tu peux me retrouver pour le déjeuner ?

— J'avais l'intention de jardiner, répondit-elle. Mais pour un déjeuner, je peux me laisser convaincre de changer mon programme.

Déjeuner avec Norman, cela signifiait faire un bon repas dans l'un de leurs restaurants préférés à Knightsbridge. Et après, ils allaient généralement flâner au Victoria & Albert ou bien au muséum d'Histoire naturelle, tout aussi fascinés par les vastes galeries, les piliers imposants et les meubles de facture exquise contenant les pièces exposées que par les os, les peintures et les camées eux-mêmes.

— Si tu veux profiter du soleil pour jardiner..., commença Norman.

— Ce n'est pas grave, je pourrai jardiner demain. (Karen était confiante car elle n'ignorait pas que l'Angleterre connaissait son second été consécutif de sécheresse.) Il ne pleut jamais dans les comtés ensoleillés du Sud, ajouta-t-elle.

Anita se leva et prit son sac à main sur le dessus du réfrigérateur.

— Si vous vous mettez à concocter des titres de chansons, observa-t-elle, je pars.

— Je vais t'accompagner jusqu'à la porte. (Karen repoussa sa chaise.)

— Ce n'est pas la peine.

— Je veux être bien sûre que tu partes.

Seul à la table, Harper fit tourner le nouveau gobelet entre ses mains, prenant plaisir à le sentir glisser sur sa peau, savourant la sensation de bien-être au creux de l'estomac. Il ne considérerait jamais cette absence de tension comme allant de soi. Il avait vécu quinze années de l'autre vie, avec ce goût chimique dans la bouche, la conscience soudaine qu'il était assis tout raide depuis une heure et cette douleur dans les muscles quand il se forçait à se détendre. Maintenant, à quarante-trois ans, il se sentait comme un lion bien nourri se prélassant au soleil. Était-ce ainsi que tous les autres vivaient ou faisait-il partie des rares privilégiés ? Il soupçonna qu'il faisait partie des rares privilégiés.

Il y avait quelque chose de gravé sur le dessous du gobelet. Harper le retourna et lut les mots : « Fait à la main en Angleterre par les Ateliers d'Artisanat de Chelsea. » Puis il vit les initiales TH.

Il reconnut ces initiales à la façon dont elles étaient formées. Le T était relié au H par une ligne torsadée ressemblant à un petit bout de fil électrique. Tom, le grand frère de Norman avait inventé ce logo pour lui-même des années auparavant, quand les deux garçons passaient tout leur temps ensemble. Norman en avait fait un également, un symbole plus évident ne faisant appel qu'à une vulgaire ligne droite entre les initiales. Mais Tom était très fier de ce fil torsadé. Ils lisaient *Tom Swift et sa Carabine Électrique* à l'époque, et ce symbole de puissance comptait beaucoup pour lui.

Karen était revenue de la cuisine.

— Qu'est-ce qu'il y a ? s'enquit-elle d'une voix préoccupée.

— Regarde ceci.

— Je sais. Ils font beaucoup de céramiques là-bas.

— Je parle des initiales.

— TH ?

— Tom Harper.

Il n'eut pas besoin de lui en dire davantage. Karen savait tout sur le frère disparu de son mari. Peut-être « disparu » était-il un mot trop dramatique, mais ils convenaient tous deux que cela avait dépassé le stade de la paresse à répondre aux lettres. Quatre ans auparavant, alors qu'ils étaient encore à Montréal, leur carte de Noël pour Tom leur était revenue, portant la mention « N'habite plus à cette adresse ».

— C'est le signe de reconnaissance de Tom ? C'est incroyable, commenta Karen.

— C'est même la façon dont il forme les lettres. Il s'agit forcément de lui.

Harper ressentit une bouffée d'excitation. Si Tom était à Londres, ce serait merveilleux. Norman s'était adressé des reproches pour avoir perdu de vue son frère, bien qu'en réalité Tom eût été celui qui avait laissé la correspondance sans réponse. Toutefois, Norman avait été le témoin de la dégringolade de Tom, de son alcoolisme, de sa démission de son poste de professeur à la Kitchener High School, puis de son mariage raté et de sa séparation d'avec sa femme et ses fils. Le frère à la vie stable s'était contenté d'écrire des lettres et d'attendre tranquillement des réponses, mais ce n'était pas suffisant. Il aurait dû aller voir Tom, lui parler, le prendre en main, l'aider, au lieu de le laisser couler ou surnager.

A présent il semblait que Tom fût tout proche, à

Chelsea. Un coup de veine inespéré. Il n'était pas trop tard. Il pouvait aller le trouver et reprendre contact après toutes ces années.

— Passe-moi l'annuaire téléphonique, Karen, s'il te plaît, dit Harper.

Sa grosse tête grisonnante arbora un visage tendu tandis qu'il faisait descendre son doigt le long de la colonne de noms en serrant ses lèvres d'adolescent. Le gobelet de céramique était contre son coude.

— Voici, annonça-t-il. Artisanat de Chelsea, 25A, Wellington Mews.

— Tu veux que j'appelle ? proposa Karen en portant la main vers le téléphone.

— Trop tôt, répondit Harper en consultant sa montre. Il n'y aura personne avant neuf heures trente. De toute façon, il vaudrait mieux que je passe les voir.

Lorsqu'il se fut rasé et habillé, puis qu'il se retrouva à la porte d'entrée avec Karen, cette dernière observa :

— Si tu tombes sur Tom, tu n'auras guère envie que nous déjeunions ensemble.

— Cet objet a peut-être été fabriqué l'année dernière. (Harper glissa le gobelet dans un sac en plastique.) Tom les a peut-être quittés pour aller autre part.

— Il n'empêche, tu ne crois pas qu'on devrait déjeuner ensemble un autre jour ? (Elle voyait l'excitation dans son regard, imaginait la joie anticipée qu'il devait éprouver.) Occupe-toi de ça sérieusement.

— Ce que je vais faire, c'est te téléphoner dès que je saurai quelque chose, suggéra-t-il. Nous pourrions déjeuner tard et aller voir le nouveau Bogdanovitch à Leicester Square.

***

Harper gagna à pied la station de métro de Wimbledon Park et prit la District Line jusqu'à Sloane Square. Là, connaissant mal les rues, il héla un taxi et donna au chauffeur l'adresse de Wellington Mews. Puis il se laissa aller en arrière, étendit les jambes dans l'intérieur spacieux et impeccablement propre du taxi, puis se mit à penser à Tom. Était-il possible qu'il revoie son frère ici à Londres après tant de temps ? La coïncidence qui lui avait fait découvrir ses initiales sur le gobelet était incroyable, mais de telles choses lui étaient déjà arrivées.

Quand avait-il vu Tom pour la dernière fois ? Difficile à dire. Une foule de souvenirs lui affluèrent en mémoire — Tom dribblant et marquant un but en sautant pour l'équipe de basket de l'école ; Tom entrant dans la maison, bronzé, couvert de poussière, épuisé, après une journée de travail aux dépôts ferroviaires ; Tom en soutane et surplis attendant avec assurance que l'orgue entame l'hymne processionnel pour faire fuser dans l'église sa voix de ténor.

Avec une embardée le taxi prit un virage à angle droit et Harper s'accrocha. Il savait qu'aucune de ces images ne se rapportait à la dernière fois qu'il avait vu son frère. C'était à la gare de Baytown. Lui et Karen revenaient à Montréal après un week-end de vacances passé à la maison. Tom les avait conduits au train et attendait leur départ. Ses deux fils s'activaient sans raison autour des piliers du quai. Les frères les regardaient en silence, et c'était seulement maintenant, des années après ce jour-là, qu'il venait à l'esprit de Harper qu'ils s'étaient alors peut-être revus en enfants.

— Nous y voici, m'sieur, annonça le chauffeur. Soixante pence, s'il vous plaît.

Harper régla la course et, tandis que le taxi s'éloignait, il examina Wellington Mews. Le pavage était formé de briques inégales, avec des taches d'huile par endroits. C'était une ruelle étroite, bordée de chaque côté par d'anciens garages et d'anciennes écuries à présent convertis en logements ou en commerces. Il y avait beaucoup de peinture brillante peu discrète, des portes avec des garnitures en cuivre, ainsi que des arbres en fleurs dans des bacs placés, de manière incongrue, à côté de poubelles pleines à déborder. Sur un panneau fixé à la porte des Ateliers d'Artisanat de Chelsea, on pouvait lire : « Sonner et entrer. » Ce que fit donc Harper.

Il vit un bureau moderne avec dessus une machine à écrire et un téléphone, ainsi qu'une blonde séduisante derrière. Lorsque celle-ci l'aperçut, elle commença de se lever, puis fronça les sourcils et se rassit. Dans un meuble vitrine était exposé un échantillonnage de gobelets, pots, vases et cendriers. Un escalier en bois menait à l'étage du dessus, où divers bruits suggérèrent à Harper que l'on était en train de travailler.

— Puis-je vous aider ? gazouilla la fille, chantant chaque mot sur une note différente.

Elle aimait son travail, aimait la vie, aimait tous les gens qui franchissaient le seuil de la porte. Vu son physique, cela devait lui rapporter avec intérêt.

— Oui, j'ai acheté l'un de vos gobelets et j'ai l'impression de savoir qui l'a fait. (Harper déballa le gobelet et le lui montra.) TH. Je crois savoir qui a fabriqué ça.

— Ce sont effectivement les initiales de l'artisan, dit la fille, mais je n'ai pas le droit de communiquer l'identité de nos artisans. Il faut que vous parliez à M. Gorman.

Elle pressa un bouton sur son interphone et bientôt M. Gorman apparut par une porte proche du pied de l'escalier. Il était plus jeune que Harper, barbu, très chic dans une tenue en jean ajustée. Il examina le dessous du gobelet tout en écoutant l'histoire de Harper.

— Vous êtes vous-même Canadien, je pense, dit-il.

— Oui.

— C'est un Canadien qui a fabriqué ce gobelet. Il était assez bon, il aurait pu être très bon. Tom Harper.

Harper sentit le sol tanguer sous ses pieds.

— C'est mon frère, dit-il, sa propre voix résonnant à l'intérieur de sa tête. Il est toujours ici ?

— Non, malheureusement. (Gorman regardait Harper comme les médecins à la télé regardent les parents de patients à l'article de la mort.) Vous lui ressemblez, vous savez. Nous ferions mieux d'aller dans mon bureau.

Le bureau était petit, bourré de classeurs et d'étagères où s'empilaient des registres. Il y avait un amoncellement de papiers sur le bureau de Gorman. Manifestement son travail touchait à l'aspect peu reluisant de l'affaire : la commande de fournitures dont les prix ne cessaient de grimper, la relance des clients qui tardaient à payer.

Une fois qu'il eut fait de la place pour Harper, il s'assit au bord de son bureau et reprit :

— Comme je vous l'ai dit, Tom harper aurait pu être l'un de nos meilleurs éléments ; il aurait pu gagner beaucoup d'argent. Mais on ne pouvait pas compter sur lui. J'ai été obligé de me séparer de lui.

— Il buvait ?

— Oui. Et il ne se contentait pas d'un petit coup à l'occasion le vendredi après-midi. Dès qu'il avait de l'argent devant lui, il disparaissait dans la nature. Il arrivait qu'on ne le voie plus pendant une semaine. Et après, son travail en souffrait.

— Pas seulement son travail, observa Harper, qu'agaçait l'attitude pharisaïque de Gorman.

— Comment ?

— Lui aussi, il souffrait, précisa Harper. Mon frère souffrait.

— Oh, certainement.

— Quand Tom a-t-il arrêté ? Quand l'avez-vous vu pour la dernière fois ?

— Qu'est-ce qu'on est aujourd'hui ? (Gorman feuilleta le calendrier sur son bureau.) Ça fera deux semaines vendredi.

Harper éprouva de nouveau la sensation de vertige. Il l'avait raté de si peu. Tom avait arpenté ces lieux moins de quinze jours auparavant.

— Auriez-vous par hasard une adresse ?

— Rien. Il m'avait un jour donné une adresse pour des raisons fiscales, mais lorsque j'ai essayé de le joindre là-bas, personne n'avait entendu parler de lui.

Harper quitta le bureau de Gorman. La déception devait se lire sur son visage parce que la fille derrière le bureau s'adressa à lui au moment où il passait.

— Ça va comme vous voulez, monsieur Harper ?

— Pas vraiment. Je pensais retrouver quelqu'un, mais j'ai l'impression que j'ai fait chou blanc.

— Vous êtes Norman, le frère de Tom, n'est-ce pas ?

Qu'elle fût au courant n'avait rien d'étonnant. A moins que Tom n'eût subi une lobotomie, il n'avait dû pouvoir s'empêcher de faire du gringue à une aussi jolie femme.

— Il a parlé de moi ? s'enquit Harper.

— Nous avons parlé de vous quelquefois, oui. (Elle eut un sourire énigmatique, empreint à la fois de fierté et de peine.) Il a une haute opinion de vous. Il répétait tout le temps que vous étiez le seul membre de la famille qui vaille quelque chose. Quand il avait bu plusieurs bières, il revenait toujours à ça.

— Merci de me le dire. (Cela valait le coup d'essayer.) Savez-vous où je pourrais le joindre ?

Elle fouillait dans son sac à main.

— J'ai une adresse. (Elle sortit un bout de papier et le tendit à Harper.) Il m'a dit que je pouvais lui rendre visite à cette adresse si jamais j'en avais l'occasion.

Harper regarda l'adresse griffonnée.

— Montréal ? questionna-t-il.

— Exact. Il semblait croire que Londres allait lui poser des problèmes. Il m'a dit qu'il retournait chez lui.

Harper nota l'adresse et redonna le papier à la jeune femme. Il avait au moins un endroit où écrire — non que Tom répondrait.

— Merci beaucoup. Cela peut m'être utile.

— Je l'espère. Si vous le voyez ou si vous lui parlez, dites-lui que Gillian a demandé de ses nouvelles. Gillian Mill.

— Je n'y manquerai pas.

Il avait du mal à se détourner d'elle. Tous deux souriaient.

— Je n'ai pas eu besoin de présentations pour savoir que vous étiez le frère de Tom. La ressemblance est frappante. Vous vous habillez même de façon semblable.

— Lorsque nous étions petits, les gens croyaient que nous étions jumeaux. (Il glissa l'adresse de Tom dans sa poche.) Eh bien, merci de votre aide.

— Je vous en prie. Ciao.

***

Dehors le soleil inondait la venelle, réfléchi par les vitres et les murs de brique peints. Harper eut mal aux yeux. Il marchait sur les pavés ronds et les semelles de ses chaussures glissaient sur la surface inégale.

De l'entrée d'un garage ouvert, il entendit une voix :

— Harper ?

Il se tourna vers la pénombre.

— Oui ?

— Viens par ici, mon bonhomme.

Il fit un demi-pas en avant, puis l'instinct le retint ; un rideau de peur glacée l'effleura et l'arrêta. Un homme s'avança, posa les mains sur les épaules de Harper, et le tira à l'intérieur du garage. Harper vit une figure couverte de taches de rousseur, ainsi qu'une masse de cheveux roux séparés sur le côté, peignés et mouillés. L'homme avait ôté la veste de son costume et portait une chemise rayée, sans cravate, les manches relevées. Sa cheville le gênait — il boitait.

Il y avait quelqu'un d'autre dans le garage. Un

poing frappa Harper à l'estomac et il faillit tomber dans les pommes. Le rouquin le soutenait par derrière tandis que les coups pleuvaient sur sa poitrine et son visage. Harper n'avait jamais été passé à tabac et il fut étonné de constater qu'il n'avait pas mal. Du moins, pas encore. Il sentit une odeur d'huile de moteur et de rouille. La pensée lui traversa l'esprit qu'il n'inhalerait plus jamais cette odeur âcre sans se rappeler ces coups de poing le martelant.

Lorsque ce fut terminé, les deux hommes le firent asseoir sur quelque chose de dur, en le calant contre le mur. Puis un visage s'approcha du sien dans l'obscurité, si près qu'il sentit l'odeur piquante d'un after-shave citronné. Il entendit une voix rauque parlant sur le ton de la confidence.

— Harper, mon bonhomme, on te laisse la vie sauve parce que tu nous as aidés, c'est vrai. Mais n'essaie pas de jouer une autre fois la fille de l'air. On peut avoir besoin de toi. Et on saura toujours te retrouver.

Quand il se sentit la force de se mettre debout, Harper ressortit à la lumière en claudiquant. La venelle était calme et déserte. Elle ne laissait rien deviner de l'expérience désagréable qu'il venait de subir. Son premier réflexe fut de chercher un agent de police, mais quelque chose lui dit que ce n'était pas la chose à faire. Il réfléchit tout en se dirigeant lentement vers la grand-rue.

En premier lieu, la police ne pouvait rien pour lui sinon rechercher des agresseurs inconnus. Mais le second point était la chose importante : manifestement il s'agissait d'un quiproquo. Harper n'avait pas d'ennemis ; les deux brutes en voulaient à Tom. Et d'après ce qu'avait dit la voix, Tom avait partie liée avec eux. Il les avait aidés. Par conséquent, si par chance la police retrouvait les gars, Tom pouvait être perdant dans l'affaire.

Non, ce qu'il devait faire, c'était se rendre suffisamment présentable pour retourner à la maison sans terrifier Karen, puis décider calmement ensuite des mesures à prendre.

Dans la rue, le visage amoché de Harper ne fit guère d'impression. La plupart des gens ne le remarquaient pas et les rares qui firent attention à lui détournèrent les yeux aussitôt. Il trouva un pub avec des toilettes minables, où il put vérifier dans un bout de miroir qu'il n'était quand même pas défiguré. Il avait un œil tuméfié, son nez avait cessé de saigner, il avait le côté de la mâchoire contusionné. Il ferait une inspection sous sa chemise une fois chez lui, mais en attendant il appuya sur ses côtes et décréta qu'il n'avait rien de cassé.

Tandis qu'il se lavait à l'eau froide, une surprenante sensation de bien-être l'envahit ; non, mieux que cela : un sentiment de triomphe.

Ce passage à tabac était destiné à Tom, mais Norman en avait été la victime à sa place. Il avait enfin fait quelque chose pour son frère, et, si son corps était douloureux, son âme, elle, exultait.

Son débarbouillage fit des miracles — il avait vu des joueurs de tennis avoir une mine plus épouvantable que ça. Avant de quitter le pub, Harper s'assit à une table en chêne éclaboussée de lumière colorée provenant d'un vitrail, et il but une pinte d'ale. Il laissa vagabonder son esprit, et lorsqu'il alla prendre son train pour rentrer chez lui, il savait ce qu'il avait à faire et que dire à Karen.

***

— Ça ne devrait pas prendre plus de quelques jours, dit-il.

Ils partageaient la même chaise longue dans le jardin, Karen allongée en bikini et Harper assis sur le repose-pieds. A côté d'eux, la vasque en béton pour les oiseaux était sèche, de même que la terre dure et grise, l'herbe roussie.

— Si Tom n'est pas à Montréal, je pourrai reprendre le premier avion pour rentrer. Mais j'ai l'impression qu'il sera là-bas.

— Ne te préoccupe pas de l'avion pour le retour, dit Karen. Reste au moins une semaine. Passe un bon moment.

— S'il est question de vacances, tu devrais venir aussi. Anita est assez grande pour se débrouiller toute seule.

— Ce ne sont pas des vacances. Tu vas là-bas pour retrouver ton frère et passer du temps seul avec lui.

C'est ainsi que Harper décrocha le téléphone afin de réserver une place sur un vol pour l'après-midi du lendemain. Puis il alla à son bureau au club de tennis et se libéra de ses obligations pour la semaine.

Ce soir-là le dîner fut pour Harper une vraie fête. L'exultation qu'il avait éprouvée après son passage à tabac n'avait pas diminué et il apprécia plus que jamais la compagnie de sa femme et de sa fille. Karen fit un véritable festin : elle plaça quatre grandes bougies sur la table, versa du vin rouge dans des verres en cristal, et servit un énorme rôti de bœuf. C'était une femme qui aimait célébrer les événements et chaque fois que Harper devait partir en voyage, elle faisait toujours en sorte qu'il ait l'impression d'être un personnage dans une « dramatique ».

Ce soir-là, il éprouvait le sentiment d'avoir vraiment et bien entamé une entreprise promise au succès. Pourtant, il avait aussi une boule à la gorge, pressentant une tragédie potentielle. Il avait caché à Karen et Anita les détails de l'agression dont il avait été victime dans le garage, le fait que cette correction eût été destinée à Tom, et ce que cela donnait à supposer si son frère était impliqué dans une affaire criminelle. D'après sa version, deux supporters de football de Chelsea s'étaient tapés dessus dans un pub et Harper avait commis l'erreur de s'interposer.

Le petit ami d'Anita arriva après le dîner. Il avait l'air d'un mandarin avec sa moustache fine et sa chemise en soie. Il serra la main de Harper et lui souhaita bon voyage, puis Anita et lui partirent pour les « Raisins », et Karen put aborder ce qui la tracassait.

— Que s'est-il passé aujourd'hui à la fabrique de céramiques, Norman ? demanda-t-elle. As-tu appris quelque chose dont tu ne m'aies pas parlé ?

— J'ai appris que Tom travaillait là jusqu'à voici deux semaines, qu'ils l'ont viré parce qu'il buvait, et qu'il est probablement retourné à Montréal.

Harper ne mentait jamais à sa femme, seulement la vérité qu'il lui servait était parfois incomplète.

— Mais quelque chose te turlupine. Je l'ai senti toute la soirée.

— Non. Qu'est-ce que tu vas t'imaginer ?

— Je crois que tu as appris quelque chose de grave. Tom est peut-être très malade. Ou bien peut-être a-t-il volé dans la caisse. Je suis désolée... N'importe quoi. En tout cas, ça t'a fichu un coup, si bien que tu es allé te soûler et que tu t'es trouvé pris dans une bagarre.

— C'est un magnifique scénario, mais il n'y a pas un mot de vrai dans tout ça. (Voilà pourquoi il l'encourageait à inventer sa propre version de ce qui s'était passé ; cela lui plaisait de pouvoir la rassurer en rejetant sommairement son histoire.) Maintenant viens ici, reprit-il, que je puisse manger tes boucles d'oreilles. *Je suis le croqueur de diamants.*

Elle quitta sa chaise et s'assit à côté de lui sur le canapé.

— Tu te souviens de Zizi Jeanmaire ? dit Karen.

Jeunes mariés, ils avaient vu un film où figurait la danseuse française aux longues jambes, dans un ballet exotique ayant pour sujet une fille qui croquait des diamants. Le vin, la lumière des bougies, le souvenir de cette danse voluptueuse, émoustillèrent Harper, et il eut envie de Karen, dont les jambes soutenaient la comparaison avec celles de Zizi ou de quiconque.

Anita rentra à la maison aux petites heures et sourit de voir des vêtements de ses parents abandonnés dans le salon. Ils ne ressemblaient pas aux autres pères et mères. Ils étaient eux-mêmes comme des gosses.

***

N'appréciant guère les adieux dans les aéroports, Harper embrassa Karen à la maison, puis effectua seul le trajet jusqu'à Heathrow. Il faisait de nouveau une belle journée et l'avion décolla juste à l'heure. Ses ecchymoses et sa peau tuméfiée avaient meilleure mine, mais l'arcade sourcilière au-dessus de son œil droit lui rappelait dans quelle situation se trouvait Tom. Harper se mit à y réfléchir tout en prenant place dans l'avion et buvant du whisky.

La clef du mystère résidait dans cette précision chuchotée : « Nous te laissons la vie sauve parce que tu nous as été utile. » De toute évidence, il s'agissait de criminels et Tom avait pris part à leurs activités ; il avait été « utile ». Et il pouvait à nouveau être utile ; la voix avait dit : « Nous pouvons avoir besoin de toi. » Mais quel délit avait-il commis ? Harper n'arrivait pas à imaginer que Tom fût impliqué dans quelque chose d'aussi sordide qu'une affaire de stupéfiants. Toutefois, il n'avait pas d'illusions. Tom aurait été prêt à dévaliser une banque ou passer des devises en fraude avec la même confiance en lui que lorsqu'il était question de jupons.

Le whisky faisait son effet. Harper ferma les yeux et glissa dans une espèce de rêverie. Lui et Tom étaient accroupis derrière le garage, à côté de la vieille maison de Standard Street à Baytown. Par terre, devant eux, gisait un tas de cônes et de cylindres carbonisés, restes rassemblés du feu d'artifice de la veille au soir. Le jour précédent, c'était le Jour des Pétards, le 24 mai. Les cartouches en carton avec leur enveloppe colorée, qui dégageaient à présent l'odeur âcre de la poudre, méritaient une fin plus spectaculaire que de pourrir bêtement sur une pelouse mouillée ou sur un tas d'ordures. C'est Tom qui avait eu l'idée du bûcher funéraire, et il avait volé une poignée d'allumettes dans la boîte à la cuisine.

Mais avant qu'ils aient pu allumer correctement tout leur fourbi, leur mère était apparue et elle leur avait assené des coups, elle qui n'avait encore jamais frappé ses fils. Ils se retrouvèrent au lit, tremblants, tandis qu'elle pleurait au rez-de-chaussée.

Des années s'étaient écoulées avant que Harper ne commence à comprendre la réaction exagérée de sa mère devant ce qui était seulement une farce d'enfant. Lui-même était en proie à de noirs accès de la même déprime irlandaise que connaissait sa mère, lorsque cela devenait intenable, il parvenait à y faire face, grâce à quelques capsules rouges et noires. Mais Moira Harper avait dû se débrouiller toute seule, car elle avait vécu à une époque où de telles médications n'existaient pas encore. A présent, tandis que l'avion le ramenait rapidement vers Montréal, à moins de quelques centaines de kilomètres de l'endroit où sa mère et son enfance étaient enterrées, Harper se demanda jusqu'à quel point Moira avait légué à Tom, voire à lui-même, cette propension gaélique à la catastrophe.

***

Après que l'avion eut atterri, que la limousine l'eut amené en ville et déposé à Peel Street devant le *Mount Royal Hotel*, Harper fit ce qu'il avait fait plus de vingt ans auparavant lorsqu'il s'était rendu pour la première fois de Baytown à Montréal : il se dirigea vers le Centre d'hébergement de la *Young Men's Christian Association* à Drummond Street et y prit une chambre. C'était bon marché, propre et simple. Il lui fallut seulement quelques minutes pour défaire son unique valise. Pendant qu'il rangeait ses affaires dans la commode sentant le renfermé, Harper eut le sentiment irrépressible qu'il se trouvait seul au monde. Cela semblait s'accorder avec cette chambre minuscule, qui avait vu défiler tant de jeunes gens en déplacement. Son foyer confortable de Wimbledon, son travail sur mesure au club de tennis ... Non, il n'était pas seul.

Mais Tom, lui, était peut-être seul en ce moment, en butte à toutes sortes d'ennuis de la part des agresseurs de Wellington Mews — ou bien, encore pis, inconscient de l'existence d'un danger.

Harper prit le bout de papier avec l'adresse que lui avait donnée Gillian Mill, et il sortit pour héler un taxi. C'était à dix minutes de là, un immeuble dans Lincoln Avenue. Les murs de brique bordeaux foncé étaient couverts de crasse et le vestibule de marbre évoquait plutôt de grandioses toilettes.

Une rangée de boutons — un par appartement — était encastrée dans le mur près de la porte intérieure. A côté du bouton numéro 7 — celui de Tom, d'après le papier — il n'y avait pas de nom. Anonyme jusqu'au bout, pensa Harper en appuyant et attendant. Un signal électrique couina dans la serrure. Il poussa la porte et entra.

Le couloir sentait la soupe et le tissu d'ameublement taché. Harper gravit quelques marches de marbre et trouva la porte numéro 7 tout près du palier. Il frappa un coup et la porte s'ouvrit aussitôt.

Sa silhouette se détacha sur la pâle lumière provenant de la pièce derrière elle, et avant même qu'elle n'ouvrit la bouche, Harper la reconnut.

— Surprise, surprise ! fit Gillian Mill. Entrez.

Il la suivit dans une kitchenette pas plus grande qu'une cabine téléphonique. Une bouilloire fumait sur un réchaud à gaz.

— Le thé est prêt, annonça-t-elle, plaçant un second gobelet à côté du sien.

Manifestement, elle était seule. Tom n'était pas là. Harper éprouva un mélange de déception et de folle excitation. Ils portèrent leur thé au salon et s'installèrent l'un en face de l'autre sur des sièges à bon marché. Hors du cadre de son bureau, Gillian Mill paraissait plus jeune et plus vulnérable.

— Tom m'avait donné une clef en même temps que l'adresse, expliqua-t-elle. Je ne vous l'avais pas dit.

— On ne peut pas tout dire.

— Nous sommes très proches, Tom et moi. Ça m'a inquiétée quand vous êtes venu à sa recherche le lendemain même de la visite de ces deux hommes.

— Un rouquin ?

— Avec des taches de rousseur. Ainsi donc, il se passe bien quelque chose. (Le gobelet trembla comme elle le portait à ses lèvres.) Tom était préoccupé ces derniers jours. Quand il m'a dit être obligé de quitter Londres, j'ai pensé simplement qu'il devait de l'argent. Mais c'est plus grave, n'est-ce pas ?

— Je le crois bien...

— Vous ne savez pas ? Vous êtes son frère.

Harper toucha sa joue d'où l'enflure avait presque disparu. Bon sang, il avait beau avoir été passé à tabac, il n'avait toujours rien fait pour dépanner Tom. Mais c'était la raison pour laquelle il était là.

— Où est-il ?

— Je ne sais pas. Je suis arrivée ce matin. J'attends qu'il fasse son apparition.

— Vous n'avez pas perdu de temps.

— J'ai dit à M. Gorman que j'avais quelqu'un de malade dans ma famille en Cornouailles. Il m'a donné deux jours de congé.

— Est-ce que cela suffira ?

Peu à peu elle paraissait davantage sûre d'elle.

— Selon ce qu'il en sera pour Tom, il se peut que je ne revienne plus.

La pièce mal éclairée de cet immeuble décrépit commençait à coller la trouille à Harper. Il donna à la fille son numéro de téléphone au centre d'hébergement et elle lui promit de l'appeler dès que Tom ferait son apparition. Puis il s'échappa vers le soleil et gagna d'un pas vif le centre-ville.

***

Il y avait du bois ciré et une fine odeur de bière à l'intérieur du « Trèfle ». Harper prit son tabouret habituel à l'extrémité du bar et commença à boire de la Guinness dans une grosse chope noire. Le barman qui le servait quitta son poste l'espace d'une minute et disparut par une porte à l'autre bout du bar. Il revint un instant plus tard, suivi de Pat Leary, à l'aristocratique présence, et tous deux restèrent à regarder du côté de Harper tels des visiteurs au zoo.

Leary passa le bras autour de l'épaule du barman et lui dit quelque chose. Puis il s'approcha de Harper, arborant un sourire sur sa figure laquée, et sa main droite se tendit, dépassant des manchettes de mohair bleu aux rayures blanches. Harper s'était toujours demandé si Leary ne se maquillait pas un peu, car sa peau avait les tons chauds d'une peinture à l'huile bon marché et l'on pouvait compter les poils de ses sourcils noirs luisants.

— Norman, c'est toi, fit-il. Quelle merveilleuse surprise ! Mon employé vient de me dire que mon vieil ami Tom Harper avait fait une apparition, mais je suis tout aussi content de te voir.

— Je cherche Tom moi-même, dit Harper. Comment va, Patsy ?

— On fait des affaires du tonnerre. A dire la vérité, c'est embarrassant. Les rues sont pleines de riches touristes américains. Que Dieu vienne en aide à l'économie perturbée !

— Prends un verre avec moi, Pat.

— Volontiers. Mais offert par la maison. (Leary sourit au barman, qui se pencha vers ses armoires réfrigérées et commença d'ouvrir des bouteilles.) Ainsi, tu cherches ton frère errant. A ce que j'ai entendu dire dernièrement, lui aussi te cherchait.

— Ah non ? Première nouvelle. En fait, Patsy, je n'ai pas vu mon frère depuis des années, telle est la triste vérité.

C'était étrange, et presque comique, mais chaque fois que Harper entrait au « Trèfle », et surtout lorsqu'il parlait au propriétaire, il entendait sa voix prendre des intonations irlandaises de plus en plus prononcées.

— Je me rappelle la première fois que Tom est entré ici, voici plus d'un an, reprit Leary. Croyant que c'était toi, je m'apprêtais à déclarer avoir toujours su que tu détesterais l'Angleterre. Et puis j'ai découvert une autre version des yeux Harper. As-tu jamais remarqué la différence, Norman ?

— C'est plus facile à discerner pour quelqu'un d'autre.

— Tes yeux expriment l'assurance de l'homme intègre. Tu n'as jamais rien fait de mal dans ta vie, n'est-ce pas ? Alors qui peut te faire baisser les yeux ? Mais Thomas, pauvre bougre, appartient au grand troupeau des imparfaits et il le sait. Il a dans les yeux le regard du charognard, craignant toujours d'être attrapé.

— Tu en fais un être pathétique, observa Harper, en proie à une certaine irritation.

Il découvrait un autre Pat Leary, aigri par le temps.

— Ton frère n'est pas pathétique : rien qu'un spécimen banal de la race humaine, répliqua Leary. Tu ne pourras jamais comprendre ça, Norman. Toi, tu fais partie des anges.

Le bar s'anima et Leary s'éloigna pour vaquer à ses occupations. Harper but trois autres bières, savourant une légère griserie à l'idée que les rues estivales de Montréal l'attendaient dehors. Au moment où il s'apprêtait à partir, Leary réapparut près de lui.

— Je guetterai Tom, bien que je ne l'aie pas vu depuis des mois. Ton frère a la manie de disparaître.

— Je sais. On l'a vu à Londres pendant quelque temps, mais je l'ai raté. On m'a dit qu'il devait revenir ici.

— Alors, tôt ou tard, il montrera le bout de son nez. Où peut-il te joindre s'il se pointe ?

— Je suis descendu au Centre d'hébergement de la YMCA.

— Modeste, avec ça ! Tom, lui, je suppose qu'il s'offrira une suite au « Queen Elizabeth ». Rien que le meilleur.

— Non, il a un appartement dans Lincoln Avenue. Mais il n'était pas là quand j'y suis passé tout à l'heure.

Harper quitta le « Trèfle », marcha jusqu'à Dorchester Boulevard, et s'assit sur un banc au soleil. Devant lui, une circulation incessante s'écoulait sur six files dans les deux directions. Tandis qu'il regardait fixement, clignant les paupières, il ressentit la fatigue de l'avion. Tôt ou tard il lui faudrait dormir.

Il jeta un coup d'œil sur sa gauche et aperçut la tour de verre, d'un noir luisant, où il avait passé quinze ans comme chargé des relations publiques, tenu d'arborer un visage impassible devant les projets les plus ridicules. Des nuages semblaient voguer dans le prisme de verre.

***

Il avait dû somnoler durant un certain temps parce qu'il sentit sa tête se relever brusquement de sa poitrine. Le soleil avait décliné d'un ou deux degrés dans le ciel. Il pensa à Gillian Mill et se demanda si, au cas où Tom serait encore absent, elle irait éventuellement dîner avec lui. Il se leva et se dirigea vers un taxi qui attendait parmi le flot de véhicules, ouvrit la portière et monta. Dix minutes plus tard il se retrouvait dans les toilettes de marbre et sonnait au numéro 7. Il n'obtint pas de réponse.

Harper tira sur la porte intérieure. Elle s'ouvrit d'un coup et il la franchit. Une fois sur le palier, il frappa au numéro 7 et la porte tourna sur ses gonds en couinant. Harper fit un pas à l'intérieur et sentit tomber sur lui la même chope de peur que lorsqu'il avait pénétré dans le garage sombre de Wellington Mews. Il se figea et retint son souffle. Il perçut un léger mouvement dans la pièce sombre sur la gauche, une espèce de frottement, un bruit sourd. Puis le silence.

Sa main droite trouva un commutateur. Le bruit avait été fait par Gillian Mill essayant de se soulever du plancher. Son sang imbibait le tapis élimé.

Harper s'agenouilla près d'elle et la retourna. Ils l'avaient amochée bien plus sérieusement que lui. Son joli visage était grotesque. Il s'efforça de traduire en mots les sons qu'elle émettait. Il entendit quelque chose comme :

— Leur ai pas dit...

— N'essayez pas de parler, lui enjoignit Harper. Faites seulement oui ou non de la tête.

Il la maintenait contre son genou, percevant les tremblements de son corps.

— Ils cherchaient Tom ?

Elle hocha la tête.

— Savez-vous où il est ?

De nouveau elle hocha sa tête ensanglantée.

— Il faut que je sache. Il faut que je le joigne et le prévienne, ou que je l'aide. Pouvez-vous me dire où il est allé ?

Les quelques mots ressemblaient à des gémissements, mais il les comprit distinctement. A la maison. Tom était allé à la maison.

— D'accord. Maintenant écoutez, Gillian. Je vais vous laisser. Je suis obligé de partir. Moi aussi, je suis en danger. Mais j'appellerai la police et elle sera là dans quelques minutes avec une ambulance. Ils s'occuperont de vous et vous assureront une protection. OK ?

Elle garda le silence entre ses bras. Il la reposa doucement puis se glissa hors de l'appartement.

Dans la rue, il fut aux aguets, cherchant à voir si on le filait tandis qu'il remontait Lincoln le plus vite possible en direction de l'est. A la première cabine téléphonique, il appela la police et donna l'adresse de l'appartement de Tom, en expliquant qu'une jeune femme avait été passée à tabac.

Une demi-heure plus tard, en sécurité dans sa chambre du centre d'hébergement, Harper s'allongea sur le lit et, les yeux fermés, vit presque le sommeil déferler vers lui comme un raz-de-marée.

Il eut le temps de se rendre compte que son coup de téléphone à la police pouvait attirer des ennuis à son frère. Si elle appréhendait les brutes qui se chargeaient des passages à tabac, Tom pouvait finir par être mêlé à l'affaire. Mais c'était inévitable. Gillian avait besoin de soins immédiats et Harper n'était pas en mesure de la transporter à l'hôpital.

Sa dernière image avant de s'endormir fut celle du rouquin et de son acolyte invisible qui chuchotait. Ils avaient dû traverser l'océan pour le suivre ou suivre Gillian, sur les traces de l'insaisissable Tom Harper, sans doute dans le même avion. C'était forcément ça. Sinon, comment auraient-ils pu la retrouver si rapidement ?

***

Il dormit dix-huit heures. Il était dix heures le lendemain matin quand il s'assit dans son lit, sachant à présent parfaitement ce qu'il allait faire. Il prit sa serviette, son savon, ainsi que la clef de sa chambre, puis enfila le couloir jusqu'à la salle de bains commune, où il se doucha et se rasa. De nouveau les années s'évanouirent et il se revit jeune journaliste fraîchement arrivé de la cambrousse, ravi de son travail mal rémunéré pour une feuille de chou à deux doigts de mettre la clef sous la porte.

C'était l'époque où il arpentait de nuit la magnifique cité, merveilleusement soûl, en parlant un français volubile et approximatif aux garçons de café, aux chauffeurs de taxi, aux entraîneuses de bar, gravissait à maintes et maintes reprises l'escalier menant à Ciro's pour écouter le Joe Holliday Quartet, dessoûlait à l'aube dans des quartiers éloignés du centre, puis rentrait chez lui à proximité de ponts majestueux. Il ne devait apercevoir que deux ans plus tard le visage avenant de Karen dans un restaurant bondé.

Tiré à quatre épingles, sa valise à la main, Harper quitta le centre de la YMCA et gagna à pied le bureau d'Avis à Dominion Square, où il loua une voiture. A midi, il fonçait sur la Higway 401, dépassait Dorval, puis filait vers la frontière de l'Ontario.

Décidément, Baytown ne changeait pas. En entrant dans la ville, Harper vit des gens nouveaux marchant dans Front Street, mais nombre d'anciennes boutiques étaient toujours là. Teddy Marcus était probablement à l'intérieur de sa librairie, mais comment se portait-il ? Il avait la cinquantaine quand Harper était parti, plus de vingt ans auparavant. Et à l'intérieur du salon de coiffure de Sullivan, le vieux Sweets Cameron devait encore faire cliqueter ses ciseaux en respirant par la bouche.

Lorsqu'il passa devant le lycée et aperçut les fenêtres des classes où il avait travaillé durant ces années enchantées, Harper déglutit avec peine pour étouffer le sanglot qui montait dans sa poitrine. Tom s'était vaillamment défendu au football sur le large terrain de jeu, récoltant les bosses comme à son habitude, tandis que son jeune frère restait en dehors de la mêlée sur la touche, rythmant avec art les acclamations des supporters.

« C'est fini, Tom, dit Harper à haute voix dans la voiture. Cette fois-ci, j'arrive ! »

La maison de Standard Street paraissait inchangée, elle aussi. « Voilà l'avantage d'une véranda croûlante et du stuc qui s'écaille », songea Harper. « Ça ne bouge pas parce que ça ne peut être pire ! »

Après avoir manœuvré deux fois le heurtoir de cuivre en forme de feuille de chêne, il envisagea d'ouvrir la porte et d'entrer comme il l'aurait fait s'il avait encore vécu là. Mais cela aurait pu effrayer Mary. C'était déjà bien suffisant d'arriver sans prévenir — il aurait vraiment dû téléphoner de Montréal.

— Bonjour, Mary, dit-il comme sa sœur ouvrait la porte.

Elle ne manifesta aucune surprise.

— Je savais que c'était toi. Quand Tom est arrivé ce matin, je lui ai dit : « Attends, Normie sera là avant l'heure du dîner. »

Elle recula pour le laisser entrer. Dans son visage rond et rayonnant, les yeux troubles étaient inexpressifs. Elle avait la tignasse raide et mal coiffée d'une femme qui ne voit presque plus. Sa vue basse expliquait aussi les deux traits de son rouge à lèvres.

Elle le précéda à travers le vestibule sombre et le fit entrer dans la salle à manger, évoluant avec aisance dans ces lieux qu'elle connaissait.

La voix de Tom parvint de la cuisine.

— C'est Norm ?

Il survînt dans la pièce, tenant une bouteille de bière d'une main et un verre vide de l'autre.

— Je te trouve enfin, mon salaud, dit Harper.

La poignée de main, brève mais ferme, et douloureusement familière après tant d'années, exprima beaucoup de choses que les deux frères eussent été incapables de formuler.

Tom servit la bière.

— Tiens, bois ça en te rappelant qu'il y en a vingt-trois autres dans la caisse. (Il tendit le verre plein à Norman.) Et pour toi, ça va, Mary ? s'enquit-il en retournant dans la cuisine.

— Parfait, je baigne dans une douce euphorie,

répondit-elle en esquissant un geste vague de la main, avant de trouver son verre à tâtons.

Harper s'assit à la table de la salle à manger, une table en chêne à volets qui avait des angles arrondis. Il se rappela les dimanches après-midi pendant la guerre, quand Mary donnait rendez-vous aux gars de la base aérienne. Des matches de ping-pong étaient alors disputés sur cette table et les jeunes en uniforme attaquaient en se prévalant de leur titre de champion de Vancouver, de Toronto, ou de l'endroit dont ils étaient originaires. Mais les angles inexistants de la table les perturbaient bientôt, de même que la vitrine de porcelaines risquant d'être fracassée par leurs revers, et ils finissaient, amateurs embarrassés, par perdre au profit de la bonne amie, de la mère, du père, des deux petits frères, de tout le monde à l'exception du chien.

— A la vôtre, annonça Harper avant d'écluser la quasi-totalité d'une bière qui s'avérait fort nécessaire.

— A entendre ta voix, tu as l'air de ne pas avoir changé, déclara Mary. L'Angleterre doit te réussir. Comment va Karen ? Et Anita ?

— Bien, tout le monde va bien. Elles te font leurs amitiés.

Il continua un instant à parler des joies de son travail consistant à promouvoir le tournoi de tennis, laïus tout prêt qu'il était habitué à débiter. Mais tandis qu'il parlait et que Mary souriait, il prit conscience de l'isolement de cette dernière et que sa présence dans la pièce commençait à rompre. Il lui était pénible de comprendre que le chèque qu'il lui envoyait au courrier tous les mois ne suffisait pas. Mary était un être humain et avait besoin de se sentir entourée de monde.

Tom revint de la cuisine avec un verre et deux bouteilles pleines. Il posa l'une d'elles à côté du verre de son frère. Tom était trapu à présent, avec un torse en forme de barrique, il était si massif qu'il n'aurait pu s'affaisser. Il s'assit sur la chaise à dos droit de la même façon que, dans le souvenir de Harper, s'asseyait leur père — les jambes écartées, les pieds bien à plat, une poitrine replète faisant suite à un abdomen rebondi, logé dans un ballon de flanelle grise. Harper eut l'impression que, s'il regardait sous la table, il allait voir les bottes noires, brillantes, lacées haut, du vieil homme.

— C'est parfait, observa Tom. (Il eut ce coup d'œil timide sur le côté, ce demi-sourire, qu'un membre expérimenté de la famille Harper savait interpréter comme étant des démonstrations de profonde affection.) Qu'est-ce qui t'amène ici ?

— Une impulsion subite, voilà tout. Maintenant que la quinzaine de Wimbledon est terminée, j'ai un peu de temps libre. En réalité, c'est Karen qui a eu l'idée que je prenne l'avion pour venir.

Harper avait décidé de ne pas parler du problème devant Mary. Lui et Tom trouveraient tôt ou tard le temps de l'aborder.

L'occasion s'en présenta assez vite. Mary insista pour préparer le dîner sans aide ; elle connaissait la cuisine et se débrouillait depuis des années. Les frères échouèrent dans le jardin envahi par la végétation, et s'assirent sur une balancelle qui était immobilisée dans l'herbe haute de trente centimètres. Des iris éclos, à l'abandon, les entouraient et un soleil de fin d'après-midi scintillait sur les ailes diaprées d'une libellule qui voltigeait.

— Oh, commença Harper. Qu'est-ce qui se passe ? Je sais des tas de choses, Tom. Qu'est-ce qu'il y a ?

— Qu'est-ce que tu sais exactement ?

Cette assurance insolente n'était pas nouvelle.

— Que tu as travaillé à Londres pour les Ateliers d'Artisanat de Chelsea, et que tu fabriquais des gobelets en céramique. Que tu n'y es resté qu'un temps, et qu'ils ont dû se séparer de toi.

— Je suis un poivrot. Et un « loser ».

— C'est peut-être pire que tu ne l'imagines. Quand j'étais à Wellington Mews deux types m'ont passé à tabac. Ils m'ont pris pour toi. C'est indubitable d'après ce qu'ils m'ont dit.

— Je te crois. Qu'est-ce qu'ils t'ont dit ?

— Qu'ils me — te — laissaient la vie sauve parce que je leur avais rendu service. Mais pas question que je disparaisse parce qu'ils pouvaient encore avoir besoin de moi.

Tom Harper fronça les sourcils.

— Ils avaient eu ma dernière livraison.

— Dernière livraison de quoi ? Qu'est-ce que tu faisais pour eux ?

Tom se leva, resta planté au milieu de l'herbe haute, vida une demi-bouteille de bière sur un bout de terrain derrière le vieux garage.

— Tu te souviens du fameux feu de joie, Norm ? Mieux vaut tard que jamais. Pas de risque de brûler le mur maintenant. Maman serait contente.

— De quoi s'agit-il ? insista Harper. Dans quelle ânerie t'es-tu embarqué ?

— Ce n'est pas une ânerie, petit frère, mais du patriotisme. A moins que ça ne soit la même chose.

— Je ne suis pas ?

— Moi j'ai suivi. J'ai écouté de longues histoires racontant comment les Anglais étaient venus s'emparer des terres. Comment ils avaient essayé de nous dominer et de nous supprimer. Et puis la famine, avec des dizaines de milliers de nos femmes et de nos enfants mourant littéralement de faim dans des cahutes glaciales.

— Qu'est-ce que tu racontes ?

— Je te parle de liberté pour l'Irlande après toutes ces années. De l'IRA.

L'expression timide qu'arborait le visage de Tom ne dénotait pas à proprement parler le partisan convaincu.

— Tu ne crois pas plus que moi à ces folies. Qui a tenté de te faire gober ça ?

— Patrick Leary. Assis dans l'arrière-salle du « Trèfle » au petit matin devant des cruches de whisky fumant. (Tom reprit place à côté de son frère cadet sur la vieille balancelle, dont toute la peinture était écaillée.) A vrai dire, c'est ta faute, Normie. J'étais venu à Montréal pour suivre tes traces. Tout semblait te réussir comme par magie ou, en tout cas, tu savais comment t'y prendre. C'est aussi pour ça que je suis allé en Angleterre. Ma vie était merdique : l'ennui, la boisson, les échecs. J'ai pensé que si je t'imitais, je serais un gagnant moi aussi.

Harper voulut dire à Tom quelque chose d'encourageant sur sa vie, seulement rien n'aurait sonné juste.

— Mais l'IRA chez Leary, comment ça ? On est au Canada. Il ne se passe rien ici.

— Sinon la collecte de fonds. Ils ont besoin d'argent pour le plastic. Et les réveils.

— Mais tu n'as pas d'argent.

— Non. J'étais le coursier. Une espèce de garçon livreur. Leary réunissait des fonds — ils n'aiment pas les chèques ni les comptes en banque —, et je filais à Londres livrer le paquet. Ma belle gueule d'Irlandais et mon accent constituaient un camouflage excellent.

Mary cria depuis la cuisine que le dîner était prêt. Les deux frères se levèrent et quittèrent la balancelle, puis restèrent un moment tournés vers l'arrière de la maison. Derrière eux un poteau incliné, destiné à servir de piquet pour une corde à linge, était utilisé comme plate-forme pour une petite cabane à oiseaux, de fabrication maison. Quelque part dans un album de photos tout déchiré se trouvait une photo des deux garçons en uniforme de lycéens, debout dans la même position bras dessus bras dessous. Le jeune Norman tenait une tranche de pain ornée d'une morsure en forme de croissant et Tom avait un petit *Union Jack* au bout d'un bâton qui dépassait de sa ceinture.

Ainsi, c'était ça, songea Harper. Tom avait rendu service, et ils lui avaient laissé la vie sauve. Maintenant ils pouvaient à nouveau avoir besoin de lui et il essayait de disparaître. Une fois qu'on a mis le doigt dans l'engrenage, on ne peut plus en sortir.

— Tu te demandes peut-être pourquoi ils en ont après moi, moi qui ne suis qu'un garçon de courses de troisième ordre. Mais, vois-tu, j'ai fait une bêtise. Je me suis porté volontaire.

— Pour faire quoi ? demanda Harper, accablé.

— Pour participer activement. Je me suis pointé livrer l'argent juste au moment où ils devaient effectuer une grosse opération de plasticage. Toute une série de bombes, un vrai bazar dans le quartier d'Oxford Circus. Mais l'un des gars qui devait y participer est tombé dans l'escalier et s'est cassé la cheville. Très irlandais, ça. Du coup j'ai demandé qu'on me permette de prendre sa place. Et Healy a accepté.

— Laisse-moi deviner. Healy a une voix rauque et douce, et il t'appelle « mon bonhomme ».

— Exact.

— Et le type qui s'est cassé la cheville a des cheveux roux et des taches de rousseur.

— Là encore, exact. Sean Culkin. (Tom jeta un coup d'œil à son frère.) Ah oui, les gars qui t'ont filé une volée ? Désolé.

— Peu importe. Qu'est-ce qui est arrivé ?

— La chose inévitable et non prévue. J'ai pris l'un des sacs en plastique, que j'ai déposé sur le palier au premier étage d'un immeuble de bureaux près du métro de Bond Street. Les bombes étaient toutes synchronisées pour exploser à minuit. Aucune intention de faire de victimes — il ne s'agissait que d'une démonstration de notre force foudroyante.

— Bon Dieu ! émit Harper. J'ai entendu parler de ces bombes dans les journaux.

— Oui, et de la femme de ménage. Elle a posé son balai et son seau, puis a saisi le sac au moment même où il explosait. Cinquante-trois ans, une très jeune et très jolie grand-mère d'après les journaux.

Ils se dirigeaient lentement vers la maison.

— Du coup, tu as laissé tomber, commenta Harper.

— Du moins, c'est ce que j'ai dit à M. Healy. Il s'est mis à rire et m'a rétorqué que ça ne marchait pas comme ça dans l'IRA. J'ai promis de ne rien dire à personne, mais il m'a dit qu'on ne dirigeait pas une armée sur ces bases. C'est pourquoi j'ai changé de studio avant de disparaître.

— Pourquoi les Ateliers d'Artisanat de Chelsea ?

— Pour gagner de quoi rentrer à la maison. J'avais appris la céramique en donnant des cours à la Kitchener High School. Mais tout l'argent filait en boissons, si bien que j'ai fini par revenir en travaillant sur un cargo. En tout cas, je semble m'être tiré juste à temps, vu la façon dont Sean et Healy ont agi avec toi.

***

Durant tout le dîner, Harper se demanda quand parler à Tom de Gillian Mill. Il fallait le mettre au courant, mais impossible de savoir quelle serait sa réaction. Harper mangea son repas pendant que sa sœur et son frère faisaient les frais de la conversation. La cuisine à Standard Street n'avait pas changé. Les saucisses étaient carbonisées, il y avait des grumeaux dans la purée, et le tout était accompagné, en abondance, de cette salade unique : du chou haché et des oignons mélangés, liés avec de la mayonnaise et copieusement saupoudrés de sel et de poivre. Il n'avait jamais aussi bien mangé depuis des années et il nettoya son assiette.

Mary insista pour faire seule la vaisselle, si bien que Harper se retrouva avec Tom quelque temps au salon.

— Tu es au courant pour Gillian Mill ? demanda-t-il.

— Bien sûr. Elle a débarqué à Montréal hier et m'a dit que tu me cherchais. Et elle m'a décrit mes amis irlandais qui étaient passés avant toi. C'est pourquoi je me suis mis au vert à Baytown.

— Ils l'ont trouvée.

— Qui ça, ils ?

— Le rouquin et l'autre. Je suis arrivé peu de temps après, juste à temps pour appeler une ambulance.

Tom Harper dévisagea son jeune frère avec une

expression tellement impassible qu'il en avait l'air presque stupide. On aurait dit un regard animal, laissant deviner que Tom savait exactement ce qu'il lui restait à faire, mais que la chose serait odieuse et dangereuse.

— J'aimerais emprunter ta voiture de location, Normie, déclara-t-il d'une voix blanche.

— Évite Montréal, Tom. Ils essaient de te retrouver. Gillian ne leur a pas dit que tu étais venu ici.

— Je n'ai pas le choix. Je vais m'expliquer avec Pat Leary.

— Pourquoi lui ? Il ne peut pas être à l'origine de tes ennuis à Londres.

— Non, mais il a dû lancer les deux types sur la piste de Gillian. Ils n'auraient jamais trouvé l'appartement sans aide.

Harper se remémora avec effroi le moment, au « Trèfle », où il avait communiqué l'adresse de Tom à Leary. Le type avait essayé de savoir — il s'en rendait compte à présent —, et par conséquent Gillian avait souffert à cause de lui.

— Tom, dit-il, écoute. Je vais aller à Montréal et parler à Leary. J'ai suffisamment d'amis à Londres, il n'osera pas s'attaquer à moi. Je vais passer un marché avec lui. Il rappelle ses hommes de main et j'oublie ce que je sais. Qu'ils continuent à s'entretuer, mais qu'ils fichent la paix à la famille Harper.

— Et Gillian ?

— Elle a salement écopé, mais elle se remettra avec le temps. Et puis, est-ce qu'elle se portera mieux si tu te fais tuer par Leary ? Ou si tu le tues et vas en prison pour le restant de tes jours ?

Tom garda le silence, une expression maussade sur le visage.

— Ensuite je rentrerai dans la matinée, conclut

Harper. Tu restes ici bien tranquillement et demain à la même heure tous tes ennuis seront terminés.

Harper passa une nuit agitée dans sa vieille chambre. Il se savait entouré de ce papier mural passé au blanc d'Espagne et entendait tout là-bas dans le noir, derrière la fenêtre grillagée, les cliquetis familiers qui provenaient de la voie de chemin de fer. Le lendemain matin, Mary lui fit des œufs frits Baytown, dont les bords brûlés étaient croquants comme de la couenne de bacon. Il les savoura, et essuya l'assiette graisseuse avec un toast. Tom était toujours au lit lorsqu'il partit en voiture à dix heures.

En dépassant Dorval sur le chemin de Montréal, il songea qu'il serait logique d'aller au bureau de réservation et de retenir une place sur le premier vol pour repartir le soir même. La fille au comptoir d'Air Canada lui réserva une place dans l'avion décollant à 21 heures 30. Puis, comme il quittait l'aérogare, il passa devant une rangée de cabines et décida de téléphoner à la maison. Il n'avait encore rien à dire pour le moment, mais tout d'un coup téléphoner lui paraissait de la plus haute importance.

Il obtint le numéro tout de suite et Mary répondit.

— Allô ? fit-elle d'une voix qui était un cri étouffé.

— C'est moi, Mary.

— Oh, mon Dieu, Normie. Tom est mort ! Ils l'ont tué.

— Quoi ?

— Deux hommes. Ils se sont présentés à la porte et je leur ai dit qu'il était dans le jardin. Ils sont entrés. Alors j'ai entendu des coups de feu, et puis courir sur le chemin.

Harper faillit lui demander à quoi ils ressemblaient avant de se rappeler qu'elle n'avait pas pu les voir. De toute façon, il connaissait déjà la réponse. Il se sentit sombrer dans une mer d'angoisse — voilà comment il avait aidé son frère : en conduisant les tueurs jusqu'à lui. Mary lui posait une question. Il répondit oui, il rentrerait dès qu'il le pourrait. Ce qui était la stricte vérité. Mais en attendant il avait plus que jamais une raison d'aller voir Pat Leary.

Adoptant par habitude un comportement responsable, il rendit la voiture au bureau de location.

Ensuite il gagna à pied le « Trèfle », entra, et ne voyant Leary nulle part, il se dirigea vers la porte au bout du bar.

Un barman qu'il n'avait jamais vu s'approcha de lui, mais Harper sourit et lui dit :

— Un paquet pour ce vieux Patsy. Ne vous inquiétez pas, il m'attend.

Il y avait un petit couloir, puis une autre porte, matelassée de cuir vert et ornée de clous en cuivre. Sans frapper, Harper ouvrit la porte et pénétra dans le bureau. Pat Leary tourna brusquement sur son fauteuil pivotant et, dès qu'il vit le visage de son visiteur, sa main se porta vers le tiroir latéral du bureau.

La main se trouvait dans le tiroir au moment où Harper le referma d'un coup sec du genou. Lorsque Leary hurla, Harper lui saisit la bouche d'une main, tordit la peau pour la lui fermer tandis que son autre main l'agrippait à la gorge. Quelques secondes plus tard, il avait arraché Leary à son fauteuil, l'avait fait glisser sur le bureau, puis tomber sur le tapis. Il s'agenouilla sur ses bras, les deux mains autour de la gorge de Leary, et il serra, mais pas assez fort pour lui couper la respiration.

— Je vais te tuer, Pat. A Londres tes gars ont essayé de flanquer une correction à Tom et me sont tombés dessus par erreur. Ensuite vous avez passé à tabac cette pauvre fille, oui, vous avez fait ça. Et maintenant vous avez tué mon frère !

— Norman, réussit à articuler Leary, c'est la guerre. La cause est juste. Beaucoup de gens meurent, mais c'est inévitable.

— Foutaises !

— Nous gagnerons. Un jour, nous gagnerons. Mais pour le moment l'ennemi est fort et déterminé. Et nous devons prendre toutes nos précautions. Tom nous a quittés, il nous connaissait — il devait mourir.

— Et maintenant, c'est ton tour.

— C'est insensé. Tu as ta vie, Norman... Ta famille, le succès en Angleterre. Si tu me tues, tu sacrifies tout ça. C'est dément.

— Bien sûr. Qui a jamais dit que la revanche était autre chose que de la démence ? (Harper resserra ses doigts et, sous la pression vit les yeux protubérants de Leary laisser deviner qu'il comprenait vraiment ce qui lui arrivait.) Mais tu oublies, Patrick, reprit-il, que je suis aussi irlandais que toi.

Leary une fois mort, Harper se leva et décrocha le téléphone. Un bouton sur le socle portait la mention « Bar ». Il le pressa et une fois qu'il eut le barman au bout du fil, il expliqua :

— Leary ne veut pas être dérangé. Nous discutons affaires.

— Entendu.

— Mais quand Sean et Healy arriveront, il dit de les faire venir directement.

Il raccrocha, trouva le revolver dans le tiroir du bureau de Leary, et s'assit dans le fauteuil pivotant face à la porte recouverte de cuir. Il décida que, lorsqu'elle s'ouvrirait, il tuerait le rouquin en premier. Mais pour l'instant il lui fallait attendre, et se forcer à ne pas songer à Karen ni à Anita, ni à sa sœur aveugle qui maintenant vivrait encore plus seule à Baytown. Obstinément, il allait ne plus penser qu'à son frère Tom.

The Prodigal Brother.
Traduction de Jean-Bernard Piat.

NI LE JOUR NI L'HEURE

par George C. Chesbro

Nu au sortir de son bain, Matt Lincoln s'allongea sur le plancher et commença la méditation dont les différentes étapes lui étaient devenues si familières. Pendant quelques instants, il pensa à Karin et à l'avion à bord duquel elle voyageait. Puis il ferma les yeux et respira à pleins poumons, selon un rythme soigneusement étudié. Peu à peu, il fit le vide dans son esprit et concentra son attention sur un imaginaire point lumineux enfoui au plus profond de son cerveau, derrière l'épiphyse, le légendaire « troisième œil ».

Brusquement, comme en un signe de bienvenue, le visage de Karin envahit l'écran psychique derrière ses yeux. Matt en déduisit qu'il était arrivé à destination. Blonde aux yeux verts, avec une peau diaphane et de hautes pommettes de type nordique, elle représentait tout ce que Matt avait toujours désiré chez une femme, et il l'aimait comme il n'en avait jamais aimé aucune autre. Elle était, très exactement, la fille de ses rêves. Le fait que Karin n'existât que dans son imagination — pour le moment — n'ennuyait pas du tout Matt. Quoique son unique contact avec elle se fût produit sur le plan astral, il était convaincu que cette femme, tout comme le 747 et ses passagers, existait également dans la réalité physique et qu'il finirait bien par la rencontrer. S'il parvenait à la sauver.

Ses membres étaient maintenant engourdis, et seul le creux de son estomac était encore sensible. Cette sensation ne tarda pas à disparaître, et l'image de Karin fit place à un vaste mur mouvant composé de losanges brillamment colorés de rouge, de noir et de jaune. Il y eut un léger ronronnement : c'était le bruit de l'univers. Matt fut emporté. Dans l'œil de son esprit, il vit son corps astral s'élever dans les airs, flotter quelques instants puis se fondre dans le mur de couleurs.

***

— Hello, dit tranquillement Karin en posant son livre sur ses genoux. Je vois que vous êtes réveillé. J'espère que je ne vous ai pas dérangé. Il m'est impossible de dormir en avion.

Matt cligna les yeux et regarda vivement autour de lui. La carlingue du 747 était telle qu'il se la rappelait de ses voyages antérieurs : caverneuse et encombrée de gens. C'était un vol de nuit, et la plupart des passagers dormaient. Près de lui, Karin était isolée dans le cône de lumière intense projetée par l'éclairage vertical. Le vrombissement régulier des gigantesques réacteurs, perceptible plus qu'audible, ne laissait rien présager du danger que Matt redoutait.

Il ne savait pas d'où venait l'avion, ni où il allait.

Matt plongea son regard dans les yeux verts de Karin et sourit.

— Non, vous ne m'avez pas dérangé.

Sa voix, comme celle de la jeune femme, lui parut distante et étouffée, mais il en était arrivé à considérer ce phénomène comme naturel. L'important était que le fait de parler — à Karin, du moins — ne troublait pas sa transe. Avant de rencontrer Karin, il n'avait jamais parlé dans ses projections ; il en avait d'ailleurs rarement eu l'occasion, et n'en avait aucunement éprouvé le besoin. Il avait plané au-dessus des plateaux dénudés du veld africain ; il était resté cloué au sol par la froide beauté des étendues sauvages et désolées de l'Antarctique ; il avait guetté les tribus nomades traversant les déserts de l'Iran et de l'Afghanistan ; il avait observé le trafic de Times Square aux heures de pointe ; il avait regardé des hommes construire des pyramides, et des hommes débarquer sur Mars. Il avait vu Neil Armstrong poser le pied sur la lune et entendu ses premières impressions, deux ans avant que cet événement ne se produisît dans la réalité.

Sur le plan astral, il n'y avait aucune distinction entre le passé, le présent et l'avenir.

Aux yeux de Matt, sa rencontre avec Karin était hautement significative, car c'était la première fois qu'il entrait en contact direct avec une autre personne. Cela l'amenait à penser qu'il existait un mystérieux lien entre lui-même, la jeune femme et l'avion ; un lien dont il ignorait encore la nature exacte.

Ce qu'il savait, c'était que cet avion allait s'écraser. Non seulement il n'y aurait aucun survivant, mais l'accident ferait aussi de nombreuses victimes à terre. Et c'était cela que Matt espérait éviter, par l'intermédiaire de Karin. Elle était la clef.

— Croyez-vous aux prémonitions ?

Sa voix était légèrement déformée, et l'espace d'un instant, Matt craignit qu'elle ne le comprît pas, ou que sa transe s'interrompît.

Mais rien dans l'attitude de Karin ne donnait à penser qu'elle eût remarqué quoi que ce soit d'anormal. Elle réfléchit un instant, puis inclina la tête.

— Oui, dit-elle simplement. Je crois qu'il existe des gens capables de capter des visions du futur.

— Je fais partie de ces gens. Je suis un médium, et un bon. Il vous faut absolument me croire.

— Mais je vous crois, dit Karin sans hausser le ton.

De nouveau, elle le regarda et sourit.

— Alors, vous devez croire que cet avion s'écrasera si vous ne trouvez pas un moyen d'empêcher l'accident.

Il s'attendait à une quelconque réaction : colère, crainte, incrédulité, exaspération. Il en fut pour ses frais.

— Comment savez-vous que cet avion va s'écraser ? demanda-t-elle.

— J'ai vu en rêve la catastrophe.

— Juste à l'instant ?

Matt éluda la question. Il ne pouvait pas répondre « hier », ne pouvait pas dire que ce vol faisait partie d'un rêve provoqué par une transe qu'il avait répétée six fois en l'espace d'un mois, parce que, quelque part dans le continuum espace-temps, le vol était — ou serait — *réel*. Le fait que Karin pût le voir et lui parler était un mystère qu'il préférait ne pas approfondir, car il n'en avait peut-être pas le temps. Puisque Karin était la seule personne à bord de l'avion avec laquelle *il* pût communiquer, il ne devait pas courir le risque qu'elle le prenne pour un fou.

— Je ne sais ni où, ni quand, ni comment l'avion s'écrasera, dit-il vivement. Mais il va s'écraser.

— A moins que je l'en empêche ?

— Oui ! Matt désigna l'insigne qui brillait sur l'uniforme de Karin, et le bonnet à côté d'elle.

— Vous êtes hôtesse de l'air : ils vous écouteront. Vous pouvez sans doute pénétrer dans le cockpit. Inventez une excuse quelconque, n'importe quoi, mais dites au capitaine de vérifier chacun de ses instruments. Faites-lui découvrir ce qui ne va pas !

— Je suis simplement en transit, dit Karin.

Il y avait dans sa voix quelque chose qui troubla Matt, une sorte d'excitation contenue qui aurait dû être de la peur, mais n'en était pas. Ses lèvres étaient humides, ses yeux dilatés.

— Je n'ai rien à voir avec ce vol. Ils ne m'écouteront pas.

— Mais il le faut ! Sinon, vous allez tous mourir !

— *Nous* ? Et pas vous ?

Il s'était trahi. Impossible de revenir en arrière. Il se sentit soudain infiniment las, trop las pour dire autre chose que la vérité. Il se renfonça dans son fauteuil et contempla le soleil qui émergeait au-dessus d'une chaîne de montagnes dans le lointain. Ces montagnes lui parurent curieusement familières.

— Je ne mourrai pas dans l'accident, parce que je ne suis pas ici physiquement, dit Matt d'une voix lasse.

Il s'attendait que Karin éclatât de rire. Mais elle n'en fit rien. Elle se contenta de dire :

— Pourtant, je peux vous voir.

Matt secoua la tête.

— Et me parler. Mais je n'y comprends rien.

Il s'interrompit et soupira. Ce simple bruit lui fit l'effet d'une vague léchant le rivage.

— En ce moment, je me projette sur le plan astral ; je possède la faculté de libérer mon esprit et ma personnalité hors de mon corps.

— J'ai entendu parler de ce phénomène, dit doucement Karin. Et je vous crois.

— Ma première expérience remonte à dix ans, et j'ai effectué des centaines de voyages depuis lors. Mais cela ne s'est jamais passé ainsi ; ce que je fais en ce moment est supposé être... il n'existe aucun précédent de ce genre de communication. Voici un mois, je suis entré en transe et je me suis retrouvé à bord de cet avion... avec vous. Je n'ai jamais compris comment, et je ne le comprends toujours pas. Mais j'ai constamment pensé à vous lorsque j'étais éveillé, et j'ai su qu'il fallait que je vous revoie. C'est pourquoi j'ai fait une chose que je n'avais encore jamais faite : j'ai accompli un effort conscient pour revenir à un endroit où j'avais déjà été, c'est-à-dire cet avion.

— Parce que vous aviez découvert que vous pourriez entrer en contact avec moi ? lui demanda Karin.

— Parce que j'avais découvert que je vous aimais.

Il lui jeta un regard de biais. La lumière artificielle avait été lavée par les premiers rayons du soleil. Karin le dévisageait en silence, ses lèvres esquissant un demi-sourire.

— La nuit dernière, poursuivit-il, j'ai rêvé que cet avion allait s'écraser, et j'ai compris qu'il me fallait trouver un moyen de vous avertir. J'avais essayé d'entrer en contact avec le pilote ou l'un des passagers, mais en vain. C'est pourquoi vous devez trouver un moyen d'empêcher cette catastrophe. Je ne veux pas vous perdre. Je ne veux pas que tous ces gens meurent.

— Vous avez peur de la mort ?

— Non.

— Alors, vous êtes un sage. Si vous êtes vraiment capable de faire ce que vous dites, vous devez comprendre que la « mort », comme vous l'appelez, n'est rien de plus que le passage d'un état à un autre, un autre niveau de l'existence. Dans ce cas, pourquoi cette inquiétude pour nous ?

— Je suis inquiet pour vous, et pour le chagrin des vivants.

Il s'interrompit, réalisant brusquement que les questions et les réponses de Karin étaient beaucoup trop détachées, presque indifférentes.

— Vous me prenez pour un fou, n'est-ce pas ?

— Non, dit Karin.

Elle se pencha, noua ses mains derrière le cou de Matt, l'attira contre elle et l'embrassa sur la bouche. Ses lèvres étaient douces et chaudes, frémissantes de passion. Il s'abandonna à cette étreinte, oubliant tout le reste. Il avait l'impression de flotter dans un océan de désir et d'extase. Enfin, Karin écarta sa bouche et murmura à l'oreille de Matt :

— Je crois que vous arrivez trop tard.

Matt ouvrit les yeux et jeta un coup d'œil par le hublot. Il comprit alors pourquoi ces montagnes, là-bas à l'horizon, lui avaient semblé familières ; il les avait souvent escaladées pour y faire du camping. Ces montagnes étaient situées dans la partie nord de l'État où il habitait. A en juger d'après l'angle du soleil, l'avion se dirigeait vers sa ville natale. Dans vingt minutes, une demi-heure tout au plus, le 747 survolerait sa maison.

A moins que...

A la droite de Matt, au bord de l'allée, un homme se réveillait. Il se frotta les yeux, se leva et se pencha à travers Matt et Karin pour regarder par le hublot. Ce fut à ce moment-là seulement que Matt réalisa que le siège de Karin était aussi vide que le sien.

Matt se leva, ferma les yeux et se lança dans le premier des exercices mentaux nécessaires pour rompre la transe.

La main de Karin sur la sienne était chaude, tentante.

— Ne partez pas, dit-elle.

Il ouvrit les yeux et la regarda. Karin était nue maintenant, et son jeune corps ferme constituait une promesse de plaisir comme il n'en avait encore jamais vue. Maintenant, ou jamais.

— Ce n'est pas...

La transe était difficile à rompre. Karin s'agrippait à lui et retenait son esprit.

— Restez ! chuchota-t-elle. Vous avez dit vous-même qu'il n'y avait pas lieu de me redouter.

— ... pas encore le moment.

***

Matt, frissonnant dans son peignoir de bain, était debout sur le sommet d'une colline, à environ un kilomètre de chez lui, lorsque le gigantesque oiseau tomba du ciel. Il explosa sous le choc, engloutissant dans un jaillissement de flammes et de métal désintégré la maison de Matt et les demeures avoisinantes.

Les gens qui étaient avec lui — les voisins qu'il

avait réussi à réveiller et à faire sortir de chez eux — contemplèrent le spectacle dans un silence atterré. Puis ils se mirent à gémir, pleurer et prier — hymne d'angoisse accompagné par le chœur hurlant des sirènes dans le lointain.

Matt se détourna et s'éloigna d'eux. Son esprit était déjà ailleurs, avec une blonde aux yeux verts qu'il aimait encore et qui, il le savait, l'attendrait à un autre moment, sous d'autres cieux.

Night Flight.
Traduction de Gérard de Chergé.

UN BONHEUR SANS MÉLANGE

par ELSIN ANN GRAFFAM

Nous étions si heureux ! Je ne me rappelle pas quand j'étais *vraiment* petit, mais à présent j'ai dix ans et je sais que nous étions très heureux tous les deux même sans Papa.

Maman avait sa photo sur la cheminée et elle parlait tout le temps de lui, me disant combien il m'aimait, comment il était, et des tas de choses comme ça. Papa était un type remarquable, qui faisait partie de l'équipe de foot de son collège et tout. Puis il avait été agent de change et avait épousé Maman. Maman était heureuse qu'il achète des titres pour nous, parce que comme ça elle ne serait pas obligée d'aller travailler en me laissant seul, quand lui ne serait plus là.

J'avais trois ans lorsqu'il nous a quittés et je ne me souviens pas du tout de lui. Même quand j'étais petit, j'avais beau essayer, je n'y arrivais pas. Mais ça ne faisait rien car, pour moi, sa photo, c'était comme s'il était là, vivant. Maman disait, par exemple : « Papa aurait été si fier de savoir que tu as toutes ces bonnes notes ! » Je regardais sa photo sur la cheminée, et il me souriait, content de moi. Je parie que vous ne saviez pas que les photos peuvent sourire ? Eh bien, c'est vrai, croyez-moi.

J'entendais les gens dire que Maman était veuve mais c'est seulement l'année dernière que j'ai découvert ce que ça signifiait. Papa était un vieux monsieur. Sur sa photo, il a les cheveux gris et ça veut dire qu'on est vieux. Maman, elle, n'a pas de cheveux gris. Elle est jeune. Et jolie ! Elle a beaucoup de cheveux blonds tout frisés et de grands yeux bleus. C'est la plus belle maman du monde.

Je ne quitterai jamais ma maman. Les autres, ils racontent qu'ils iront en Floride déterrer des trésors ou bien qu'ils traverseront l'océan pour aller chasser des monstres sur une île. Ils n'ont qu'une idée : partir de chez eux. Mais moi pas.

Je ne peux pas leur dire ça. Un jour, j'ai répondu à Billy Earle que je ne quitterais jamais Maman, et ça l'a fait rire. Mais ils ne peuvent pas comprendre. Ils n'ont pas une maman comme la mienne. Leurs mères, elles ont toutes des petites raies entre les yeux. Et ça veut dire qu'elles froncent souvent les sourcils. Mais Maman, elle ne le fait jamais. Y a pas plus gentil qu'elle sur toute la terre. Je ne la quitterai jamais. Je l'ai dit à Papa l'année dernière et, du haut de la cheminée, il m'a approuvé : « Tu es un bon garçon, Glen. »

Peut-être que les autres ils peuvent pas, mais Papa me comprend, lui.

Tout allait donc très bien jusqu'à ce qu'arrive M. Knott. Une nuit, l'été dernier, je me suis réveillé et j'ai cru que c'était parce que la télé marchait trop fort. Je suis allé dans le living pour dire à

Maman de la baisser un peu, et il y avait un homme assis sur le divan. Quand elle m'a vu, Maman s'est levée d'un bond. Je lui ai demandé : « Y a quelque chose qui ne va pas ? » Et elle m'a répondu : « Non, non, tout va très bien. »

— Qui est-ce ? j'ai demandé à Maman.

— C'est M. Knott et il est mon ami.

Je suis retourné me coucher, mais je n'ai pas pu dormir parce que j'avais cru être le seul ami de Maman. J'espérais de tout mon cœur qu'elle ne le reverrait jamais plus. Mais si. Il était souvent à la maison et Maman m'appelait : « Viens, Glen, viens dire bonjour à M. Knott. »

Quand ç'a été mon dixième anniversaire, au mois d'octobre dernier, j'ai fermé les yeux très fort en soufflant les bougies et j'ai souhaité que M. Knott s'en aille pour ne jamais plus revenir. Mais ça n'a pas marché.

Au bout de quelque temps, la dame qui habite au coin de notre rue est venue me garder pendant que Maman sortait avec M. Knott. Je restais alors étendu dans mon lit sans dormir, en pensant que j'allais peut-être mourir de chagrin, et qu'alors Maman regretterait ce qu'elle avait fait. Mais jamais je ne suis mort et Maman a continué de sortir avec M. Knott.

Une fois même, ils ont été absents tout un week-end. Ce samedi matin, Maman m'avait pris dans ses bras pour me dire au revoir en m'embrassant. Mais ça m'était égal... Plus rien ne comptait pour moi depuis que ce sale vieux bonhomme était arrivé. J'aurais tant voulu que ce soit de nouveau comme avant, quand on était juste tous les deux, Maman et moi.

— Surprise ! me cria dès l'entrée M. Knott lorsqu'ils revinrent le dimanche soir. Ta mère et moi nous sommes mariés hier matin !

— Oui, Glenn, me confirma Maman. Je n'avais pas voulu te le dire parce que je craignais que tu ne comprennes pas. Mais nous allons être très heureux.

Nous, nous, nous. Seulement « nous », ça ne voulait plus dire Maman et moi.

On ne meurt pas à force de pleurer, sans quoi je serais mort maintenant. Je ne lui ai jamais adressé la parole, je ne le regardais même pas. Maman et lui causaient ensemble ; moi, j'avais l'impression d'être tout au fond d'un grand trou noir. Et à mesure que les jours passaient, ce trou devenait de plus en plus noir.

Papa était comme moi : il n'aimait pas ça. Des fois, je me plantais devant la cheminée pour bien regarder sa photo, et vous ne savez pas ce que je voyais ? Papa *pleurait*. De grosses larmes coulaient sur le verre du cadre et faisaient une petite flaque sur le marbre de la cheminée.

Un soir que je parlais à Papa, la petite flaque a débordé et fait une tache sur le tapis. Maman est entrée dans la pièce en me demandant ce que je fabriquais là.

— Regarde ! je lui ai dit. Papa pleure parce que tu t'es mariée avec cet homme. Tu vois ?

Elle m'a dévisagé d'un drôle d'air et elle est repartie. Peu après, je les ai entendus se disputer, Maman et M. Knott. C'était la première fois que j'entendais ma mère crier comme ça.

Le lendemain quand je suis rentré de l'école, j'ai jeté mon cartable sur le divan du living, comme d'habitude, mais j'ai eu l'impression d'un changement. J'ai regardé autour de la pièce. Alors, j'ai vu.

Ou plutôt je n'ai plus vu la photo de Papa qui n'était plus sur la cheminée.

— Maman ! Où est-elle ? ai-je crié.

— Quoi donc ? a-t-elle demandé. Comme si elle ne le savait pas !

— La photo de mon papa n'est plus là !

Et alors elle m'a dit :

— Eh bien, M. Knott a pensé qu'il valait mieux la ranger maintenant que c'est lui ton père.

Je me suis mis à me cogner la tête contre le marbre de la cheminée en hurlant que M. Knott n'était pas mon père. Je n'avais qu'un seul vrai père et c'était l'homme de la photo.

— Glenn, m'a dit Maman, tu es assez grand maintenant pour te rendre compte qu'une dame a besoin d'un mari. Cela faisait six ans et demi que ton père était mort. J'étais très seule. A présent, j'ai quelqu'un qui m'aime. M. Knott est mon mari et plus vite tu te le mettras dans la tête, mieux ça vaudra pour nous tous !

Ce soir-là, la baby-sitter est venue. Maman et M. Knott sont allés au cinéma. J'étais content qu'ils soient sortis. Je me suis faufilé dans la chambre de Maman et j'ai ouvert le tiroir de sa commode, celui du haut. Je me doutais qu'il devait être là, et je ne m'étais pas trompé.

J'ai pris le cadre et je l'ai regardé. Y avait juste la lumière qui provenait du couloir et le visage de papa paraissait plus vivant que jamais. Il avait ses yeux fixés sur moi et il m'a dit exactement quoi faire. C'était il y a cinq jours. A présent, je suis sorti du trou noir et les choses vont de nouveau bien. On est juste tous les deux, Maman et moi.

Des policiers sont venus et m'ont parlé après qu'ils ont eu emmené le corps. Maman pleurait.

— Ne vous tourmentez pas, lui a dit le plus grand des policiers. Le petit ne risque rien. Il est trop jeune pour se rendre compte de ce qu'il a fait.

Maman a secoué la tête si fort que ses cheveux semblaient voler et elle a crié en sanglotant quelque chose dont je n'ai pas compris le sens.

— C'est exactement ce qu'ils m'ont dit déjà, il y a six ans et demi !

The way it's supposed to be.
Traduction de M. Bernard Endrèbe.

UN BRAVE GOSSE

par JAMES HOLDING

J'étais en train de lire les nouvelles financières dans le journal du soir lorsque Garcia appela. Il était dix heures et demie ; j'attendais son appel depuis l'heure du dîner.

— Il est arrivé, dit Garcia. (Sa voix eut un ton satisfait, comme s'il était personnellement responsable de l'arrivée de Goosens.) Descendu au Continental. Quatrième étage. Chambre 429. »

Je posai mon journal.

— Bien, dis-je. Tu l'attendais à l'aéroport ?

— Comme tu me l'avais dit. Vol 918. Aucune difficulté.

Je hochai la tête. Mon information venant d'Amsterdam était bonne.

— Quel a été son comportement ?

— Nerveux. Il est sorti de l'avion le dernier et s'est dépêché de rejoindre les autres passagers. Resté mêlé à la foule pendant qu'il attendait ses bagages.

— Comment est-il venu en ville ? Taxi ?

— Non, il attendait une limousine.

— Il apporte les trucs, alors. (Je sentis l'excitation croître en moi.) C'est comme cela qu'ils font lorsqu'ils ont un colis dans leur poche de veste. J'attendis un instant.

— Comment as-tu repéré sa chambre ?

Garcia se vanta un peu.

— J'y étais bien avant lui. Une fois que sa limousine est entrée en ville, elle a pris la direction du centre, donc le Continental était le plus probable. J'ai pris un raccourci et j'étais dans le hall de l'hôtel lorsqu'il est arrivé. J'ai entendu l'employé de la réception lui donner le 429.

— Beau travail, dis-je. (Et je le pensais. Son habileté à pressentir les choses était le plus grand talent de Garcia.) Il n'a rien déposé au coffre-fort de l'hôtel ?

— Absolument rien. Je l'ai surveillé. Il est monté dans sa chambre et n'en est pas sorti depuis lors.

— Alors il les a avec lui, dis-je.

— Il s'est fait monter son dîner dans sa chambre. Rosbif et frites, avec de la crème aigre.

Je ne mis pas en doute sa précision. Garcia avait les moyens de voir ces choses, ayant été lui-même groom d'hôtel.

— Où est la voiture ? lui demandai-je.

— Derrière le Gateway Building. J'ai dû faire fissa pour arriver à l'hôtel avant lui, Pete.

Je réfléchis un instant.

— Écoute. Garde un œil sur lui jusqu'à ce que j'arrive. Nous devons être sûrs qu'il n'est pas descendu à la réception ou n'a pas reçu de visiteurs dans sa chambre.

— Aucun problème. Je peux voir sa chambre depuis l'issue de secours du quatrième étage.

— Je serai là dans vingt minutes. Rejoins-moi au Fiesta Bar s'il est toujours dans sa chambre, seul.

Le Fiesta Bar est peu éclairé, et, de là, on peut voir la réception de l'hôtel.

— Bien.

Garcia raccrocha. Je rangeai mes quelques affaires dans ma serviette. Cela ne me prit pas cinq minutes. Je jetai un regard circulaire dans la chambre d'hôtel avant de partir, m'assurant que je n'avais rien oublié. Puis je descendis à la réception, payai ma note et quittai l'hôtel. Je n'avais pas donné mon vrai nom au Carillon.

C'était une douce nuit de printemps, aussi je fis à pied les quelques centaines de mètres qui me séparaient du Continental Hotel. Ma serviette n'était pas lourde, et je ne voulais pas qu'un chauffeur de taxi se souvienne de moi.

Garcia m'attendait, installé sur une banquette près des portes de verre du Fiesta Bar. Il était en train de commander un verre lorsque j'entrai.

Je dis au garçon : Je vais prendre quelque chose aussi, s'il vous plaît un Cinzano, avec un zeste, doux et sec.

Le garçon partit et je m'assis, en faisant un clin d'œil à Garcia. Il avait l'air quelque peu ridicule avec ses longs favoris et sa moustache hirsute.

— Eh bien ? m'enquis-je.

— Toujours dans sa chambre. Seul.

— Bien. C'est le grand coup, Garcia. Celui que nous attendions.

La moustache de Garcia se souleva comme il souriait.

— Il était temps, Pete.

Le garçon revint avec nos boissons. Garcia avait commandé un de ses écœurants cocktails sucrés. Il le leva vers moi. « Au succès », dit-il.

Je bus un quart de mon Cinzano.

— Quand tu auras fini ton verre, va chercher la voiture au parking du Gateway. Ramène-la ici et gare-toi du côté sud, d'où tu pourras surveiller l'entrée de l'hôtel. Laisse tourner le moteur, et lorsque tu me verras sortir, démarre dans ma direction. Je traverserai la rue pour éviter la place du portier. Tu me prendras là. O.K. ?

— Bien sûr.

Garcia était nerveux à présent. Il but le reste de son cocktail comme si ç'avait été de l'eau par un jour du mois d'août.

— Calme-toi, dis-je. Ça va marcher comme sur des roulettes.

Je me levai, laissant la moitié de mon Cinzano. Je ne voulais pas trop d'alcool entre Goosens et moi.

— Je vais essayer de faire vite, dis-je. Tu paieras l'addition en partant.

Je pris mon porte-documents et poussai la porte de verre du bar pour me diriger vers le hall de l'hôtel.

Personne d'aussi grand et maigre que Goosens ne s'était approché de la réception pendant les quelques minutes où nous avions observé le hall depuis le bar. Je pris donc l'ascenseur jusqu'au cinquième étage et redescendis au quatrième par l'escalier de secours. Je forçai la porte et regardai dans le couloir du quatrième étage qui s'étendait devant moi. La chambre 429 était deux portes plus loin, sur le côté gauche.

Je sortis de ma serviette des gants fins et les

enfilai. Personne n'était en vue. Je m'avançai dans le couloir, regardant des deux côtés, ne voyant toujours personne, et frappai à la porte du 429.

Sa voix me parvint, au travers de la porte.

— Qu'est-ce que c'est ?

— Un câblogramme, monsieur.

Je l'entendis poser la main sur la chaîne intérieure de la porte, mais il n'ouvrit pas.

— Un câblogramme ?

Normal qu'il soit très prudent.

— Oui, monsieur. (J'attendis quelques secondes, puis ajoutai :) De Hollande.

Cela marcha. Il ôta la chaîne et ouvrit la porte, je me jetai en avant, le faisant reculer en lui enfonçant mon porte-documents dans la poitrine. J'eus l'impression de pousser un squelette vêtu d'un pyjama. Deux lampes étaient allumées. Il était en train de lire le journal dans le fauteuil quand j'avais frappé car il avait encore la page des sports à la main.

Je refermai la porte derrière moi. Je n'eus pas à craindre qu'il se précipite vers le téléphone placé entre les lits jumeaux, car ses yeux, écarquillés par la peur, étaient fixés sur mon revolver.

Je dis : Du calme, et vis son regard changer comme il remontait vers mon visage. J'avais espéré qu'il ne me reconnaîtrait pas, mais c'est ce qui se passa.

Il dit dans un souffle :

— Attendez un peu ! N'êtes-vous pas Peter Westervelt ?

Je l'interrompis.

— Aucune importance. Je viens chercher vos diamants.

Il était faible et effrayé, mais il avait du cran.

— Ils sont dans le coffre de l'hôtel.

Je secouai la tête.

— Non. Nous vous avons surveillé. Mes yeux firent le tour de la pièce. Un étui à fermeture éclair, de la taille d'un portefeuille, était posé sur la commode à côté d'une cravate à rayures. Goosens vit ce que je regardais et ses yeux eurent une expression de dégoût.

Mon silencieux réduisit la détonation de mon revolver au bruit que fait un homme qui s'éclaircit la gorge. Je me détournai et, prenant l'écrin, je palpai son contenu à travers le cuir souple. Je sentis les diamants.

Goosens n'était plus qu'un paquet d'os étendu sur le tapis de l'hôtel. Il eut un léger mouvement des jambes et essaya de dire quelque chose, mais n'arriva pas à articuler. Ma balle lui avait traversé la joue.

Je remis mon revolver dans la poche de mon pardessus, ouvris ma serviette et y glissai le petit étui, au-dessus de ma chemise sale. Puis je regardai de nouveau Goosens.

Il était mort. Je me baissai et, l'empoignant, je le traînai jusqu'au lit jumeau le plus proche, le poussai dessous. Il était si maigre que cela se fit sans peine, et le couvre-lit qui tombait jusqu'à terre le dissimula complètement.

Je cherchai des traces de sang sur le tapis où il s'était écroulé, mais il n'y en avait pas... un avantage des revolvers petit calibre ! les balles restent parfois dans le corps. On ne trouverait pas Goosens avant plusieurs jours, si tout se passait bien. Douze heures, dans le pire des cas ; c'était suffisant pour Garcia et moi.

J'inspectai la pièce pour voir si je n'avais pas laissé une trace de mon passage. Puis j'ouvris doucement la porte. Dehors, le couloir était aussi désert qu'une tombe, aussi je sortis, refermai la porte du 429 derrière moi et suspendis la pancarte « Ne pas déranger » au bouton de la porte.

Je mis deux secondes pour arriver jusqu'à l'issue de secours. Je descendis l'échelle jusqu'au deuxième étage. Je parcourus le couloir du second étage jusqu'aux ascenseurs, enfouis mes gants sous dix centimètres de sable dans le bac à cigarettes qui était là, appelai l'ascenseur. Au bout d'une minute environ, la cabine s'arrêta à mon étage. Deux blondes prétentieuses en étoles de fourrure et robes couvertes de bijoux me jetèrent des regards condescendants lorsque j'avançai dans la cabine auprès d'elles. Je me demandai ce qu'elles auraient pensé si elles avaient su que j'avais pour 370 000 dollars de diamants dans mon porte-documents.

Je sortis de l'ascenseur avec les blondes et tombai au milieu d'une foule tourbillonnante de congressistes qui se dispersaient dans le hall après un dîner amical. Je quittai l'hôtel par l'entrée principale et personne ne m'accorda un regard, pas même le portier qui se trouvait à une centaine de mètres de là, sifflant un taxi pour un couple d'ivrognes que j'avais remarqués au Fiesta Bar.

Garcia arriva avec la voiture juste comme j'atteignais le bord du trottoir. Il était penché en avant tenant la porte légèrement ouverte. Je me glissai sur la banquette avant, à côté de lui, sans même qu'il ait à s'arrêter. Garcia prit la direction du pont qui nous ferait franchir le fleuve et nous conduirait vers l'autoroute, en direction de l'ouest.

Il eut beaucoup de mal pour s'empêcher d'accélérer jusqu'à ce que nous soyons en sécurité hors de la ville. Il concentra cependant toute son attention sur la conduite de la voiture pendant une bonne vingtaine de minutes avant de m'interroger.

Lorsque la voiture roula à la vitesse de 100 km à l'heure et que nous nous sentîmes hors de danger, Garcia demanda :

— Tu les as ?

Je tapotai ma serviette.

— Je les ai.

Il poussa un soupir, en disant :

— Formidable. Pas d'ennuis avec Goosens ?

— Pas le moindre. Il me les a donnés, doux comme un agneau.

Je fis un effort pour garder une voix égale, car j'avais l'impression que j'émettrais des sons aigus si je n'y arrivais pas.

— Ralentis un peu. C'est inutile de se faire arrêter pour un minable excès de vitesse.

Garcia se mit à rire.

— Je suis énervé, mais je me contrôle tout de même. Je suis en dessous de la vitesse limite. Parle-moi des diamants.

— Il les avait dans un étui en cuir, posé sur sa commode.

— Il devait être idiot.

J'approuvai de la tête.

— Il y en a pour autant que ce que tu supposais, Pete ?

— Les diamants ? Je ne les ai pas encore regardés. Mais je pense que oui. Peut-être même plus. (Je lui fis une grimace.) Mets-le-toi dans ta grosse tête, Garcia. Nous avons réussi. Le grand coup !

Il se renfonça contre le dossier, heureux.

— J'aimerais voir ces satanés trucs. Nous avons préparé ce coup depuis si longtemps.

— Attendons d'être un peu plus loin. D'accord ?

— Comme tu voudras.

Je commençai à arracher mes faux sourcils. La colle tenait bien et enleva aussi quelques-uns de mes vrais poils. J'arrachai les bandes de cire que j'avais mises derrière mes oreilles pour les faire plus saillantes. Puis j'étalai mon mouchoir sur le dessus de mon porte-documents posé en travers de mes genoux et, me penchant en avant, fis tomber mes verres de contact bruns sur le mouchoir. Je n'en aurais plus besoin maintenant. Mes yeux sont bleus. Je jetai les verres bruns par la vitre de la voiture.

Garcia me regarda.

— A présent, tu as davantage l'air d'être toi-même.

— Ouais. Une fois que j'aurai enlevé cette teinture de mes cheveux.

— Ça m'est difficile d'attendre pour enlever ces maudits favoris.

— Et la moustache. Cette moustache insensée, hirsute.

Nous nous surprîmes à rire, comme si nous venions d'entendre une excellente plaisanterie. Je suppose que la sensation de soulagement et de détente nous rendait un peu stupides.

Nous nous dirigions vers l'ouest à une vitesse que nous estimions aussi rapide que sûre. Garcia me pressa de questions.

— Goosens t'a donné ses diamants comme cela, sans rien dire ?

— Qu'aurait-il pu faire d'autre ? On ne discute pas devant un revolver.

— Je sais. Mais j'aurais pensé qu'un type qui se balade partout avec des diamants en poche témoignerait d'un peu plus de...

Je me montrai patient.

— Écoute. Je te l'avais déjà dit : quand tu fais quelque chose de dangereux depuis un certain temps, cela ne te semble plus du tout dangereux. Tu y es tellement habitué que tu commets des négligences. Un courtier en diamants est comme ça. Il sait que son boulot est dangereux, bien sûr. Il sait qu'il constitue une cible de choix pour des voleurs, parce que les diamants sont le meilleur butin du monde. Je t'ai déjà dit tout cela.

— Ouais. Parce qu'ils ne prennent pas beaucoup de place, qu'ils ont une grande valeur et qu'on ne peut pas les reconnaître.

— On peut *difficilement* les reconnaître. L'homme qui taille un diamant est capable de l'identifier par la suite si celui-ci est suffisamment grand, disons quatre carats, quatre carats et demi au moins. Sinon, c'est impossible. De toute façon, le courtier sait qu'il sera sans doute volé, un jour ou l'autre. Mais il sait aussi que ses diamants sont assurés à un joli prix, et que l'Association de Sécurité des Bijoutiers est à ses côtés, ainsi que le F.B.I. et environ un million de flics. Et lorsqu'il n'a pas été agressé depuis longtemps, il ne se complique plus l'existence à prendre des précautions. Comme ce soir. Goosens pensait être en sécurité dans cette chambre d'hôtel avec ses diamants.

Garcia se mit à rire.

— Je ne crois pas que j'aimerais être courtier en diamants.

— Pense à tous les avantages !

— Lesquels ? Se faire assommer froidement et être dévalisé aussi souvent ?

— Certains de ces types gagnent plus de cent mille dollars par an.

— A vendre des diamants ?

— Ouais.

— Et alors ? Nous avons gagné beaucoup plus ce soir, en un quart d'heure. (Il me lança un regard de côté.) Comment sais-tu tant de choses sur les diamants et les courtiers, Pete ?

— Je connais cette profession.

J'essayai de faire un somme, mais, énervé, je n'arrivai pas à m'endormir. Garcia mit la radio. Il n'y eut rien qui nous concernait aux nouvelles de minuit, ni rien sur Goosens. C'était trop tôt.

— C'est un soulagement ! soupira Garcia.

Je dis :

— Je vais conduire un moment. Je n'arrive pas à dormir. Toi, tu le pourras peut-être.

Il se rangea sur le bas-côté, descendit de la voiture et la contourna en passant par-devant. Je me glissai à la place du conducteur. Lorsqu'il fut installé à celle du passager, je lui tendis mon porte-documents.

— Tiens, ça te fera faire de beaux rêves.

Il prit la serviette en disant :

— Nous devons avoir parcouru plus de 150 km déjà. On peut jeter un coup d'œil ?

— Pourquoi pas ? J'avais envie de les voir aussi. Vas-y. Ouvre.

Je repris la route, vers l'ouest, pendant que Garcia ouvrait la serviette sur ses genoux. Le trafic était faible de notre côté.

Garcia releva le dessus du porte-documents et en sortit les diamants dans leur étui. La fermeture éclair était fermée à clef. Cela ne gêna pas Garcia. Il fendit le cuir le long de la fermeture avec son couteau de poche et extirpa une quantité de petits sachets de papier de soie. Chacun d'eux était marqué de chiffres à l'encre.

— Classés par grosseur, dis-je. Ouvres-en quelques-uns si tu veux jeter un coup d'œil.

Il ouvrit l'un des sachets ; il y avait une vingtaine de pierres magnifiques qui brillèrent à la lumière du tableau de bord. C'était joli à voir. Je gardai les yeux fixés sur la route et maintins notre vitesse à 110, mais j'eus aussi un œil rivé sur les diamants, pendant quelques secondes. Garcia ouvrit d'autres petits sacs de papier.

Il n'arrivait pas à croire ce qu'il voyait.

— Nom d'un chien ! dit-il plusieurs fois. Nom d'un chien ! Il avait déplié un autre sachet de papier, le levant vers la lumière du tableau de bord, admirant l'éclat des pierres et répétant : Nom d'un chien ! Puis il replia les sachets et les remit dans l'étui de Goosens.

Tout en repliant le cinquième sachet de diamants, il dit :

— Quand Goosens va signaler le vol, il aura diablement du mal pour se faire rembourser par l'assurance.

J'estimai que c'était le moment de lui dire, maintenant, surtout avec la vue des diamants pour le remonter.

— Goosens ne racontera jamais cela, gosse. Il est mort.

Garcia leva les yeux des diamants. Son visage était devenu comme mou sous l'effet du choc.

— *Quoi ?*

— J'ai dû le descendre, mais ne prends pas cela trop au tragique. Je l'ai caché sous le lit et j'ai accroché le carton « Ne pas déranger » sur sa porte, quand je suis parti. Nous devrions être tranquilles jusqu'à l'heure du ménage demain... aujourd'hui... avant que quelqu'un le trouve.

— Tu m'avais dit que tu l'avais simplement assommé et ligoté. Que s'est-il passé ?

— Il m'a reconnu. Il m'a appelé par mon nom. Même avec les yeux bruns, les faux sourcils et les oreilles décollées. Aussi j'ai été forcé de le tuer.

— Oh ! (Garcia finit de replier un sachet de diamants et commença à en ouvrir un autre.) Tu le connaissais avant, hein ? dit-il. Tu ne m'avais pas dit ça.

— Cela n'avait aucune importance avant cette nuit. Et puis cela en a pris une trop grande pour passer dessus. Dans un coup aussi important que celui-là, nous ne pouvions nous permettre de laisser derrière nous un témoin susceptible de nous dénoncer aux flics.

— Je suppose que non...

Je surveillai la route. « Examine un peu la situation. Les pierres que tu regardes représentent une valeur de 370 000 dollars, selon l'estimation d'Amsterdam. Nous n'allons pas en obtenir autant en Californie, bien sûr. Peut-être 125 000. Mais tout de même, divise en deux et demande-toi si ta part n'en valait pas la peine.

Garcia regardait un autre sachet de diamants. Il ne dit rien.

Je continuai :

— De plus, Goosens a été descendu par *moi*. Tu n'as fait de mal à personne.

Le visage de Garcia s'éclaira.

— C'est vrai. Et je suppose que tu ne pouvais agir autrement s'il savait qui tu étais.

— Il me connaissait, dans le temps. Nous ne

nous serions jamais sentis en sécurité si je ne l'avais pas refroidi. Aussi oublie-le.

— O.K., Pete. » Il plaça un autre sac de diamants à la lumière du tableau de bord et s'exclama de nouveau : Nom d'un chien ! Puis il dit : Pourquoi ne m'as-tu pas parlé de meurtre avant ? Il semblait vexé.

— Je pensais que cela pourrait t'alarmer, Garcia, et je voulais que tu restes calme jusqu'à ce que nous ayons passé le cap.

Il fit un signe de la tête. Il pouvait comprendre cette nécessité, parfait.

Changeant de sujet, je dis :

— Tu en as vu suffisamment pour te satisfaire ?

— Je pourrais regarder ces machins toute la nuit, sans m'en lasser jamais.

— Je sais. Moi aussi. Mais nous devons nous en débarrasser le plus vite possible.

— Nous en débarrasser ?

Il était surpris. Je ne lui avais pas parlé de cela non plus.

— Ouais. Nous allons les envoyer par la poste en Californie, dans la prochaine ville que nous traverserons.

— Comment ferons-nous, en pleine nuit ? Et pour quelle raison ?

— Les diamants vont devenir brûlants dès que Goosens aura été découvert. Il vaut mieux que nous ne les ayons pas sur nous dans les jours à venir.

— A qui allons-nous les envoyer ? (Ses yeux brillèrent.) La moitié est à moi.

— Il y a un colis postal et des rubans adhésifs dans le porte-documents. Il y a déjà une adresse sur le colis qui est timbré, et prêt à être expédié. Tout ce qui te reste à faire, c'est de mettre les diamants dans la boîte, de la fermer avec les rubans adhésifs et de lire l'adresse sur la boîte. Cela répond à tes questions ?

Il fouilla dans mon porte-documents et en sortit le colis postal et les rubans adhésifs que j'avais préparés plusieurs jours auparavant. Il lut l'adresse sur le colis.

— Qui est Henry Anters ?

— Toi ou moi, lui dis-je. Un faux nom que j'ai trouvé pour envoyer les diams à San Francisco, poste restante. Nous demanderons le paquet lorsque nous serons là-bas. C'est simple.

Garcia acquiesça de la tête et sortant les sachets de l'étui de Goosens, il les mit dans le colis postal, qu'il cacheta ensuite. Dans la première ville que nous traversâmes, il laissa tomber le colis dans la glissière de l'une de ces boîtes postales qui se trouvent devant chaque bureau de poste d'une grand-rue. La poste était plongée dans le noir et nous ne vîmes personne dans la rue. Il était plus de deux heures du matin.

Une minute plus tard, Garcia jeta l'étui en cuir de Goosens dans une poubelle. Après quoi, il s'enfonça dans son siège, appuya sa tête contre le dossier et se tint tranquille. Assez rapidement, je l'entendis respirer fort, ronflant presque. Je lui jetai un coup d'œil. Il avait ôté ses favoris et sa moustache, sans eux il avait l'air beaucoup plus jeune et ressemblait beaucoup moins à un filou.

Pour un jeunot, il avait joliment bien pris la nouvelle qu'il était complice d'un meurtre. De toute façon, valait mieux qu'il l'apprenne par moi que par un bulletin de radio, dès qu'ils auraient découvert le corps de Goosens. Peut-être sa part de diamants compensait-elle cette nouvelle. C'est ce que je souhaitais pour ce brave gosse. C'était la poisse pour tous les deux que Goosens m'ait reconnu, mais on ne pouvait pas filer assez vite ni assez loin pour éviter les ennuis, après une affaire aussi importante que celle-là, si on laissait derrière soi un témoin sachant que c'était vous qui l'aviez volé.

Je regardai le niveau de l'essence et vis que le réservoir était aux trois quarts vide. Je décidai de m'arrêter à la prochaine station-service ouverte et de faire le plein. Je conduisis pendant une autre heure. Garcia dormait comme un enfant à côté de moi. Une fois, sa tête roula sur le côté et cela ne le réveilla même pas. Il ne se réveilla pas avant que je me dirige vers une station-service, ouverte 24 heures sur 24, dans un endroit qui s'appelait Veneta, à côté de l'autoroute, et m'arrête devant la pompe de super. Alors Garcia ouvrit un œil, bâilla et regarda par la vitre.

— Où sommes-nous ?

Je le lui dis. Il fit un signe de la tête et sortit de la voiture.

— Jamais entendu parler de cet endroit, mais j'espère qu'ils ont des W.C.

Il partit à leur recherche.

Un vieil homme portant une casquette de golf sortit de la station-service et demanda ce qu'il pouvait faire pour nous.

— Le plein de super, dis-je. Et vérifiez l'huile.

Garcia revint des toilettes et mit une pièce dans le distributeur automatique de Coca-Cola en s'enquérant :

— Tu en veux un, Pete ?

Je lui répondis que non. Le vieil homme à la casquette releva le capot de la voiture et chercha à tâtons la jauge du niveau d'huile. Quand il me la montra, elle marquait un niveau « plein ». Je lui demandai de vérifier l'eau de la batterie. Puis j'allai à mon tour aux toilettes.

Lorsque je ressortis, Garcia était derrière la voiture, à bavarder avec le vieux pompiste, qui raccrochait le tuyau d'essence à la pompe.

— Soixante-seize litres dans le nez, signala l'homme. Plein à ras bords.

Je lui payai l'essence en espèces.

— Tu veux que je conduise un peu ? me demanda Garcia.

— Vas-y. Je vais encore essayer de faire un somme.

Nous remontâmes dans la voiture et partîmes. Garcia dit :

— Le vieux m'a prévenu que nous avions soixante-dix kilomètres de route secondaire à faire avant de rejoindre l'autoroute.

— Nous ne roulerons plus sur aucune autoroute, dis-je. Des routes secondaires uniquement. L'autoroute nous a permis de filer vite, mais c'est sur les autoroutes qu'ils nous chercheront d'abord, dès qu'ils auront trouvé Goosens.

Nous ne dîmes plus rien ensuite, pendant un bon moment. Je m'adossai à la banquette, essayant de me détendre pour faire un somme, mais je n'y parvins pas. Au lieu de me relaxer, je devenais de plus en plus tendu sans savoir pourquoi. Nous avions parcouru plus de 300 km ; nous nous étions débarrassés des pierres ; il était plus que probable que le corps de Goosens n'avait pas encore été découvert. De la façon dont tout cela se présentait, nous étions donc tranquilles. Et pourtant, quelque chose me tracassait.

Je continuais à me souvenir des jambes de Goosens remuant sur le tapis rouge de l'hôtel, et à me demander ce qu'il avait essayé de dire avant de clamser. Cela ne faisait pas une grande différence. Il ne pourrait plus rien dire à personne maintenant. Les flics n'apprendraient jamais rien sur moi par son intermédiaire.

Je ne fis pas un geste et n'ouvris pas les yeux, mais ce fut alors que cela me frappa pour la première fois... de réaliser que, même Goosens mort, je n'étais pas entièrement tranquille. Je vous donne ma parole que cela ne m'était pas venu à l'esprit avant cette minute. Autrement je ne débiterais pas tout cela comme un pécheur à confesse. Croyez-moi, je me sentis mal.

Il n'y avait presque pas de circulation sur cette route. Il allait être quatre heures du matin. La route faisait des lacets comme si elle n'arrivait pas à se décider sur la direction à prendre, à travers des régions cultivées, des bouts de forêts, montant en haut d'une colline pour redescendre ensuite. Depuis bientôt une dizaine de kilomètres, elle longeait une petite rivière, au fond d'un ravin sinueux, noir comme tout.

Je me redressai sur mon siège et dis :

— Bon sang, je n'arrive pas à dormir.

— Les nerfs. (Garcia sourit sans tourner la tête.)

— Probablement, oui. En tout cas, arrête-toi quand tu pourras, je vais conduire.

Garcia stoppa à un endroit où la route s'élargissait un peu sur une courte ligne droite. Il sortit de la voiture et en fit le tour par-devant. Nos phares étaient allumés. Ils l'aveuglèrent sans doute un peu, car il ne remarqua pas que je ne m'étais pas mis au volant. Lorsqu'il ouvrit la portière de mon côté, je dis :

— Je suis désolé, gosse, et l'abattis.

La balle l'atteignit sous le menton et le transperça. Il était mort avant de savoir ce qui l'avait frappé. J'en fus heureux, car c'était un brave gosse.

Je ne vis aucun phare de voiture venant dans l'un ou l'autre sens, aussi éteignis-je les nôtres. Je sortis de la voiture et saisis Garcia par le col de sa veste, le traînant sur le bas-côté de la route vers l'une de ces canalisations d'eau qui passait dessous, à une vingtaine de mètres de là. Je descendis dans le fossé en le tirant et examinai la conduite d'eau. Elle avait peut-être un mètre de diamètre et il y avait donc suffisamment de place pour Garcia. Il n'empêcherait pas l'eau de s'écouler, à moins que ce ne soit un véritable torrent. Je fouillai ses vêtements, pris son portefeuille et tout ce qu'il avait sur lui pouvant renseigner sur son identité. Puis je le poussai au fond du conduit de façon à ce qu'on ne puisse le voir de l'extérieur. Je le laissai ainsi, dans une dizaine de centimètres d'eau, et retournai à la voiture.

Toujours pas de circulation dans les deux sens ; ma chance persistait. Je sortis mon revolver de la poche de mon pardessus et le lançai aussi loin que je pus dans la rivière. Puis je pris le sac d'avion de Garcia dans le coffre, mis son portefeuille et ses autres objets personnels dedans, y ajoutai deux grosses pierres que je ramassai sur le bord de la route, et lançai le tout dans la rivière. Finalement, je me remis au volant, allumai les phares et partis. Il se passerait longtemps avant qu'on retrouve Garcia, et si on le retrouvait, cela demanderait encore plus de temps pour l'identifier.

Je me sentais mal à l'aise au sujet de Garcia. On ne travaille pas avec un gosse pendant tout ce temps sans s'attacher à lui. Si Goosens ne m'avait pas reconnu, Garcia serait toujours en vie. J'essayai de me consoler en pensant que si j'ajoutais la part de diamants de Garcia à la mienne, je pourrais vivre luxueusement de leur vente pendant un certain nombre d'années à venir. Au bout d'une heure environ, je commençai à me sentir un peu mieux. Je pensai même que si Garcia avait encore été là pour conduire, j'aurais pu enfin dormir. Curieux, non ?

Je maintins une vitesse régulière et rejoignis l'autoroute dont avait parlé Garcia. Au bout de quelques kilomètres sur celle-ci, je la quittai et pris la direction du sud-ouest pour passer entre Cincinnati et Indianapolis, puis, là, je pris de nouveau la direction nord-ouest pour rejoindre la US 36. Je n'étais pas pressé, mais je ne tenais pas non plus à trop traîner.

Le matin suivant, vers sept heures, je me trouvai à plus de 600 km de l'endroit où Goosens était dissimulé sous un lit, et tout laissait présager une autre douce journée de printemps.

Je m'arrêtai à 80 km d'Indianapolis pour prendre un petit déjeuner. Maintenant, j'avais besoin de café pour rester éveillé. Je n'avais pas faim, mais je pris un gâteau danois avec mon troisième café, juste pour manger quelque chose. Deux heures plus tard, dans un endroit désertique qui s'appelait Danforth, je m'arrêtai et fis de nouveau remplir le réservoir à ras bords. Cette voiture faisait une consommation d'essence incroyable. Je me dis que je devrais acheter une autre marque la prochaine fois. Puis je me souvins que, d'ici peu, j'aurais suffisamment d'argent pour ne pas me préoccuper de mes dépenses d'essence. Je continuai vers l'ouest.

Quelques kilomètres après la sortie de Springfield, je rencontrai un barrage. Deux voitures de police étaient rangées sur le bord de la route avec leurs gyrophares qui tournaient. Un flic me fit signe de m'arrêter. Je freinai pour obtempérer.

Le flic, un grand type en uniforme de police de la route, s'approcha de ma portière et dit bonjour, d'une voix polie.

Je dis : « Hello ! » d'une voix aussi polie que la sienne.

— Voudriez-vous descendre de voiture ?

— Descendre ? (J'étais surpris.) Pourquoi ?

— Voudriez-vous descendre, s'il vous plaît ?

Il était toujours poli, et il ouvrit la portière, en une invitation muette. Il y avait un autre type en uniforme derrière lui. Un gars en civil, avec un nez crochu, vint se mettre de l'autre côté de ma bagnole. Les voitures passaient en sifflant à côté de nous sur l'autoroute.

— Posez vos mains sur le toit de votre voiture et restez tranquille, dit le flic.

Je fis ce qu'il me demandait. Je sentis ses mains me palper. Elles tâtèrent mes poches, ma ceinture, montèrent et redescendirent le long de mes jambes, de mes bras. Je me félicitai d'avoir jeté mon arme dans la rivière.

Le flic s'adressa par-dessus le toit de la voiture au type en civil avec le nez crochu :

— Il est O.K., Al.

Al fit le tour de la voiture et dit, aussi poliment :

— Si vos bras se fatiguent, vous pouvez maintenant vous retourner. Voudriez-vous nous montrer votre carte grise et votre permis de conduire ?

Je les sortis de mon portefeuille et les lui donnai.

Les lisant, Al dit :

— Peter Westervelt, San Francisco. C'est vous ?
— C'est moi.
— C'est votre adresse ?
Je fis signe que oui.
— Quelle est-elle ? dit-il alors, tenant mes papiers de façon à ce que je ne puisse pas les voir.
Je le lui dis. Il n'eut pas l'air surpris que je connaisse ma propre adresse. Il n'en eut pas l'air content non plus. Peut-être croyait-il que j'avais volé la voiture, avec les papiers de son propriétaire.
— Quel est votre problème, les gars ? Ou bien est-ce un secret ? questionnai-je alors.
— Nous regrettons de ne pouvoir vous le dire.
— Pourquoi donc ?
Al intervint.
— Nous ne le savons pas nous-mêmes, avoua-t-il. Il était passablement irrité contre quelqu'un, mais je ne pensai pas que ce fût contre moi.
— Quoi qu'il en soit, nous avons reçu l'ordre de la police de la route d'arrêter une voiture de couleur bleue, immatriculée en Californie, plaque 156-E-290. Et c'est vous.
— C'est moi, confirmai-je.
Al reprit :
— Nous avions cru comprendre que vous étiez armé et dangereux. Il ne s'excusait pas vraiment, mais avait l'air assez embarrassé.
Je m'appuyai contre la voiture.
— Cet appel de la police de la route débloque complètement. Qu'est-ce qui a pu leur donner une idée aussi dingue ?
Il regarda la route au loin.
— Peut-être allons-nous le savoir bientôt. Les voilà.
Une voiture de police s'arrêta derrière nous. Un

flic en uniforme en sortit et vint vers nous en courant. Il me regarda.

— Vous l'avez eu ?

Il était gras et essoufflé.

— Nous l'avons eu. D'après le ton de Al, c'était à ce type qu'il en voulait. Et où avez-vous été chercher tout ce que vous avez débité sur lui par radio ?

Le policier corpulent murmura quelque chose trop bas pour que je puisse entendre, et Al dit au flic qui était à côté de moi :

— Garde un œil sur lui, Joe.

Puis il s'éloigna de quelques pas avec le gros et ils se mirent à discuter. De temps en temps, l'un ou l'autre me jetait un coup d'œil. Je les épiais mais n'arrivais pas à percevoir ce qu'ils disaient.

Deux minutes après, le flic corpulent donna quelque chose à Al, fit demi-tour ; remonta dans sa voiture, opéra une rapide manœuvre et repartit en direction de l'est. Al revint vers moi, en me jetant un drôle de regard.

— Êtes-vous pressé, monsieur Westervelt ?

— A vrai dire, oui.

— Au point de ne pouvoir interrompre votre voyage pendant une heure, le temps que nous essayions d'éclaircir tout cela ?

— Éclaircir quoi ?

— Ça me paraît relever de la mauvaise plaisanterie, monsieur Westervelt, mais j'aimerais m'en assurer, si vous vouliez bien coopérer en venant au Q.G., juste un instant.

— Pourquoi le ferais-je ? (Je me sentis de nouveau agacé.) Vous m'accusez de quelque chose ?

— Je peux vous arrêter pour avoir fait du 100 dans une zone où la vitesse est limitée à 60 km, si c'est ce que vous voulez.

— Ce n'est pas une zone limitée à 60 km. Ce panneau là-bas dit justement 100 km.

— Je n'arrive pas à le lire d'ici, rétorqua-t-il d'une voix onctueuse.

— Bon ! Je viens. Mais faites vite, voulez-vous ? Si c'est une plaisanterie, elle est plutôt de mauvais goût.

— Voilà qui est raisonnable, dit Al. Je vais conduire votre voiture, si cela ne vous dérange pas. (Il se mit au volant. L'un des flics en uniforme monta à l'arrière.) Asseyez-vous à côté de moi, monsieur Westervelt, dit Al.

J'obéis et Al agita la main vers les autres flics sur le bord de la route, leur criant merci ! comme nous passions devant eux.

Je gardai le silence, m'efforçant de découvrir ce qui se passait. Ils ne pouvaient avoir trouvé aucun indice marquant, laissé par moi quelque part, qui leur permette d'établir une liaison entre moi et Goosens, ou entre moi et les diamants, ou encore entre moi et Garcia. Cependant, j'étais inquiet. Je n'étais pas exactement un citoyen innocent, même si j'étais certain qu'ils ne pouvaient rien me coller dessus.

Al me conduisit dans une pièce carrée au Q.G. de la police, et me fit asseoir dans un fauteuil, me donna deux magazines vieux de six mois, puis me laissa en compagnie du policier en uniforme qui sans doute était supposé veiller à ce que je continue de « coopérer ».

Normalement, cela ne devait pas prendre plus d'une heure. Al, m'apprit le flic, était le lieutenant Randall, des Homicides, et au bout de 45 minutes, celui-ci me fit appeler. Le planton me conduisit jusqu'à un bureau minuscule. Al était assis derrière un bureau malmené, dans un fauteuil tournant qui couinait à chacun de ses mouvements. Je pris place dans un fauteuil de l'autre côté du bureau, en face de lui, sans y avoir été invité. J'essayai de deviner quelque chose d'après l'expression de son visage, mais n'arrivai à rien finalement.

— Eh bien, monsieur Westervelt, ce n'était pas une plaisanterie. Je m'étais trompé.

Je sentis le soulagement monter en moi.

— Je suis heureux que nous soyons parvenus à établir cela. Puis-je m'en aller maintenant ?

Il remua son fauteuil qui émit une sorte de couinement, semblable à celui d'un rat qui a mal.

— Pas tout à fait, non. Nous vous gardons.

Le soulagement s'évanouit.

— Pour quelle raison ?

— Soupçonné de meurtre, d'attaque à main armée et de vol important, entre autres choses. Cela vous suffit comme préambule ?

— *Maintenant vous êtes en train de plaisanter*, dis-je.

— Absolument pas.

Je respirai à fond et demandai :

— Qui suis-je censé avoir assassiné ?

— Un courtier en diamants, du nom de Goosens.

Il sortit cela comme s'il annonçait qu'il allait pleuvoir et ces mots me transpercèrent comme la pluie... une pluie glaciale.

— Jamais entendu parler de lui, déclarai-je.

— Non ? Et il y a aussi quelqu'un du nom de John Garcia.

— Non plus.

— Et encore quelqu'un du nom de Henry Anters.

Je sortis mon mouchoir et m'essuyai la lèvre supérieure.

Al dit :

— Je ne cherche pas à vous rouler, Westervelt. Nous vous tenons bien.

— Pourquoi ? Je n'ai rien fait, je me tue à vous le répéter.

Il releva le buvard corné qui se trouvait sur son bureau et en tira une feuille de papier sale. Quelque chose était écrit dessus. Le pompiste d'une station-service de Danforth a trouvé ceci à l'intérieur du bouchon de votre réservoir d'essence ce matin, me dit-il. Il le maintint en l'air. Le pompiste a téléphoné à la police de la route, laquelle a alerté tout le monde de Danforth jusqu'à Pittsfield. En passant par nous.

— Qu'est-ce que c'est ? demandai-je.

Al grimaça.

— Un message de Garcia.

— Je n'ai jamais entendu parler de Garcia, lui répétai-je.

— Laissez-moi vous le lire. (Al déplia le papier de telle sorte que deux mots écrits en majuscules, au crayon, se détachent au haut de la feuille.) Vous voyez cela ? PRÉVENEZ LA POLICE ! C'est ce qui est tombé sous les yeux du pompiste de la station-service de Danforth, ce matin, lorsqu'il a enlevé votre bouchon de réservoir. Pendant que vous étiez aux W.C., il a sorti ce billet et lu le reste du message.

— Que dit-il ? Je sentais soudain que cela se gâtait.

— Il dit : « Cet homme est un assassin. Voyez chambre 429, Continental Hotel, Pittsburgh. Aussi Henry Anters, poste restante, San Francisco » et c'est signé *John Garcia.*

Je tamponnai de nouveau ma lèvre.

— Je me suis mis en rapport avec Pittsburgh. Lorsque je leur ai demandé de vérifier la chambre 429, au Continental Hotel, ils ont trouvé un homme du nom de Goosens sous le lit, tué par balle. Un courtier en diamants, d'après ses papiers. Je me suis mis aussi en rapport avec le grossiste pour qui il travaillait, lequel m'a déclaré que Goosens était arrivé par avion à Pittsburgh la nuit dernière, transportant des diamants d'un montant de 370 000 dollars. Pittsburgh dit qu'il n'y a aucune trace des diamants dans la chambre ni sur le mort.

Je remontai dans le temps. Garcia... pendant que nous avions pris de l'essence à Veneta, la première fois, Garcia était allé aux W.C. le premier, puis ç'avait été moi. Garcia devait avoir écrit ce message là-bas, puis il l'avait mis dans le bouchon du réservoir pendant que j'étais aux W.C. Je me souvins qu'il se tenait derrière la voiture, en train de bavarder avec le vieil employé lorsque j'étais ressorti.

Al poursuivit :

— Je serais plutôt tenté de dire que cette note de John Garcia est joliment bien confirmée, non ? (Puis il ajouta rapidement :) Ne répondez pas à cela. Je vous donne avis de vos droits selon la Constitution. Vous n'êtes pas tenu de répondre à toutes les questions que je vous pose, si vous ne le désirez pas. Et vous avez le droit d'avoir un avocat présent si vous le souhaitez.

— Qui, moi ? fis-je. Pourquoi faire un avocat ? Demandez-moi tout ce que vous voudrez. Je n'ai rien à me reprocher. Et je ne sais rien de toute cette histoire.

— Jamais entendu parler de Henry Anters ?

Je secouai la tête. Ils n'arriveraient jamais à établir la liaison entre ce nom et moi.

— La poste de San Francisco a été avertie de garder tout ce qui arrivait à ce nom. Je leur ai parlé, aussi.

— Vous avez été très actif, hein ? Mais vous n'avez rien qui vous permette de m'inculper. Je vous l'ai déjà dit, je vous le répète, je n'ai jamais entendu parler de Goosens, de Garcia, ou de diamants. Et personne ne peut prouver le contraire. Un message fantaisiste, placé dans le bouchon de réservoir d'un type par un dingue, ne prouve pas forcément que c'est un meurtrier ou un voleur de diamants. Et vous le savez diantrement bien.

— Vous êtes sûr de n'avoir jamais entendu parler de Garcia ?

— Encore une fois, non je n'ai jamais entendu parler de lui.

Al contempla la fenêtre sale de son bureau.

— A mon avis, Garcia était dans le coup avec vous. Si vous avez tué Goosens pendant le braquage, Garcia a peut-être compris soudain avec quel genre de type il s'était acoquiné et pensé qu'il était le prochain sur votre liste. (Ses yeux revinrent à moi.) Était-ce le cas ?

Il ne s'attendait pas à une réponse. Je ne lui en donnai pas. Il dit :

— Selon moi, vous connaissiez Garcia. Et il vous connaissait.

Je pensai à part moi qu'il me connaissait en effet bien mieux que je ne le connaissais. Tout de même, il n'avait pas été aussi malin qu'il le pensait avec son petit message dans le bouchon du réservoir. Parce que message ou pas, il n'y avait rien qui établissait un lien entre moi et Goosens ; ou entre moi et Henry Anters ; ou encore, entre moi et Garcia. Mon revolver était au fond d'une rivière ; les affaires de Garcia aussi et son corps avait disparu ; les diamants avaient été envoyés par la poste à San Francisco et ne seraient jamais réclamés à présent par Henry Anters. Cela me rendait malade. Garcia m'avait joué là un sale tour. Mais, sauf me pincer avec les diamants, la police ne pouvait rien contre moi.

Al avait dû lire en moi. Il glissa la main dans le tiroir de son bureau et en ressortit deux diamants. Il les tint dans la paume de sa main et les mit sous mes yeux pour que je puisse voir.

— Regardez ce que nous avons trouvé dans le réservoir de votre voiture, dit-il.

J'essayai de tenir le coup :

— Qu'est-ce que c'est ?

— Des diamants.

— Dans le réservoir de ma voiture ?

— Oui.

— Ou bien c'est un coup monté, ou bien vous plaisantez, dis-je.

Le regard qu'il me lança aurait fendu une pierre en deux.

— Je ne fais pas de coup monté, et je ne plaisante pas avec des tueurs. J'ai l'habitude de rechercher les détails dans un vol, et j'ai vu que le papier sur lequel Garcia avait écrit son message, était un papier utilisé pour envelopper des pierres précieuses non montées. Aussi ai-je fait vidanger le réservoir de votre voiture, Dieu sait pour quelle raison, hein ? Je m'imaginais que, si Garcia avait mis un sachet à diamants dans votre réservoir, peut-être y avait-il mis aussi les diamants eux-mêmes. Vous pouvez constater que j'avais raison.

— Quel est leur poids ? demandai-je.

Il regarda le mot de Garcia.

— La notation du bijoutier dit ici que ce sont des pierres de cinq carats.

Cela fermait toutes les portes. Si elles avaient été plus petites, j'aurais eu encore une chance. Aucun expert n'aurait pu les identifier comme faisant partie du lot de Goosens, mais avec des pierres de cinq carats, l'homme qui les avait taillées pourrait les identifier en deux minutes. J'avais expliqué cela à Garcia, je m'en souvenais à présent, et il s'était servi de cette information pour me perdre.

Ces deux diamants établissaient un lien évident entre moi et Goosens — mais et surtout — avec Garcia, également. Parce qu'il va sans dire que personne ne promène dans le réservoir de sa voiture deux gros diamants volés à un courtier assassiné, à moins d'avoir été mêlé à l'affaire d'une manière quelconque, et il y avait en sus la lettre d'explication de Garcia dans le même réservoir d'essence.

Garcia... Je continuais de penser à lui. La seule fois où il avait pu escamoter le sachet de gros diamants, c'était lorsqu'il avait pris la boîte prête à être expédiée par la poste, et cela voulait dire qu'il savait que j'allais le tuer avant que je le sache moi-même... avant même que l'idée m'en soit venue à l'esprit.

— Ce Garcia devait être très jeune, dit Al sans s'adresser à personne en particulier.

Je remarquai qu'il utilisait le passé.

Je pensai en moi-même, Garcia *était* un bon gosse, excepté pour une seule chose : sa fâcheuse manie de prévoir ce qui allait arriver.

Peut-être cette manie avait-elle un peu déteint sur

moi, car je savais déjà les mots qu'allait maintenant prononcer Al.

— Voulez-vous un avocat à présent, Westervelt ? Qu'en dites-vous ?

Je ne répondis rien. A quoi cela aurait-il servi ?

A good kid.

D'après la traduction de François Truchaud.

MON ONCLE JOAQUIN

par PHILIP McDONALD

Quand l'écrivain Samuel Krosner eut sa dépression nerveuse, un homme d'affaires d'origine méditerranéenne nommé Ordonez s'inscrivit au club de gymnastique de Rube et se lança dans un programme de remise en forme. Très vite, Joseph (« Ou bien José, mais je déteste Joe ») Ordonez, individu calme et réfléchi, fut en excellents termes avec Gerald Dibbs, le culturiste vedette de Rube et l'un des prétendants au titre de Monsieur Univers.

Ordonez avait un corps trapu, massif et bien proportionné de gymnaste japonais. Une bouche aux commissures légèrement affaissées et de grands yeux pensifs donnaient à son visage mat un air éternellement triste. Cela ne manquait pas d'agacer Fletcher Langevin, un éditeur ventripotent qui lui reprochait son expression affectée de romantique latin.

— Ce n'est pas ma faute, je suis né ainsi, lui répondait Ordonez.

— Alors, souriez, maugréait Langevin.

Et, immanquablement, quand Ordonez souriait, Langevin levait un doigt accusateur en s'écriant :

— Regardez, sa bouche s'affaisse encore plus lorsqu'il sourit !

Ordonez se mettait à rire franchement, provoquant l'exaspération de Langevin : les dents éclatantes et parfaitement régulières du nouveau membre du club lui rappelaient l'état déplorable de sa propre denture.

— Tiens, j'y pense, grommelait-il, il faut que j'aille chez le dentiste mercredi prochain.

Il arrivait souvent à Ordonez de parler de son pays natal, l'Espagne. Surtout lorsque Warren Lazarro, un restaurateur d'origine italienne, l'en priait.

— En quoi l'Espagne vous concerne-t-elle, vous qui êtes un Rital ? raillait Wilbur Mattingly, enquêteur pour une compagnie d'assurances.

— L'ancien monde, quel que soit le pays, est un véritable enchantement. Les gens sont proches les uns des autres, ils aiment leurs racines, répondait invariablement Lazarro.

— Oui, c'est pourquoi ils viennent ici.

Tous faisaient partie d'un groupe d'hommes d'affaires et de fonctionnaires qui venaient s'entraîner le jeudi soir au gymnase de Rube. Même s'ils fréquentaient l'établissement à d'autres heures, au gré de leurs emplois du temps respectifs, ils avaient décidé d'un commun accord de faire leur possible pour s'y retrouver le jeudi et échanger les derniers ragots de la semaine. La malheureuse disparition de Samuel Krosner laissa dans leur bande un vide que Joseph Ordonez combla tout naturellement. Le chef de la police, Gordon Cordts, pensait depuis longtemps qu'ils avaient besoin de nouvelles recrues. Ils étaient menacés par la consanguinité, affirmait-il.

Ordonez trouva l'idée excellente.

— Une *tertulia* d'haltérophiles ! s'exclama-t-il.

— Une quoi ? demanda Cordts.

— Une *tertulia*, répéta Ordonez. En Espagne et dans quelques pays latino-américains, les hommes qui s'intéressent à un même sujet — le sport, la politique, la religion, la peinture — se retrouvent dans un bar, à leur club ou dans un autre lieu pour en parler.

— Vous voyez, bande de chimpanzés ignares, dit Lazarro. L'ancien monde a du charme, des coutumes...

— L'Amérique latine, Rital, fait partie du nouveau monde, corrigea Cordts.

— N'empêche qu'il a fallu un homme de l'ancien monde pour reconnaître ce que nous faisions, rétorqua Lazarro.

Quelques mois après l'admission d'Ordonez dans le groupe, Mattingly trouva un morceau de papier sous un banc du vestiaire. Une vieille feuille froissée couverte de phrases en espagnol. Il essaya de le déchiffrer avec l'aide de Langevin, mais sans grand résultat. Ils l'emportèrent dans la salle de musculation, pensant qu'Ordonez les aiderait.

— Oh, mon Dieu, merci ! s'exclama celui-ci en haussant les sourcils. Où l'avez-vous donc trouvé ? Merci infiniment, cela m'aurait beaucoup peiné de l'avoir perdu.

— Dans le vestiaire, répondit Mattingly. Il n'y aurait pas traîné bien longtemps, car une fois que Rube est passé par là avec sa serpillière...

— Holà, pas si vite ! s'écria Langevin en voyant

Ordonez poser le message avec sa serviette sur le rebord de la fenêtre. Nous en avons lu une partie.

— Seigneur, Fletch ! objecta Mattingly.

— Hum, ce n'est pas grave, dit Ordonez en lui souriant aimablement.

— Tant mieux, dit Langevin. Par conséquent, vous ne voyez pas d'inconvénient à nous aider à traduire...

— Laisse tomber, Bon Dieu, s'exclama Mattingly en se dirigeant d'un pas vif vers le gravitron.

Pendant plusieurs minutes, il n'y eut pas d'autre bruit dans la salle que l'éclat sonore de l'acier ponctué par la respiration rauque caractéristique des gymnastes s'apprêtant à soulever des poids particulièrement lourds. En l'absence des bavardages habituels, on se serait cru dans un cimetière. Gerald Dibbs fut le premier à rompre le silence.

— J'ai l'impression que l'on travaille sérieusement ici, pour une fois.

— Ouais, c'est un silence qui ne me plaît guère, dit Lazarro en commençant une série d'enlevés à hauteur des mollets.

— Évidemment, intervint Cordts. Pour qu'un Italien soit content, il faut qu'il dégoise et gesticule dans tous les sens.

Lazarro était sur le point de riposter, mais en se dirigeant vers le gravitron où s'exerçait Mattingly, Ordonez l'en empêcha.

— Je veux bien traduire..., commença-t-il.

— Écoutez, je n'avais pas l'intention de..., intervint Langevin.

— Pas de problème. Ce message me revient sans arrêt à l'esprit depuis quelque temps. Je vais vous le lire.

— Aha ! soupira Mattingly en terminant sa série de tractions. Bien.

Lazarro interrompit son exercice, mais Dibbs et Cordts poursuivirent le leur. Ordonez alla chercher le papier qu'il avait posé près de sa serviette, revint auprès de Mattingly et Langevin, puis se mit à lire :

— « José, mon cher garçon, j'accepte ta proposition comme un bienfait venu du cœur. Je t'en remercie sincèrement. J'ai vu tout ce qu'il y avait à voir dans la vie. Elle fut aventureuse, mais je te recommande de ne pas vivre sans but ni racines comme moi. Ne pénètre pas dans la vieillesse démuni d'argent, et ne t'y aventure pas seul.

« Assez de conseils. Je quitte Cadix et te retrouverai à Los Cielos. Avec toute mon affection, oncle Joaquin. »

— Qui est-ce ? demanda Lazarro.

— Mon oncle du côté maternel. Un vieil homme. Lorsque j'étais enfant, je l'admirais énormément. C'est encore le cas aujourd'hui. Autrefois, il fut aussi audacieux qu'un pirate. Et il le serait toujours, sans la vieillesse et les infirmités.

— Eh bien, qu'avez-vous fait à Los Cielos ? demanda Lazarro avant de soulever sa barre.

— Rien, répondit Ordonez en s'installant au développé-couché-guidé.

— Que voulez-vous dire par rien ? demanda Lazarro d'une voix exaltée par l'effort. Et d'ailleurs, où est Los Cielos, exactement ?

— Au nord de Cadix.

— Qu'est-ce qu'on y fait ? interrogea Langevin.

— Rien. Il y a des vignobles, des oliviers, un élevage de taureaux.

— Et que diable avez-vous fabriqué là-bas, tous les deux ?

Cordts, qui jusqu'alors avait feint de se désintéresser de la conversation, était exaspéré par la tournure qu'elle prenait.

— Rien du tout. Il n'est jamais venu.

— Attendez une minute, dit Mattingly en levant la main. Arrêtez tous de soulever vos poids et de tirer sur vos barres. Vous aussi, Dibbs. S'il n'est pas venu, contrairement à ce qu'il annonçait dans sa lettre, où est-il donc...

— Puis-je suggérer, intervint Dibbs, que cela ne nous regarde absolument pas. Après tout, il s'agissait d'une lettre personnelle. Nous ne sommes tombés dessus que par hasard.

— Mais non, cela ne fait rien, dit Ordonez d'un air contrit.

— Exact. Si cela ne nous regardait absolument pas, il nous l'aurait dit tout de suite. Allez, continuez, intima le chef de la police du ton qu'il aurait adopté pour interroger un suspect.

— Il n'y a pas grand-chose d'autre à ajouter, reprit Ordonez. Je ne l'ai pas revu. Peut-être est-il venu. Je me suis renseigné dans le village. Quelques étrangers étaient passés par là, mais pas lui. Ensuite, j'ai dû aller à Séville pour affaires. De là, j'ai appelé la pension où il logeait à Cadix, mais ils m'ont répondu qu'il était parti. Je suis retourné à Los Cielos pendant une semaine et suis tombé sur un couple âgé qui se souvenait vaguement de lui, mais ils n'étaient même pas sûrs de pouvoir le reconnaître s'ils le rencontraient par hasard dans la rue. Alors je suis parti le chercher à Cadix.

— Vous êtes-vous adressé à la police ? demanda Cordts.

— Bien entendu, ainsi qu'à la Guardia Civil.

— A qui ?

— La Guardia Civil. Ils sont bien supérieurs à la police locale pour les enquêtes, même s'ils sont réputés pour leur brutalité.

— C'est comme la police d'ici, affirma Lazarro en regardant Cordts.

— Continuez comme ça, le piazzaiolo, et je vous... grogna le chef de la police en se penchant en avant pour soulever une lourde barre d'haltères.

— Arrêtez, vous deux, dit Langevin. (Puis, se tournant vers Ordonez :) Joseph, vous n'avez pas trouvé tout ça un peu bizarre ?

— Oui et non, dit Ordonez. Quand la police ne s'est montrée d'aucun secours, j'ai commencé à penser que mon oncle était simplement parti — trop orgueilleux pour accepter ma charité.

— Pourtant, avec votre Guardia Civil, objecta Mattingly. Il n'a pas pu simplement disparaître...

— Ha ! On voit que vous ne connaissiez pas l'oncle Joaquin.

Il y avait un soupçon de fierté dans la voix d'Ordonez.

Lazarro se gratta la tête.

— Mais il dit dans la lettre qu'il accepte votre proposition.

— Oui. C'est cela qui m'a trompé. Je voudrais bien savoir où il est passé, poursuivit Ordonez avec tristesse. Cela me blesse de penser qu'il m'a planté à Los Cielos.

Le vacarme des poids, des grognements et des halètements continua. Le sujet semblait clos et pourtant, l'atmosphère de camaraderie qui régnait habituellement dans la *tertulia* d'haltérophiles du club de Rube n'était pas aussi franche que les autres jeudis.

Après leurs exercices, ils se retrouvèrent au sauna.

Langevin empoigna un bourrelet de graisse à sa taille et secoua la tête d'un air écœuré.

— Arrêtez de manger autant, suggéra Cordts.

— Je ne vous ai pas demandé votre avis.

— Joe..., dit Mattingly sans tenir compte de leurs propos.

— José, rectifia Ordonez.

— Ouh ! Joseph, où en étiez-vous, avec votre oncle... Je veux dire, comment en êtes-vous arrivés à cette lettre ?

— Bonne question, dit Lazarro en se faufilant vivement dans la pièce et refermant la porte derrière lui. Poussez-vous, gros costaud, je veux entendre ce qu'il va dire.

Le culturiste lui fit de la place sur le banc.

— Eh bien, commença Ordonez, il faut que vous sachiez une chose. Mon oncle est un Andalou farouchement indépendant. Les Andalous sont réputés pour ça. C'est un hédoniste épris d'aventure. Il a connu des fortunes diverses, beaucoup voyagé — pas toujours dans la légalité — et ne s'est jamais installé nulle part.

— Qu'est-ce que ça veut dire, pas toujours dans la légalité ?

— Il estime que les passeports sont contraignants. Que les gens devraient avoir les mêmes droits que les oiseaux, pouvoir aller et venir de par le monde comme bon leur semble. La terre n'appartient à personne, a-t-il coutume de dire.

— Bon, mais vous avez grandi avec lui, ou quoi ? demanda Mattingly.

— En fait, je suis né à Milwaukee. Ma mère m'a emmené en Espagne quand j'étais tout petit. Mais elle me parlait anglais. Elle était professeur d'anglais. Mon oncle connaissait le français, l'italien, le portugais et l'arabe. Et un peu d'allemand. Il entrait dans notre vie et en ressortait sans prévenir. J'étais toujours ravi quand il venait nous voir à Ségovie.

— De quoi vivait-il ? demanda Langevin en essuyant la sueur qui lui couvrait le visage.

— Je ne sais pas. Personne n'en savait rien. Il avait des amis très proches à Malaga et Cadix. Ils entretiennent des liens encore plus forts que ceux de la mafia sicilienne. Ils feraient n'importe quoi pour se venir en aide. N'importe quoi. Certains d'entre eux me faisaient peur — et pourtant, ils étaient vieux.

— Eh bien, qu'avez-vous fait ensemble la dernière fois que vous l'avez vu ?

Lazarro descendit d'un degré pour s'éloigner de la vapeur qui sortait du plafond.

— Quand je passais mes vacances au Maroc, une de mes amies m'a dit avoir vu mon oncle assis devant une pension de famille de Cadix. A l'entendre, il avait l'air très âgé et très affaibli.

« Je suis parti là-bas immédiatement. Il relevait de maladie. J'ai prolongé mes vacances, pris une chambre à la pension et me suis occupé de lui. Il s'est remis et m'a proposé de faire une grande virée avec lui. Je lui ai opposé qu'il était encore trop faible mais il m'a reproché de le materner. Alors, nous avons fait notre virée.

Ordonez inspira à fond et exhala doucement l'air chaud en secouant la tête, un sourire aux lèvres.

— Ensuite, je lui ai proposé de rentrer à la maison avec moi. Ce ne serait pas une lourde charge, j'avais largement assez d'argent pour deux.

— En quoi consistait votre virée, au juste ? demanda Langevin d'un ton impatient.

— Oh, nous avons sillonné la côte. Nous avons

bu, dansé, ramassé des filles. Je me suis même battu. Oncle Joaquin était enchanté. Nous nous sommes baignés en pleine chaleur — moi, du moins, il préférait regarder. Et la nuit, nous sommes sortis pêcher en mer, emmenés par de vieux amis à lui qu'il avait retrouvés. C'était exactement comme dans mon enfance. J'avais toujours l'impression que l'aventure était au coin de la rue quand je me trouvais en sa compagnie.

« Seulement, comme il me le disait un soir, l'aventure est synonyme d'instabilité et souvent, de solitude. Je me souviens du moment où il a dit ça. Nous étions en train de boire du xérès dans le patio d'une auberge. Il n'avait pas besoin de m'en avertir — je savais que je ne serais jamais comme lui. Mais il semblait avoir la tête ailleurs. J'avais plutôt l'impression qu'il parlait pour lui, pas comme s'il me donnait des conseils. Soudain, il s'est levé et a déclaré : « Il y a encore tant de choses qui méritent d'être vues, dans cette vie. Allons donc les voir ! »

Ordonez se dirigea vers la porte.

— Holà ! Ne nous laissez pas tomber maintenant ! s'exclama Mattingly. Comment tout cela s'est-il terminé ?

— Pouh ! Je ne peux plus supporter cette chaleur, dit Ordonez.

— Moi non plus, dit Cordts. Mais vous n'allez pas nous quitter sans nous raconter la fin ?

— Eh bien, nous avons fini par rentrer à Cadix. J'avais décidé de m'occuper de lui, de le ramener à la maison — et il n'était pas question qu'il refuse. Mais notre petite expédition l'avait épuisé. Je devais me persuader que c'était un vieillard fragile.

Ordonez ouvrit la porte.

— A la douche, dit-il. J'en ai assez de ce sauna.

Les six hommes se pressèrent dans la salle des douches où ils poursuivirent leur conversation dans le sifflement des jets d'eau. Mattingly fut le premier à poser la question qui les obsédait tous.

— Je ne voudrais pas vous ennuyer davantage avec ça, Joseph, mais je ne peux m'en empêcher. Pourquoi deviez-vous vous retrouver à Los Cielos ?

— Oh ! J'avais des affaires à régler dans le nord. Et il souhaitait rester un peu plus longtemps à Cadix pour prendre congé de ses amis. Il y en avait un, à Los Cielos, qu'il voulait tout particulièrement revoir. Et puis, plusieurs jours après que nous nous soyons séparés, le concierge de mon hôtel de Madrid m'a remis la lettre que vous avez trouvée au vestiaire. Un homme venu du sud l'avait déposée, mais n'avait pas laissé son nom. Vous connaissez la suite, conclut Ordonez en fermant le robinet de sa douche.

— Mais comment... commença Cordts.

— Cela suffit ! dit Lazarro en haussant le ton. Vous ne devriez pas vous tourmenter pour la disparition de votre oncle. Il sait que vous l'aimez, et vous avez fait tout votre possible.

— Merci, dit Ordonez. Je le pense effectivement. Mais cela fait du bien d'en parler.

— Cela ne vous ennuie pas si l'on en reparle jeudi prochain ? demanda Cordts. J'ai encore deux ou trois questions à vous poser...

— Non, aucun problème. Le pire est passé, dit Ordonez en souriant.

Les hommes se rhabillèrent et vaquèrent à leurs occupations. Ils avaient une semaine devant eux pour penser à l'étrange oncle Joaquin de Joseph Ordonez.

Le soir du jeudi suivant, Ordonez arriva le premier dans la salle. Il était d'ailleurs toujours le premier, si l'on ne comptait pas Gerald Dibbs. Mattingly disait pour plaisanter que les rares fois où le culturiste était sorti du gymnase de Rube, il s'était perdu. Aussi n'essayait-il même plus. Comme d'habitude, Lazarro arriva bon dernier. La conversation était déjà engagée sur l'oncle d'Ordonez.

— Nous étions très proches l'un de l'autre, dit Ordonez d'un air rêveur.

Il était assis sur un tabouret bas. Derrière lui, Mattingly s'apprêtait à lui passer une barre d'haltères.

— J'avais l'impression que nous étions liés par un pacte d'amitié tacite, poursuivit-il. Et il prêtait une oreille bienveillante aux désirs secrets que je n'aurais osé confier à personne.

— Par exemple ? demanda Cordts.

— Mêlez-vous de ce qui vous regarde, intervint aussitôt Lazarro.

Cordts leva les yeux au ciel. Ordonez poursuivit comme s'il n'avait rien entendu.

— Quand je le retrouvai à Cadix, ce fut comme si notre vieille amitié s'était enrichie d'une nouvelle compréhension mutuelle. C'était le beau temps. Du jour où nous quittâmes la pension, il parut reprendre des forces. Je détaillais sa crinière argentée et son vieux cou buriné, je voyais ses yeux étinceler exactement comme dans mon enfance. Et il me racontait ses aventures passées, tout comme autrefois.

— Hé ! Prenez la barre avant que je ne le la laisse tomber, dit Mattingly.

Ordonez saisit la barre et la hissa derrière sa nuque.

— J'aimerais savoir, dit Langevin, quelle fut la réaction de votre oncle quand vous lui avez proposé de le prendre en charge.

Ordonez termina son exercice et se leva.

— C'était dans un bar de Cadix. Il m'a longuement regardé. J'ai cru qu'il était fâché. Mais il a souri et m'a dit que j'avais du cœur.

— Était-ce une perspective facile pour lui, que de quitter Cadix et l'Espagne ? Après tout, c'est l'Europe, tandis que l'Amérique... dit Lazarro.

— Bon, coupa Cordts. Les gens ne font que parler de la merveilleuse Europe. Personne ne veut y rester.

— Foutaises ! s'écria Lazarro, dominant le tintamarre de poids et de barres à ressorts. Mon père adore retourner...

— Messieurs, supplia Mattingly, nous avons demandé à Joseph de nous raconter son histoire. Ayons au moins la courtoisie de l'écouter.

Ordonez, cependant, observait d'un air intrigué Gerald Dibbs qui faisait saillir ses biceps devant un miroir.

— Il y a une fissure entre les deux, dit-il d'un air songeur.

— Eh bien, murmura Dibbs. Bi-ceps. Bi signifie deux. Pour chaque bras. L'astuce, c'est de faire travailler chaque muscle indépendamment pour obtenir le clivage en deux.

Langevin détestait les conversations anatomiques.

— Nous étions en train d'écouter une histoire palpitante. Revenons-y.

— Hé ! s'écria Cordts. Ce n'est pas parce que vous avez un corps minable que les autres doivent négliger le leur !

— Bon, bon, marmonna Langevin. Mais Warren avait posé une question...

— C'est exact, confirma Lazarro.

— Pour répondre à votre question, Warren, je

peux seulement vous répéter ce que mon oncle m'a dit : rien ne le retenait à Cadix — et il savait que je l'emmènerais aux États-Unis. Il y était déjà allé. Il avait fait le tour du pays en voiture avec mon père un an avant la mort de celui-ci.

— Vous savez, il a peut-être préféré filer en douce, suggéra Mattingly, quand il a compris qu'il allait devoir quitter son pays.

— J'y ai déjà pensé, répondit Ordonez. J'en ai même parlé à la Guardia Civil.

— S'ils sont aussi futés que les policiers d'ici..., commença Lazarro.

— Rien à voir, affirma Ordonez.

— Qu'est-ce que vous entendez par là ? grommela Cordts tout en souffrant sur la machine à ischion-jambiers.

— Ils sont beaucoup plus efficaces et méticuleux.

Ordonez sourit, et s'empara d'un haltère.

— Plus que le FBI ? demanda Cordts, la mâchoire crispée.

— Disons, pour être clair, que si Patty Hearst avait été en Espagne, elle n'aurait pas disparu aussi longtemps.

— Puis-je savoir ce que la Guardia Civil a réussi à trouver ? demanda Cordts avec hauteur.

— Ils ont découvert qu'il avait bouclé son modeste bagage et quitté la pension. J'avais payé son loyer pour le mois, ce qui d'ailleurs l'avait beaucoup gêné. Ils ont également trouvé une femme qui avait vu sur la route de Los Cielos un homme répondant au signalement de mon oncle.

— Il se rendait donc bien à Los Cielos.

— Gordon, la route de Los Cielos ne va pas qu'à Los Cielos.

— Ah !

— Est-il possible qu'il ait quitté le pays ? demanda Mattingly.

— Il pouvait le quitter quand il en avait envie, dit Ordonez non sans une certaine fierté. Il est capable de sortir de n'importe quel pays ou d'y entrer sans être repéré. Mais il n'aurait rien fait de tel, puisqu'il m'a dit qu'il allait à Los Cielos.

Cordts, ayant terminé sa dernière série d'extensions-flexions, était écarlate. Il inspira profondément à plusieurs reprises pour reprendre son souffle.

— Il aurait pu être victime d'un mauvais coup.

— Non... je veux dire, je ne le crois pas, répondit Ordonez.

— Pourquoi pas ? Il emportait ses affaires personnelles, y compris de l'argent, j'imagine, dit Langevin.

— Pas beaucoup, précisa Ordonez. Il m'a confié la plus grande partie de son argent quand je suis parti pour Madrid. Il ne voulait pas porter une telle somme sur lui. De plus, avec son habitude des voyages, jamais il n'aurait résisté à des voleurs voulant s'emparer de sa vieille valise. S'il s'était passé quelque chose dans ce genre, la Guardia Civil aurait fini par trouver un indice.

— Écoutez, déclara Cordts, il y a dans le texte de cette lettre quelque chose de vague qui pourrait bien être intentionnel. Il n'a pas précisé quand il quitterait Cadix ni, ce qui est plus important, quand il arriverait à Los Cielos. Encore moins où il habiterait une fois rendu là-bas. De plus, il n'accepte pas vraiment votre proposition mais plutôt votre générosité.

— Je ne lui ai posé aucune question. Il a toujours aimé être mystérieux. De toute manière, Los Cielos n'est pas grand, c'est un simple village. Mais où voulez-vous en venir ? demanda Ordonez, dévisageant le chef de la police avec insistance.

— Je pense qu'il a été intentionnellement imprécis pour brouiller les pistes. A mon avis, il avait l'intention de vous filer entre les doigts.

— Certainement pas, affirma Ordonez avec une telle conviction que tous s'arrêtèrent en plein effort. C'est avant tout un homme d'honneur. De plus, ajouta-t-il d'une voix adoucie, jamais il ne me mentirait.

— Non, bien sûr. Je ne veux pas dire qu'il a délibérément menti.

— Ce n'est pas non plus le genre à faire des blagues.

Ordonez se dressait avec raideur face au chef de la police.

— D'accord, admit Cordts d'un ton conciliant. Mais je n'ai pas l'impression que l'idée de dépendre de vous l'ait enthousiasmé. Après tout, vous étiez dans le temps un gamin qui l'admirait, qui le prenait pour une sorte de héros.

— Il n'a pas tort, convint Langevin. Je ne sais pas si j'aimerais être pris en charge, dans un tel contexte.

Lazarro reposa doucement ses poids sur une étagère après avoir effectué une série de flexions des genoux.

— José a raison, dit-il, haletant. En Europe, les vieillard ont le sens de l'honneur. Je ne pense pas que son vieil oncle l'aurait sciemment induit en erreur.

— Merci, dit Ordonez. D'autant que je connais bien mon oncle. J'admets qu'il a un peu rechigné au début, mais il a fini par accepter ma proposition.

Sinon, il l'aurait dit franchement. C'est un homme qui dit ce qu'il pense.

— Peut-être devrions-nous envisager, suggéra Mattingly, l'hypothèse qu'il n'ait pas vraiment quitté Cadix. Pourrait-il se cacher là-bas ?

— Pourquoi le voudrait-il ?

— Pourrait-il se cacher de la Guardia Civil à Cadix ?

— C'est impossible, rétorqua sèchement Ordonez. Et d'ailleurs, qu'est-ce qui le pousserait à faire une chose pareille ?

— Pour l'amour du ciel, Joseph, s'exclama Cordts, nous essayons simplement d'envisager toutes les possibilités. Je veux dire — admettons que votre police soit la meilleure du monde, mais elle n'est pas infaillible. Si un homme aussi malin que votre oncle avait envie de passer inaperçu dans une grande ville, je suis sûr qu'il y arriverait. Après tout, vous avez dit vous-même qu'il franchissait les frontières sans papiers.

Ordonez hésita.

— J'imagine...

Langevin sortit de la machine à abducteurs le visage dégoulinant de sueur, les rares cheveux qui couronnaient son crâne hérissés comme ceux d'un clown.

— Vous avez recours à la psychologie des interrogatoires de police, Gordon, dit-il d'un ton réprobateur. Il est coincé entre la fierté que lui inspire la police espagnole et celle que lui inspirent l'expérience et la sagacité de son oncle.

— Excusez-moi, dit Cordts en s'attaquant au compresseur de biceps et écumant sous l'effort. J'essayais simplement de mettre les choses au clair.

— Et quand il ne saura plus où il en est, poursuivit l'éditeur, vous lui assènerez le coup fatal en concluant que son oncle l'a repoussé, que le vieillard préférait vivre librement dans la pauvreté plutôt que confortablement mais domestiqué.

— Alors il m'aurait écrit, il écrivait toujours, objecta Ordonez. Même s'il a réagi comme vous le suggérez, Fletch, il me l'aurait forcément dit. Il m'aurait écrit de Tanger, de Ceuta, d'une de ces villes d'où il avait l'habitude de m'écrire. Cela fait plus de deux ans, maintenant...

La voix d'Ordonez s'était faite implorante.

— Je crois comprendre ce que Gordon voulait dire, expliqua Mattingly. Comment peut-on, après avoir librement choisi de vivre une existence conforme à ses besoins spirituels et émotionnels, accepter de se laisser dépouiller d'une telle vie et se remettre entre les mains d'autrui ? Même s'il s'agit de quelqu'un qui vous aime vraiment ?

— Je comprends, dit Ordonez. Mais j'ai repoussé cette éventualité, le rejet.

— Il ne s'agit pas d'un rejet vous visant, précisa Langevin. Plutôt le rejet d'un mode de vie sur lequel il n'aurait aucun contrôle.

— Oh, mais je n'aurais jamais envisagé de le forcer..., commença Ordonez, sans finir sa phrase.

— Si, vous l'auriez forcé, dit Langevin. Vous avez même dit que vous aviez décidé de vous occuper de lui.

— Et qu'il n'était pas question qu'il refuse, ajouta Cordts.

— Je sais. Je lui ai proposé en ces termes parce que... En fait, c'était maladroit de ma part, mais je n'ai pas trouvé d'autre moyen de lui faire comprendre combien je l'aimais et le respectais.

Ordonez regarda ses compagnons d'un air suppliant.

Dibbs interrompit son exercice et, s'essuyant le visage avec une serviette, s'assit sur un banc pour écouter.

— Cependant, je n'ai toujours pas la moindre idée de l'endroit où il peut se trouver, poursuivit Ordonez.

— Il y a là quelque consolation, dit Langevin avec douceur. La vie de votre oncle a toujours été marquée par le mystère et l'incertitude, et elle le reste. Cela correspond tout à fait à l'image romantique que vous aviez de lui.

— Oui, mais cela me met mal à l'aise, Fletch, rétorqua Ordonez en haussant les épaules. Je ne vis pas comme mon oncle. Même si je l'aimais beaucoup et souhaitais lui ressembler, il m'a bien fallu admettre que j'avais besoin de certitudes et de sécurité. Peut-être était-ce stupide de ma part d'en attendre autant de lui.

— Puis-je vous demander quelque chose ?

La voix feutrée de Dibbs surprenait, sortant de ce grand corps musclé. Tous se tournèrent vers le culturiste, comme étonnés de le voir là.

— Que signifie exactement Los Cielos, Joseph ?

Ordonez semblait perplexe.

— C'est un village.

— Oui, mais si ce n'était pas un nom de village. Sans les majuscules, cela a-t-il un sens ?

— Le ciel — *los cielos* — le ciel bleu, dit Ordonez.

— Oui, mais c'est au pluriel.

— Oui, exact. Eh bien, les ciels. Comme dans « les ciels des peintres hollandais ».

— Ou encore, comme dans notre langue, les cieux, suggéra Dibbs.

Ils dévoraient tous Dibs des yeux. Personne n'éleva la voix.

— C'est-à-dire, poursuivit Dibbs, le royaume des cieux, le ciel au sens religieux, comme dans « monter au ciel ».

— Oui, admit Ordonez en hochant lentement la tête. On peut le considérer ainsi. Mais dans ce cas, nous disons plutôt El Cielo.

— Hum, murmura Dibbs entre ses dents. Mais alors, cela aurait tout dévoilé.

— Qu'êtes-vous en train de..., demanda Ordonez.

— Joseph, votre oncle a dit que plus rien ne le retenait à Cadix. Pourtant, il ne vous a pas accompagné à Madrid ou à Los Cielos. Il a dit qu'il avait besoin de quelques jours pour prendre congé de ses amis.

— Sur le moment, cela m'a semblé normal. Je n'aurais pas songé à lui demander des comptes.

— Il a également dit qu'il avait un ami à Los Cielos qu'il voulait tout particulièrement revoir. Mais en enquêtant là-bas, vous n'avez rien trouvé d'autre qu'un couple se souvenant très vaguement de lui.

Dibbs regarda Ordonez, qui le dévisageait avec intensité.

— Je pense que cet ami-là, c'était...

— Vous pensez qu'il est mort, dit brutalement Lazarro. Mais c'est un homme de parole, et il a écrit qu'il retrouverait José...

— A Los Cielos, conclut Dibbs en hochant la tête. Pour un homme qui croyait en Dieu, cela avait un sens. Il n'a pas menti.

— Mais comment savait-il qu'il allait mourir ? demanda Ordonez.

— Vous ne devez pas m'en vouloir d'être franc, dit Dibbs.

— Non, bien sûr. Je veux savoir ce que vous pensez.

— Je pense au suicide, répondit aussitôt Dibbs. Et peut-être avec le secours de ses amis — ceux dont vous disiez qu'ils ont comme les Siciliens...

— C'est vrai, ils me faisaient une drôle d'impression, admit Ordonez. Ils semblaient parler avec leur yeux. Mais la police...

— Ne peut pas l'avoir trouvé s'ils l'ont enterré dans la campagne, en dehors de Cadix. Ce ne sont que des suppositions, évidemment.

— Oui, mais continuez.

— Sa lettre sonne comme un message d'adieu, poursuivit Dibbs. Et il vous a confié pratiquement tout son argent. S'il avait l'intention de s'enfuir, il ne l'aurait pas fait. Cela ressemble plutôt à un legs, à la dernière volonté d'un pauvre homme.

— Vous croyez que j'ai provoqué... commença Ordonez, l'air bouleversé.

Dibbs l'interrompit aussitôt.

— Non. Il devait y songer depuis quelque temps, et vous avez été un interlude bref, mais heureux, au milieu de ses douloureuses considérations. Dans son message, il écrivait qu'il avait vu tout ce qu'il y avait à voir dans la vie, et pourtant, au cours de votre petite expédition, il a dit qu'il y avait encore tant de choses qui méritaient d'être vues, dans cette vie. Pendant ces quelques jours en votre compagnie, il est passé de la maladie à une renaissance momentanée, puis il est retombé dans la maladie. Il savait qu'il n'y aurait probablement pas d'autre renaissance.

Dibbs se leva et traversa la salle.

— Je crois que Fletch a raison, ajouta-t-il. Votre oncle était une sorte de mystère vivant. Et sa mort sera aussi un mystère, parce que nous ne pouvons être sûrs de rien. Mais les légendes naissent de l'incertitude. C'est ce qui fait leur beauté.

Les hommes présents dans la salle échangèrent un regard et sans dire un mot, réfléchirent à la théorie de Dibbs. C'est lui qui rompit le silence.

— Je quitte Cadix. Peut-être est-ce vrai. Mais son corps ne doit pas être loin. Il ne vous a pas écrit parce qu'il ne le peut plus.

Un éclair de tristesse traversa le visage de Dibbs quand il regarda Ordonez. Puis il se mit en position devant la masse métallique du gravitron pour effectuer sa dixième série de poussées-tractions.

Au cours des semaines suivantes, les plaisanteries et le bavardage frivole reprirent leurs droits dans les séances d'entraînement. Plus personne n'évoqua jamais la lettre de l'oncle Joaquin de Joseph Ordonez.

Leaving Cadiz.
Traduction de Marie-Caroline Aubert.

ÊTRE FROID, COMME LES ARBRES

par G. WAYNE MILLER

Je contemple les arbres au-delà de ma fenêtre et je songe aux siècles durant lesquels ils ont survécu, aux nombreux étés où ils se sont épanouis, pleins de vie, aux nombreux septembres où ils sont apparus comme incendiés, et aux nombreux hivers, comme cet hiver-ci, où ils sont devenus squelettiques et froids et parfaitement...

... *sereins, satisfaits.*

De l'autre côté de la rue déserte, je regarde l'usine et me souviens de jadis où elle était si animée, où trois équipes successives d'ouvriers s'y relayaient sans arrêt, où son parking était bondé, où ses cheminées crachaient la fumée, où retentissait la sirène du déjeuner, où camions et wagons couverts la ceinturaient telle une forteresse assiégée.

A présent l'usine est figée, froide, comme les arbres, et ombreuse, estompée, comme les collines, là-bas, par-derrière. Et noire la nuit, mise à part une seule lumière que quelque imbécile laisse allumée pour tenter d'éloigner les vandales. Plus bas, dans la rue, se trouve un magasin de brocanteur, et il y a des bureaux, des sièges, des carcasses de lit rouillées, encore empilés sur son perron ; mais il a fermé lui aussi. Les fenêtres sont bardées de planches en contreplaqué, et les herbes folles foisonnent là où s'étalait une impeccable pelouse.

Seule l'épicerie demeure ouverte, de neuf à dix-huit heures en semaine, de neuf heures à midi le samedi, et sert sa clientèle comme elle le fait depuis plus d'un siècle. Bien entendu, elle ne va pas tarder à fermer également. Hank McArthur, dont la famille possède ce commerce depuis toujours, l'a dit lui-même. Il m'a déclaré qu'il ne resterait approvisionné que jusqu'à la fin de la saison ; après quoi il mettra la pancarte « A Vendre », puis passera les montagnes, par-delà le réservoir, et ira s'installer à Amherst, où, m'assure-t-il, les temps sont meilleurs.

— Pourquoi n'y viendrais-tu pas ? m'a-t-il dit. Tu pourrais rester avec moi chez ma sœur en attendant de trouver quelque chose à ta convenance. Elle est un peu mauvaise langue, ma sœur, et elle ne tolère pas qu'on boive de l'alcool, mais de toute façon tu n'es pas buveur ; alors, pourquoi pas ? Tu as ta Sécurité Sociale, et cela, ça peut se toucher partout où l'on choisit de crécher, alors veux-tu me dire pourquoi tu ne viendrais pas ?

J'ai hoché la tête, j'ai dit que j'y réfléchirais, mais je n'irai pas. Il y a certaines choses à faire dans cette ville ; certains murmures auxquels je dois prêter attention.

Je contemple les arbres ce soir, je regarde l'usine, et je me souviens de quelque chose que j'ai lu naguère dans un de ces magazines en papier glacé avant que ma vue ne se gâte. C'était un article disant combien de bombes H existaient actuellement dans le monde, combien de fois elles pourraient transformer cette planète en un cimetière radioactif, combien de gens mourraient, combien d'animaux seraient de la sorte incinérés, combien d'arbres, ces merveilleux arbres du Bon Dieu, seraient atomisés, combien de temps le ciel demeurerait de la couleur et à la température d'une braise refroidie ?

Un jour, j'ai vu une de ces bombes.

Elle était arrimée à la plate-forme d'un camion-remorque de l'armée qui roulait à travers le désert du Nevada, au milieu d'un convoi armé, un certain dimanche soir, à la tombée de la nuit, en 1947. J'étais sergent-chef, et je faisais partie d'un groupe restreint d'une douzaine de gardes munis des autorisations nécessaires pour se trouver là-bas dans le secteur, on m'avait fait jurer le secret absolu, et j'ai gardé ce secret pour moi jusqu'à aujourd'hui. Nous avons donc remorqué dans le soleil couchant, puis mis en place, cet engin ; et le lendemain matin il y eut un fantastique éclair, suivi du déploiement d'un énorme nuage en forme de champignon, du déferlement d'un vacarme épouvantable, comme si le diable lui-même annonçait la fin du monde. A huit kilomètres à la ronde ou plus, les buissons d'armoise et les pins furent réduits en cendre. Trois heures plus tard, on voyait des traces du nuage, ayant encore vaguement la forme d'un champignon, comme issu du rêve fou d'un opiomane.

Et je voulais hurler, mais je ne l'ai pas fait. Pas de façon audible.

Aujourd'hui, c'est la veille de Noël.

Maintenant, il est près de minuit, presque le Jour du Sauveur, et je suis assis ici, comme chaque nuit depuis l'été, quand les arbres étaient si verts. Dehors, le ciel crache de la neige. Le vent a fait le bon choix ; il souffle droit vers le réservoir, qui dessert deux millions de personnes à cent cinquante kilomètres d'ici, dans une zone métropolitaine, à l'est. Quelque part, je suppose, probablement là-bas, par-delà les collines, à Amherst, des petits enfants font des rêves, des rêves roses. Le vent ne souffle pas dans leur direction, non, mais vers la clique de scientifiques, de politiciens, de généraux et d'industriels dont l'existence est nourrie de cauchemars.

Ils m'appellent, ces arbres du Vermont.

Je suis assis ici, dans ma chambre, la fenêtre ouverte, face à l'usine qui se voile et réapparaît au gré des tourbillons de neige, et ils m'appellent, ces arbres. A nouveau, je tousse et crache le sang ; tout mon corps est pris de tremblements, et ma tête se sent légère, délicieusement légère, tandis que mon estomac, lui, est douloureusement lourd. Je me demande une fois de plus, si ce mal qui me ronge, me détruit, a commencé ce lundi matin de 1947, ou bien s'il s'est déclenché plus tard, dans les entrailles de cette usine, où nous fabriquions des vêtements en amiante.

Vaine question ; comme toutes les autres, elle est désormais sans importance.

J'absorbe une nouvelle dose de codéine ; et je me sens prêt.

Bientôt, je me rendrai à la cave, pour y retirer d'un coffre-fort mural la grosse boîte en plomb qui y est demeurée si longtemps dissimulée. J'enfilerai alors mon pardessus d'hiver et sortirai dans la nuit, en chargeant la boîte sur un chariot d'enfant plus ou moins rouillé que j'ai trouvé par hasard près de chez le brocanteur. Tirant le chariot, je traverserai la rue jusqu'à l'usine, où je pénétrerai par une porte de derrière, celle qui est la plus proche des collines et des arbres. Au bout de quarante ans, je la connais bien, cette porte. J'aurai sur moi une lampe de poche ; elle m'aidera à trouver mon chemin jusqu'au sous-sol, tout en bas, un endroit confiné, plein d'émanations, où mon petit feu pourra prendre avec le plus d'efficacité. Me gaussant du propriétaire absent et de sa lumière imbécile, je neutraliserai le système d'extinction automatique en fermant une valve de la taille d'un crâne d'adulte. Je fredonnerai un air en versant du kérosène un peu partout dans cette cave infestée de rats, et une fois prêt à partir, je frotterai une allumette. Le kérosène brûle beaucoup plus lentement que l'essence, et je n'aurai pas besoin de me hâter, pas le moins du monde.

Et je commencerai mon ascension.

J'emprunterai l'escalier de service, par-derrière, celui où j'ai embrassé pour la première fois la jeune ouvrière des filatures qui devint ma femme et la mère de mes enfants, tous les deux morts-nés. J'aurai probablement du mal avec cette lourde boîte, mais je la hisserai quand même jusqu'en haut, j'en suis sûr. Je gagnerai d'abord le milieu du toit, l'endroit où je compte que le feu sera le plus violent, la fumée la plus épaisse, et là je forcerai le couvercle de la boîte. Pour la première fois depuis 1947, je verrai de la poudre de plutonium. Il y en a presque une livre, et je ne crains pas de dire — je n'en ai pas honte — qu'elle a été volée par moi et par un homme de haut rang, mort depuis longtemps, qui nourrissait le vague espoir de devenir un jour riche ou célèbre grâce à elle.

Ensuite, je gagnerai le bord ; là, du haut de ces six étages de granit et de poutres de fer, je vérifierai une ultime fois l'orientation du vent, pour être bien sûr qu'il souffle toujours avec force en direction du réservoir.

Et alors je m'emplirai les poumons, longuement, profondément, aspirant, comme en pleine santé, l'âpre vigueur de la saison nouvelle. Finalement, je m'assoirai, le regard fixé sur les arbres, et j'attendrai, prêtant l'oreille aux secrets murmures :

Être froid, comme les arbres.
Être brûlant, comme les bombes.

....

To Be Cold, Like Trees.
Traduction de Philippe Kellerson.

ILS VOUS ONT ENVOYÉE

par Donald Olson

Pio entra dans le jardin de la villa, située au sud d'Acapulco, et tendit une carte à son maître. C'était l'une de ces radieuses journées d'or et d'azur que Richard n'avait pas encore appris à considérer comme la règle, et non comme une rareté.

Il avait fait un mariage d'argent et tué sa femme. Après avoir liquidé les très importantes propriétés qu'elle possédait, il avait quitté le Wisconsin. Non par crainte — il avait trop bien préparé la mort de Catherine pour cela — mais parce que le Wisconsin soumettait sa conscience à des épreuves qui menaçaient de lui rendre la vie difficile. En outre, il avait toujours éprouvé le désir de voyager.

Il se rendit d'abord en Italie qu'il avait toujours considérée, dans ses rêves, comme le cadre idéal de sa nouvelle existence : Venise et un palais ancien sur un canal écarté. (Il avait lu *Les Cahiers d'Aspern*). Cependant la vraie Venise, bien que pleine de charme, ne correspondait pas tout à fait à l'idée qu'il s'en était faite. Il la trouva bruyante, malodorante, inéluctablement étrangère.

Le Mexique, qu'il essaya ensuite, était mieux — peut-être parce qu'il le voyait sans préparation, plutôt qu'à travers l'imagination de quelque artiste disparu.

L'aéroport avait égaré l'une de ses valises. Un policier avait fait du zèle inutilement à propos de son passeport. A l'hôtel, l'air conditionné ne fonctionnait pas dans sa chambre et lorsqu'il avait essayé de se plaindre par téléphone au directeur, il y avait eu une suite de malentendus épuisants. Alors qu'il passait dans le couloir pour se rendre dans la salle à manger, la porte faisant face à la sienne s'était ouverte brutalement, livrant passage à un flot de musique sud-américaine. Une femme à demi-nue s'était jetée sur lui, baragouinant en espagnol ; il n'aurait pu la comprendre même s'il n'avait pas été assourdi par cette musique. Un homme l'avait suivie en riant, et l'avait écartée de Richard. A l'intérieur de la chambre, il avait entrevu un autre homme qui semblait avoir absorbé un peu trop de tequila. Richard était resté dehors jusqu'à minuit, résolu à changer d'hôtel si la fête n'était pas terminée à son retour. Cependant, tout était silencieux — mais l'air conditionné ne fonctionnait toujours pas. Dès l'aube, il partit pour Acapulco.

Il était passé du purgatoire au paradis. Paysage superbe, villa parfaite : il se sentait en sécurité ! Un mur en brique de trente centimètres d'épaisseur faisait face à la route. Il était recouvert de bougainvillées, ou bien, étaient-ce des hibiscus ? Il n'était pas plus doué pour la botanique que pour la linguistique, mais ça n'avait pas d'importance. Les fleurs étaient aussi ravissantes que s'il avait connu leurs noms, et les domestiques parlaient anglais. Quand il s'assit dans le jardin en terrasses, la vue sur la mer lui fut infiniment rassurante. La protection et une voie d'évasion, si le besoin s'en faisait sentir. Un petit yacht, plus pratique qu'impressionnant, évoluait, prêt à appareiller, dans l'anse située plus bas. Par moments, lorsque la brume étouffante de la lassitude lui donnait envie de bouger, il regardait ce yacht en souhaitant secrètement d'avoir à l'utiliser pour s'échapper.

Au sud, la côte paraissait aussi sauvage et déserte que la plage de Robinson Crusoe. Au nord, il pouvait voir le toit de tuiles de la villa voisine qui, d'après les renseignements fournis par Pio, était occupée par une poétesse américaine et son compagnon. Richard était satisfait de ses domestiques. Pio était efficace. Sans jamais être insolent, il était cependant assez effronté pour être amusant. D'autre part, Margarita était d'une sobriété de chameau ; ses petits yeux saillants ne se détournaient jamais complètement de vous. Richard soupçonnait des antécédents tragiques, mais ne cherchait pas plus avant. L'un des principaux plaisirs de l'existence, il l'avait appris, était de ne satisfaire sa curiosité à l'égard des autres que dans la mesure où ce que l'on apprenait suffisait à faire travailler l'imagination. Ou bien peut-être sentait-il inconsciemment que moins il en saurait sur le compte d'autrui, moins les autres seraient enclins à en apprendre sur son propre compte.

Il examina la carte comme s'il s'était agi de quelque relique découverte par Pio dans un cabinet poussiéreux : *Tissus Fiesta. Mexico, Acapulco, Palm Beach, New York.* Il y avait un nom dans le coin de la carte : *Caryl Dane.*

Depuis qu'il avait loué la villa, il n'avait eu aucun visiteur. Il n'en voulait pas. Si sa conscience n'était pas un brasier ardent, elle n'était pas non plus un tas de cendres refroidies. Une vie d'excès, qu'il pouvait à présent s'offrir, l'aurait dégoûté. Des hommes tels que Richard, ayant eu une éducation conventionnelle, pourraient rire de la religion, violer les principes moraux, railler les superstitions, mais ils ne se désintéressent pas facilement de leur âme. Richard avait la vague idée qu'il apaisait Némésis en pratiquant une certaine austérité n'excluant pas une vie confortable, mais supposant néanmoins la solitude. C'était comme s'il avait passé un marché avec Dieu : pardonne mon crime et je vivrai comme un ermite pendant le reste de mon existence.

Il approcha de ses narines la carte délicatement parfumée. Il fut un moment sur le point de refuser de voir cette femme.

— A quoi ressemble-t-elle, Pio ?

Les lèvres de Pio s'entrouvrirent pour esquisser un sourire exprimant la plus vive admiration, mais Richard l'arrêta avant qu'il ait pu parler :

— Non. Ne me dis rien.

Cependant, cette ébauche de sourire lui avait fourni un indice, si bien que cette extraordinaire beauté ne fut pas pour lui une surprise totale. Grande et bien faite, elle avait des yeux du bleu le plus clair, un visage couleur de miel sous une couronne de cheveux blond pâle. Le sac de paille qu'elle tenait à la main aurait pu être une valise d'échantillons, il était assez grand pour cela. Il fut ébloui par son sourire.

— Eh bien, Richard, vous ne me reconnaissez pas, hein ?

C'était vrai. Inexcusable affront infligé à une telle beauté. Il faisait des efforts pour la situer, et il dit :

— Nous nous sommes rencontrés, j'en suis sûr, mais je ne me rappelle pas où.

— Je ne suis pas certaine de le savoir moi-même, reconnut-elle. Il y a si longtemps. Dans une réception, une réunion, peut-être... J'étais en classe avec Catherine.

Il dissimula sous un sourire l'effet désastreux produit par ce prénom.

Elle dit qu'elle avait vu son nom sur le registre de l'hôtel à Mexico. Il était parti quand elle y était arrivée.

— On m'a dit que vous veniez ici, si bien que j'ai suivi votre trace. Catherine est-elle avec vous ?

A Eau-Claire, Miami, Los Angeles, n'importe où aux États-Unis, il aurait été contracté par la terreur. Dans cet endroit, avec le mur sur sa gauche et la mer au-dessous de lui, il se sentait efficacement préservé de toute intrusion du passé, si menaçante fût-elle. Quand il dit « Catherine est morte », il réussit même à sourire, ce qui donnait à penser : *Catherine, c'est un souvenir, ce n'est pas une blessure.*

Ses condoléances furent également de pure forme ; elle admit n'avoir jamais très bien connu Catherine. Il lui offrit un verre. Elle parla d'elle-même. Elle était d'abord venue au Mexique pour obtenir le divorce. Le pays lui avait plu, elle avait trouvé une situation dans une petite société de textiles. L'affaire s'était développée. Elle y occupait à présent une place importante, voyageant d'une succursale à l'autre. Elle revenait à l'instant de Mexico. Elle repartirait en avion pour Palm Beach à la fin de la semaine. Non, elle ne s'était pas remariée.

La trouvant agréable et apaisante, il eut un soupir intérieur de regret. Il n'entretiendrait pas de relations avec elle.

Elle lui demanda ce qu'il faisait, à présent qu'il était fixé, et il lui répondit : « Rien. » « *Dolce farniente* », comme disent les Italiens. L'oisiveté bénie. Il aurait pu ajouter : je l'ai bien mérité après avoir passé douze ans avec Catherine qui me disait ce que je devais faire, ce que je ne devais pas faire. Il l'avait bien gagné, ça, oui, principal et intérêts !

— Mais vous êtes beaucoup trop jeune pour prendre votre retraite, dit-elle en riant (ses dents étaient impeccables). Peut-être pourrais-je vous recruter pour *Fiesta*.

— Je ne connais rien aux textiles, dit-il. Je ne sais même pas en quoi est votre robe. Et comment vous appelez cette couleur.

— Du linon. *Couleur de rose*[1].

— Ça paraît plus français que mexicain.

— Je vends des tissus mexicains, je peux donc porter des modèles français.

Elle regardait autour d'elle.

— Mais je ne pensais pas à un rôle de vendeur, ni à rien de technique. Dans les Relations Publiques, peut-être. C'est très important, vous savez, dans une perspective internationale. Emmener les grands pontes de passage faire des promenades en bateau. Leur offrir des verres. Sérieusement, si vous aviez le moins du monde tendance...

Elle n'insistait pas pour qu'il tire sa conclusion, mais ne l'écartait pas tout à fait.

— Je vous ferais courir un sacré risque, dit-il.

1. En français dans le texte.

Vous savez, je peux tout d'un coup décider que le Mexique n'est pas du tout fait pour moi.

— Alors partez vite. Le Mexique exerce une fascination dont on s'affranchit difficilement.

Elle ajouta quelques mots en espagnol. Il lui lança un regard interrogateur.

— Vous ne parlez pas la langue ? demanda-t-elle.

— J'ai un professeur qui vient deux ou trois fois par semaine. La prochaine fois, je vous étonnerai peut-être.

— Est-ce une invitation ?

Ce n'était pas le cas, et s'il y avait eu dans son intonation la moindre trace de coquetterie, il n'aurait pas hésité à le préciser. Comme il n'en était rien, il lui dit qu'elle serait toujours la bienvenue. Il était sûr qu'il n'y avait aucun risque de la voir revenir.

— D'ici là, dit-elle, cette fois sur un ton franchement cajoleur, pensez-y. A *Fiesta*, je veux dire.

Il dit qu'il n'y manquerait pas, ce qui était naturellement inexact. La raison l'aurait étonnée. Peu de gens auraient été en mesure de comprendre l'idée abstraite qu'il se faisait du châtiment. Ils auraient vu l'opulence dans laquelle il vivait, le luxe et le confort qui l'entouraient, mais ils n'auraient rien soupçonné des barreaux qui le maintenaient prisonnier de toutes parts. Ils n'auraient pas compris qu'il était un pécheur trop sophistiqué pour tomber dans le piège des cilices et des crises nerveuses, de tous les trucs qui soulagent mais punissent rarement ; ils restaient inopérants pour Richard, à qui on avait appris que la douleur est perversion et que la perversion est plaisir.

Il fit ses adieux à Caryl Dane après l'avoir raccompagnée à la grille. Quand elle se fut éloignée à bord de son cabriolet, il s'en retourna lentement vers la villa, le front barré d'un pli soucieux. Il le massa doucement, mais la pensée qui l'avait provoqué subsistait. Il n'avait pas de vrai motif de douter, sauf le fait qu'elle était américaine et avait connu Catherine — ou le prétendait. Il était presque sûr de ne l'avoir jamais vue ; il s'en serait certainement souvenu. D'autre part, si les liens qu'elle avait avec Catherine étaient si ténus, pourquoi s'était-elle donné la peine de le rechercher ?

Une fois rentré, il s'approcha du téléphone et composa le numéro qui se trouvait sur la carte de Caryl Dane. Un homme lui répondit : « Tissus Fiesta. » Richard demanda Mlle Dane.

— Elle n'est pas ici en ce moment. Qui la demande, s'il vous plaît ?

— Ça ne fait rien.

En raccrochant, il constata la présence de Pio derrière lui. Les domestiques étaient aussi silencieux que stylés. D'habitude, cela lui plaisait. Là, il s'en irrita.

— Qu'y a-t-il ? lança-t-il d'un ton sec.

Pio n'était pas idiot. Il se demanderait sûrement pourquoi son patron essayait d'appeler une visiteuse qui venait à peine de quitter sa maison.

— Excusez-moi, señor. Vous désiriez qu'on vous conduise en ville à trois heures ?

— J'ai changé d'avis. J'irai demain.

Ses références, il le savait, pouvaient être authentiques, sans que ce soit une garantie. Elles pouvaient constituer une couverture pour un agent de la police américaine. Mais la police utiliserait-elle des moyens aussi détournés si l'on avait vraiment découvert quelque chose ? En l'occurrence, que pouvait-on trouver ? Son crime avait été méticuleusement préparé, parfaitement exécuté, ne présentait pas la moindre faille. Non, il n'avait pas à s'inquiéter. Il cherchait simplement à avoir une certaine impression de danger ; une légère anxiété aggraverait la pénitence qu'il s'était imposée.

Il décida d'étudier l'espagnol plus sérieusement. Le professeur qu'il avait engagé, Ramon Sanchez, lui avait écrit une lettre très correcte entre les lignes de laquelle on pouvait déceler comme une supplication instante. Richard s'étonnait de la facilité avec laquelle il obtenait tout ce dont il avait besoin. La simple rumeur d'après laquelle une personne riche venait de louer une villa suffisait, supposait-il, en se répandant à semer l'agitation parmi les domestiques et tous ceux qui avaient à offrir leurs services. Pio et Margarita se trouvaient littéralement sur le pas de la porte à son arrivée, et dès sa première conversation avec Sanchez il n'avait vu aucune raison pour ne pas l'engager. Dans sa jeunesse, cet homme avait joué de petits rôles dans des films mexicains et fait également une tentative sans espoir à Hollywood sous l'égide d'une riche veuve de Burbank. Depuis cette époque, il avait vécu de façon précaire à la frontière du show-biz. D'un physique banal, c'était sa voix, convenant si admirablement aux cadences musicales de la langue espagnole, qui avait décidé Richard à lui faire confiance.

Le lendemain, lorsque Ramon Sanchez arriva à l'heure fixée, il semblait aussi prêt que Margarita à verser des larmes. Il dit à Richard avoir été chassé de son logement parce qu'il avait fait la cour à la femme du propriétaire. D'autre part, il venait de perdre tout son argent liquide en jouant au casino.

Il ne lui restait plus qu'à s'enfuir pour aller se réfugier chez sa sœur à Veracruz. A moins que...

C'était on ne peut plus ennuyeux. Richard ne voulait pas devoir chercher un autre professeur. Il appréciait Ramon et, tout en sachant que c'était tricher avec l'engagement pris vis-à-vis de sa conscience, il offrit à Ramon de rester temporairement dans sa villa. Ce serait commode de l'avoir toujours sous la main. Richard pensait qu'en un mois, il pourrait ainsi parler la langue comme un homme du pays.

C'était un arrangement agréable. Richard se sentait moins seul avec Ramon dans la maison. Il pouvait le traiter plus familièrement qu'un domestique et cependant, Ramon, en sa qualité d'employé, était d'une déférence parfaite. Les leçons se poursuivaient fort bien.

Deux semaines plus tard Richard appela Caryl Dane au téléphone. On lui répondit qu'elle se trouvait à New York. Il laissa son nom.

Quand elle le rappela, une semaine plus tard, il l'invita à déjeuner à la villa : « Pour que vous constatiez mes progrès en espagnol », lui dit-il.

Son but véritable était tout autre.

Comme il ne tenait pas à rester en tête à tête avec elle, il demanda à Ramon de se joindre à eux. L'ancien acteur était beau parleur et assez amusant ; cela soulignerait bien aux yeux de Mlle Dane que cette invitation n'avait pas pour objet de ménager à Richard un tête-à-tête avec elle.

Tout se passait bien. Ramon semblait subjugué par la beauté de Caryl Dane. Richard surprit plusieurs coups d'œil langoureux. Caryl Dane était impressionnée par les progrès de Richard. Ils organisèrent une sorte de conversation, sans recours à la langue anglaise. Quand elle prononçait une phrase trop vite, il en était réduit à secouer la tête en prenant un air incontestablement désespéré.

Richard proposa qu'on aille boire le café dans un petit salon. Lorsqu'ils furent assis, sans avoir l'air de rien, il saisit une photo sur une table voisine, où il l'avait placée le matin même.

— Cette photo a été prise une semaine avant la mort de Catherine, dit-il en la tendant à Caryl Dane.

Ce qui était exact, en effet ; mais la femme debout à côté de lui sur la photo était sa sœur Willa, qui n'avait pas l'ombre d'une ressemblance avec Catherine.

Caryl Dane examina la photo un moment. Puis elle dit :

— Elle était toujours jolie. Elle n'avait pas du tout changé depuis le temps où je la connaissais. Pauvre Catherine.

La main de Richard trembla légèrement en prenant la photo pour la reposer sur la table.

Lorsqu'ils se dirent au revoir à la grille, Caryl Dane regarda Richard avec un sourire espiègle et enjôleur.

— Est-ce votre habitude d'avoir toujours un tiers présent lorsque vous recevez une femme ?

— J'ai pensé qu'il vous amuserait.

— Vous avez peur des femmes, Richard ?

— Les femmes sont souvent dangereuses. Spécialement les jolies femmes.

— Vous me flattez.

— En vous qualifiant de jolie — ou de dangereuse ?

Elle rit et se retourna pour monter en voiture.

— Avez-vous réfléchi à *Fiesta* ?

— C'était sérieux ?

— Je suis toujours sérieuse. La prochaine fois, il faut que nous soyons seuls, Richard. Un véritable tête-à-tête.

De retour à la villa, l'admiration de Ramon se fit lyrique.

— Mais prenez garde, señor Richard. Elle s'est mis en tête de vous avoir.

Cette phrase choqua Richard.

— De m'avoir ?

Ramon sourit. Il était fier de ses dents ; elles, au moins, n'avaient nullement souffert des injures du temps.

— Elle m'a posé un million de questions sur votre compte.

— Des questions ?

Son cœur battait irrégulièrement.

— Ce que vous faites, qui vous voyez, vos sujets de conversation. Vous avez de la chance, señor, qu'une femme pareille s'intéresse à vous. Et pour elle, vous seriez une belle prise.

Richard donna des instructions : il ne serait jamais là lorsque Caryl Dane le demanderait. Ce qu'elle fit, presque journellement. C'était pour lui une sorte de torture exquise de le savoir.

Un matin, il se baignait nu, selon son habitude, dans la petite crique située sous la villa. Quand il fut agréablement fatigué, il grimpa comme de coutume sur un rocher plat de la dimension d'un lit et s'exposa au soleil, couché sur le dos. C'était le rite quotidien auquel il tenait. Il se sentait en sécurité comme s'il avait fait partie des éléments, du rocher, de la mer et du ciel, qui semblaient être là pour le protéger contre toute force hostile. Étendu nu au soleil, il était délivré de toute inquiétude concernant son passé et son avenir.

— Puis-je partager votre océan ?

Derrière les verres teintés, ses yeux s'ouvrirent tout grands. D'un seul mouvement il s'assit et voila sa nudité avec la serviette.

Elle était debout sur les marches taillées dans la falaise.

— Excusez-moi, Richard, je n'avais pas l'intention d'être indiscrète.

Il était furieux. Pio n'avait pas à la laisser venir jusque-là.

— Cela paraît si tentant, dit-elle. J'espère que je ne vous importune pas. Pourrai-je utiliser cette seconde serviette quand je sortirai de l'eau ?

Il grommela quelques mots, sans amabilité excessive, et se recoucha. Le soleil qu'il avait jusque-là trouvé agréablement chaud, le faisait à présent transpirer. Quand il releva la tête, les vêtements de Caryl Dane étaient étalés sur un rocher voisin, elle était dans l'eau, on voyait briller ses épaules nues.

Il essaya sans succès de maîtriser une impression de joie nerveuse. Il regarda en direction de la villa, en implorant silencieusement Pio, Ramon ou Margarita de venir à son secours, de lui soumettre par exemple une affaire urgente.

Il ne put s'empêcher de la regarder sortir de l'eau. Elle avait un corps magnifique.

Drapée dans la grande serviette à raies jaunes et rouges, elle s'assit à côté de lui sur le rocher, en exprimant l'excès d'eau de ses cheveux.

— J'ai fait quelque affreux faux pas, dit-elle avec un sourire plaintif. Sûrement. Mais sur ma vie je ne sais pas lequel. Dites-le-moi, Richard ?

— Je suis sûr que vous êtes incapable de faire un faux pas.

— Alors, pourquoi ne cessez-vous de m'éviter ?

— Il n'en est rien.

— Vous me déroutez, Richard. Quelquefois vous êtes de pierre. Je pense que vous pourriez affronter n'importe quoi sans en être le moins du monde troublé. Même le meurtre.

Les verres sombres le protégeaient et elle ne pouvait entendre les battements furieux de son cœur. La rage le rendit soudain téméraire.

— Qu'attendez-vous de moi, Caryl ?

Elle lui lança un regard charmeur.

— Vous ne le savez donc pas ?

— Non. J'aimerais que vous me le disiez. Cela simplifierait tellement les choses.

— Mais je vous l'ai déjà dit. Je veux vous recruter pour *Fiesta*.

— Est-ce tout ?

— Ce que vous êtes d'humeur paranoïaque, ce matin !

Il essaya de ne pas laisser paraître sa mauvaise humeur.

— Pourquoi moi ? Vous ne savez absolument rien de moi. A moins que vous ne vous soyez renseignée sur mon compte ?

— Un petit peu. Ça vous est égal, n'est-ce pas ?

Le chat et la souris. Si cela s'était passé à Eau-Claire, il aurait été terrifié ; mais là, devant la mer, sous la grande voûte protectrice du ciel, ce n'était rien de plus grave qu'un jeu d'enfants.

— Pourquoi cela me ferait-il quelque chose ? Je n'ai rien à cacher.

— Alors, ôtez cette serviette et venez par ici.

Désemparé, il lança encore un regard en direction de la villa.

Ensuite, lorsqu'elle fut habillée et prête à partir, elle dit d'une voix douce :

— Il fallait que je sache, Richard.

— Quoi ?

— Si vous étiez un être humain (elle eut un sourire). Et vous en êtes un. Vraiment. Pauvre Catherine.

Il la regarda, tandis qu'elle commençait à gravir les marches.

— Que voulez-vous dire par « pauvre Catherine » ?

— Parce qu'il lui a fallu vous perdre.

Il se sentait vulnérable, trahi par ses sens, par quelque chose d'aussi brutal que le désir sexuel. Dès le début, il avait eu du goût pour elle. Il aurait dû alors écouter son intuition, sa raison, et s'enfuir. Le ciel était toujours aussi serein, et pourtant il lui paraissait soudain menaçant. Le monde s'était transformé en piège immense.

Il lui fallait savoir où il en était, quels plans il devait échafauder. Pour des motifs ambigus, il lui demanda de rester déjeuner. Malgré le danger qu'elle représentait, il avait encore envie d'elle. Ou bien croyait-il pouvoir reprendre l'initiative des opérations, la détourner de son projet ?

Il ne supporterait pas de voir Ramon ricaner et faire le bouffon en sa présence. La situation n'était pas de celles que le rire peut détendre, si bien qu'il l'envoya en ville chercher du champagne.

En attendant, tout ce qu'il put offrir à sa visiteuse, fut un vin rouge insignifiant mais qui eut cependant l'air de lui plaire. Il lui plut à lui aussi, du moins au début, jusqu'au moment où il commença à se sentir la tête étrangement vide. Les couleurs des objets se trouvant dans la pièce tendaient à devenir plus vives, à vibrer, à se mélanger.

— Vous sentez-vous tout à fait bien, Richard ?

Les bougies lançaient des étincelles bleues et vertes. Le visage de Caryl ondulait, ses traits se fondaient en une masse cireuse informe. Il l'entendit dire :

— Pio ! Aidez-moi à l'étendre sur le divan. Déboutonnez son col.

Le visage de Caryl flottait au-dessus de lui comme s'il l'avait aperçu à travers une épaisse couche d'eau.

— Ils vous ont envoyée, n'est-ce pas ?

— Richard ? Que voulez-vous dire ?

— Dites-le-moi ! Ne jouez pas ! *Ils vous ont envoyée.*

Le visage de la jeune femme s'éloigna, comme s'il s'enfonçait plus profondément, jusqu'à ne plus la voir à travers cette eau noire et visqueuse. Cependant, il continuait à remuer les lèvres pour ébaucher des paroles accusatrices qu'il n'avait plus la force de proférer.

Plus tard, il se réveilla dans son lit. Il avait mal à la tête et l'impression de ne plus être d'un seul morceau ; sa mémoire était encore plus gravement atteinte que son corps.

Margarita se montra, jeta un coup d'œil sans rien dire, disparut. Ensuite, Caryl Dane entra dans la chambre. Il la regarda d'un air surpris.

— Que m'est-il arrivé ?

— Quelque chose que vous avez mangé, je le crains. J'ai vraiment eu peur, Richard. Le médecin est venu et vous a fait un lavage d'estomac. J'ai passé la nuit près de vous.

— La nuit ? Vous voulez dire que cela a duré... des heures ?

Elle sourit, lui toucha le front.

— Des heures et des heures. Comment vous sentez-vous ?

— Drôle. En morceaux.

Il agita ses orteils et fut surpris de voir qu'ils tenaient toujours à ses pieds.

— Ça va passer.

Elle approcha une chaise et s'assit à côté de lui.

— Richard, quand vous avez été pris de malaise, vous avez dit quelque chose de très étrange. Vous avez dit : « Ils vous ont envoyée. » Vous l'avez dit plus d'une fois. *Ils vous ont envoyée.* Que vouliez-vous dire par là ?

Il se sentait étrangement soulagé, nettement maître de lui.

— Allez savoir ! Je ne me rappelle pas avoir dit quoi que ce soit de ce genre.

— Vous l'avez pourtant dit. Ramon vous a entendu. De même que Pio.

— Je devais avoir perdu la tête.

— Vous êtes encore un peu troublé. Le médecin a laissé cette gélule. Vous devriez la prendre et essayer ensuite de dormir.

Une gélule blanche, très ordinaire, qui paraissait bien innocente, mais cela n'avait aucun sens. Il avait déjà fait le tour du cadran, à en croire Caryl. Elle lui tendait un verre d'eau. Il se mit la gélule dans la bouche, mais en avalant l'eau, il la maintint entre sa lèvre inférieure et ses dents. Il reposa la tête sur l'oreiller. Elle lui sourit.

— Maintenant, dormez, Richard. Vous vous sentirez bientôt mieux.

Dès qu'elle fut sortie, il recracha la gélule et la glissa sous son oreiller, puis ferma les yeux. Les minutes passaient. Il entendit ouvrir la porte et sentit une bouffée de son parfum. Elle était bientôt assise à côté de lui.

— Richard ?

Il ne répondit pas.

— Richard, est-ce que vous m'entendez ?

— Oui.

— Bon. Vous allez être tout à fait bien. Écoutez-moi, Richard. Quand vous avez été pris de malaise, vous avez dit : « Ils vous ont envoyée. » Vous l'avez dit, Richard. « Ils vous ont envoyée. »

— Oui. Ils vous ont envoyée, en effet. Je sais qu'ils vous ont envoyée.

— C'est exact, Richard. Ils m'ont bien envoyée, en effet.

— Je le savais.

— Vous pouvez donc aussi bien tout me dire à ce sujet, déclara-t-elle.

Il ouvrit les yeux, la fixa d'un regard froid et moqueur. Elle se leva brusquement.

— Ça ne marche pas, mademoiselle Dane. Je n'ai pas pris votre petite gélule.

Il glissa la main sous son oreiller et lança la gélule au loin.

— Ne faites pas l'idiot, Richard. Vous en avez déjà dit suffisamment.

— Sous l'influence d'une drogue ? De ce que vous avez pu mettre dans mon vin ? Sortez de chez moi, espèce de fouineuse...

Elle le regarda de haut en riant.

— Croyez-vous qu'en me renvoyant cela vous sauvera ? C'est terminé, Richard.

Elle fit demi-tour et quitta la chambre.

Quand il s'extirpa du lit, ses jambes flageolaient. Il s'assit sur le bord, étudia ses réflexes. Il n'éprouvait qu'une très légère panique. Tout était préparé pour faire face à pareille éventualité.

Il sonna Pio et, en attendant, s'exerça à marcher. Plus il restait sur ses pieds, plus il se sentait solide.

Le yacht était prêt, de même que l'argent liquide. Lorsque Pio entra, il lui dit qu'ils allaient partir en croisière. Pio parut interloqué.

— Tu seras bien payé, Pio. Très bien payé. Ne dis rien à personne — même pas à Margarita. Tout ce dont nous avons besoin se trouve à bord. Mlle Dane est-elle partie ?

— *Si.*

— Ne dis rien à Sanchez. Maintenant, dépêche-toi, aide-moi à m'habiller.

Les yeux de Pio brillaient. Il était prêt à tout. Et il adorait le yacht.

Richard allait avoir à présent tout le temps de réfléchir pour découvrir l'erreur qu'il avait pu commettre, trouver la faille qu'il y avait eue dans ce plan de meurtre magistral, que quelqu'un d'autre avait fini par déceler. Cela paraissait impossible. Personne même parmi les amis les plus intimes de Catherine, n'avait laissé paraître le moindre soupçon. Le médecin s'était montré entièrement satisfait. La police n'avait rien subodoré. Et pourtant, une faute minuscule, un détail sans importance l'avait trahi, ou tout au moins, avait incité quelqu'un à se poser des questions.

Une demi-heure plus tard, il était à bord du yacht. Pio se trouvait à la barre. Derrière eux, la villa rayonnait de toute sa blancheur dans le soleil couchant. Bientôt on ne distingua plus que le léger reflet rose du toit en tuiles. Puis elle disparut complètement, s'évanouit dans le passé.

Caryl Dane et Ramon Sanchez étaient montés sur la terrasse quand ils avaient eu la certitude de ne plus être vus et regardaient le yacht disparaître à l'horizon.

Sanchez parlait avec un mélange d'admiration et de perplexité.

— Ainsi, vous aviez raison, tout compte fait.

Elle prit l'expression du triomphe modeste.

— Il nous fallait être sûrs.

— J'aurais juré qu'il ne soupçonnait rien, dit Sanchez avec conviction, sur un ton solennel. J'en aurais mis ma main au feu.

— Encore heureux que vous ne l'ayez pas fait.

— Mais j'avais raison, dans cette chambre d'hôtel, dit-il en insistant. Je l'ai vu, même si lui ne pouvait pas me voir. Je l'ai vu regarder dans la chambre après que Juan lui eut arraché cette mégère des bras. Il a vu Cortazan couché là, mais j'étais convaincu qu'il l'avait cru ivre, et non pas mort. Son visage n'exprimait que l'agacement, à cause de la musique et de la femme. J'aurais juré qu'il n'avait aucun soupçon.

— Mais vous l'avez tout de même suivi ?

— *Si.* Je suis aussi bien entraîné que vous, señora. Je l'ai suivi depuis le moment où il a quitté l'hôtel. Il a dîné dans un restaurant, s'est rendu ensuite dans un bar. Il n'a pas téléphoné, ni parlé à aucun policier. Et quand il s'est enfui pour venir ici, Nicho l'a suivi. Vous m'excuserez. J'étais tellement sûr que toutes ces précautions n'étaient qu'une perte de temps.

Elle lui fit une petite révérence ironique.

— Ce que la femme a dit n'avait pour lui aucun sens sur le moment. Vos leçons d'espagnol en ont donné confirmation. Donc il soupçonnait que Cortazan était mort, ou bien il avait lu sur le visage de la femme quelque chose qui amenait à se poser des questions.

Comme Sanchez paraissait encore douter, elle ajouta :

— Ça n'a pas d'importance. Il ne représente plus une menace pour nous. Il ne peut plus dire à personne ce qu'il a vu ou cru voir.

— Mais pourquoi n'est-il pas allé trouver la police ?

Elle étendit les mains.

— Qui peut savoir ? C'est un homme étrange.

Elle aussi éprouvait une certaine curiosité et elle aurait voulu avoir le temps d'éclaircir la chose. Cependant, un retard aurait pu être fatal. Leur opération de contrebande de drogue, à laquelle *Fiesta* servait de couverture, était déjà une entreprise trop risquée. Cortazan était un traître. Ils l'avaient abordé avec sa femme dans cette chambre d'hôtel et ils l'avaient tué. Avant qu'ils aient pu s'occuper de la señora Cortazan, elle leur avait échappé et s'était précipitée dans le couloir où elle était tombée dans les bras d'un étranger. L'homme avait-il compris son bafouillage hystérique ? Avait-il remarqué quelque indice de ce qui se passait dans cette chambre ? A en juger par son comportement ultérieur, il semblait bien que non, mais le chef de cette organisation illicite était extrêmement précautionneux et méthodique à l'excès. Il avait donc donné pour instructions à Caryl Dane de s'assurer de cet Américain. Elle, aussi, avait eu tendance à croire que tout cela représentait une perte de temps, jusqu'au moment où Richard avait prononcé cette phrase révélatrice : *Ils vous ont envoyée*. Elle avait su alors ce qu'il fallait faire. Pio s'occuperait de lui là-bas. Pio et les requins.

Elle sourit à Sanchez en prenant dans son sac un nécessaire de maquillage et commençant à se retoucher les yeux.

— Peut-être n'est-il pas allé trouver la police parce qu'il ne voulait pas être compromis. Ou peut-être, avait-il, comme nous quelque chose à cacher. Nous ne saurons jamais.

Ils regardèrent la mer encore quelques instants, puis s'en retournèrent. Des nuages s'amoncelaient à l'horizon, comme une fumée sortie de la boule incandescente du soleil.

Il n'y avait plus rien à voir.

They sent you.
Traduction de Jacques Parsons.

L'EMPIRE DU MILIEU

par DAVID PIERCE

Le terre-plein central de l'autoroute était à ce point envahi d'arbres et de taillis que n'importe quoi aurait pu s'y cacher : un flic muni d'un radar, un éléphant échappé du cirque, voire un extra-terrestre venu sur la Terre pour collecter des canettes en aluminium.

C'est là que je vis Renson pour la première fois. Je venais d'être victime d'une crevaison, et après avoir constaté qu'il n'y avait pas de pneu de secours dans le coffre, mais suffisamment de place pour accueillir une série complète de clubs de golf, je décidai de regagner la sortie précédente en marchant sur le terre-plein central, me souvenant d'avoir aperçu à environ deux kilomètres de là une aire de repos où je trouverais certainement un téléphone.

— Salut ! me lança un individu alors que je pénétrais dans une sorte de clairière isolée. Sur ce, il entreprit de se déshabiller, du moins il ôta une première couche de vêtements qui se composait d'un pantalon vert foncé trop large et d'une chemise en flanelle sale et décolorée. Il enleva ensuite sa vieille casquette de base-ball et se gratta furieusement le crâne.

— Ah, je me sens mieux, dit-il.

Il roula ses guenilles dans un journal du dimanche et les fourra dans un petit sac d'aspect soyeux. Sous cette première épaisseur de vêtements, il portait une combinaison unie et brillante, une sorte de mélange entre la tenue du capitaine Kirk et celle d'une élève du cours d'aérobic de Jane Fonda.

— Je m'appelle Renson, je viens de la planète Ardon. Et vous, d'où venez-vous ? Altra ? Constain ?

Sans son déguisement de Mardi-Gras, jamais je n'aurais soupçonné que ce n'était pas un gars de chez nous. Il possédait un corps d'apparence humaine, deux bras, deux jambes, et il n'avait pas une tête membraneuse avec plusieurs yeux d'où suintait en permanence une sorte de substance visqueuse.

— Sénateur Willis, me présentai-je en mentionnant mon titre officiel par automatisme. J'habite à une trentaine de kilomètres d'ici.

Avais-je affaire à un ambassadeur d'une autre planète ? A une apparition ? A un dingue ? Voilà qui excitait vivement ma curiosité.

— Oh ? Un indigène ? fit-il avec la même curiosité. On n'en rencontre pas souvent par ici ?

— Par ici ?

— Dans l'Empire du Milieu, quoi. On dirait que cet endroit est désormais infesté de Smarians et de Wylocks. Plus moyen de gagner sa croûte. Vous savez bien comment ça se passe. Dès que la nouvelle de la découverte d'un endroit sensationnel se répand, on est aussitôt envahis. (Il souleva un sac poubelle noir plein à craquer.) Remarquez, je n'ai pas à me plaindre aujourd'hui.

Il secoua le sac qui produisit un bruit métallique, comme s'il était rempli de canettes en aluminium.

— Bonne journée, dit-il en pivotant sur ses talons. Oh, j'oubliais...

Il se retourna avant d'avoir atteint l'orée de la clairière.

— Si vous avez l'intention de voyager souvent par ici, faites bien attention aux Garvons. Ils ont fini par repérer cet endroit. Je viens d'avoir une petite altercation avec l'un d'eux tout à l'heure. (Il secoua la tête en faisant la grimace.) Dès qu'ils montrent le bout de leur nez, vous pouvez dire adieu à votre récolte miraculeuse.

Il agita la main avec désinvolture pour bien montrer avec quelle facilité une récolte miraculeuse pouvait s'envoler.

— Bonne journée, sénateur Willis, dit-il avant de disparaître dans les fourrés en portant son sac poubelle sur le dos comme le Père Noël sa hotte.

Je demeurai là un instant à rire de l'étrangeté de cette rencontre. Je n'avais encore jamais rencontré de véritable cinglé. Jadis, j'avais eu affaire à une commune entière d'administrés, plus de cinq cents personnes, qui exigeaient d'être exonérés des taxes fédérales sous prétexte qu'ils venaient d'une planète imaginaire baptisée Lovetron. Je me demandai si ce Renson était l'un d'entre eux.

C'est alors que j'aperçus au centre de la clairière, un petit tas de déchets carbonisés qui continuaient à se consumer, un feu de camp mal éteint. Je maudis ce sympathique cinglé de si belle prestance. Un feu de camp mal éteint pouvait provoquer un désastre. J'étais bien placé pour le savoir, car mon cheval de bataille, l'année précédente à Washington, était justement la prévention des incendies de forêt. (Cette année, c'était le problème des panneaux publicitaires sur le bord des autoroutes.)

Ramassant une branche de belle taille, je m'agenouillai près du cercle carbonisé.

— AAAARGH !

L'odeur fétide m'arracha un cri, une odeur semblable, imaginai-je, à du yaourt versé sur des tisons. A l'aide de mon bâton, je retournai une petite bûche, en retenant ma respiration, pour tenter de l'éteindre dans les cendres. Je découvris alors, sans aucun doute possible, de longs doigts effilés à une extrémité.

Je poussai un hurlement, m'étranglai, reculai précipitamment et heurtai un petit arbre auquel je me raccrochai comme à un vieil ami en répétant « 911... 911... 911... » afin de ne pas oublier ce numéro lorsque je trouverais un téléphone[1].

Mais avant de pouvoir apprécier pleinement le soutien de mon ami l'arbre, une petite explosion au-dessus de ma tête brisa net le tronc comme une simple brindille et une pluie de cure-dents s'abattit sur moi. Je suivis le tronc jusqu'à terre et, du coin de l'œil, je regardai la voûte feuillue de l'arbre tomber comme un parachute et atterrir en douceur dans la clairière. De minuscules doigts de feu dansèrent sur ce qui restait du tronc.

A quatre pattes, je parcourus le bois à la recherche de mon ami le dingue qui était apparemment un spécialiste des armes lourdes. Comment s'appelait-il déjà ? Renson ? Je ne le trouvai pas, en revanche, je vis approcher un autre individu et la vue de cet

1. L'équivalent de notre « 17 », Police-Secours. *(N.d.T.)*

étranger me terrifia. Il avait à peu près la taille de Renson, mais son visage était plus allongé, et déformé comme s'il était en pâte à modeler. Il avait des mains énormes, de vraies massues, et dans l'une d'elles, il tenait une arme en forme de petite boîte percée d'un œil rouge à une extrémité.

— Où est ton butin ? grogna cette chose.

Sa bouche ressemblait à une fente de boîte à lettres verticale dotée d'une rangée de dents de chaque côté.

Je secouai la tête et reculai à quatre pattes, sans savoir de quoi il parlait. Il approcha son visage oblong jusqu'à ce que son nez camus frôle le mien.

— Alors, où est-il ?

Il empoigna ma main dans une des siennes — elle avait la taille d'un gant de base-ball — et serra impitoyablement. J'entendis mes os se briser, sans éprouver la moindre douleur, juste une terrible pression. Mais lorsqu'il desserra l'étau et que mes nerfs broyés purent remplir leur fonction, ils envoyèrent à mon cerveau un message qui ordonnait à ma bouche de pousser un curieux « OOOOOAAAAHHH » !

— Réponds !

Il braqua sur moi l'arme avec le petit œil rouge. Nul doute qu'il avait l'intention de me transformer en cure-dents humains.

J'allais me mettre à chanter comme un canari, quand tout à coup, l'extra-terrestre se désintégra sans même avoir le temps de hurler. Il braquait sur moi une arme nucléaire, une infime pression sur la détente et j'allais être pulvérisé, mais l'instant d'après, c'est qui qui avait disparu. Il n'en restait plus qu'un tas de cendres d'où émanait une odeur pestilentielle de yaourt aigre en train de brûler. Deux membres noircis enchevêtrés se consumaient comme un feu de camp abandonné.

— Ça fait deux dans la journée, déclara mon très cher ami Renson en surgissant de derrière un bosquet d'arbres.

Il rengaina son arme dans son holster et s'avança vers moi.

— Bon sang, qu'est-ce qui se passe ici ? hurlai-je.

J'avais de quoi être paniqué.

— C'est un des Garvons contre lesquels je vous ai mis en garde. Une bande de sales types. On se donne un mal de chien pendant des siècles et ces crapules s'imaginent qu'ils peuvent débarquer du jour au lendemain et se servir tranquillement.

Il balança un coup de pied rageur dans les membres calcinés. Je n'aurais su dire s'il s'agissait de bras ou de jambes, ou bien un de chaque.

Ma douleur à la main m'arracha un nouveau cri. Mes doigts avaient pris une vilaine couleur pourpre, presque noire. Ma main tout entière avait gonflé au point de ressembler à celle d'un Garvon.

— Ça fait sacrément mal, hein ? commenta Renson.

Beaucoup trop mal pour me permettre d'en rire. Je hochai la tête avec vigueur et les larmes jaillirent. Renson regarda autour de lui en réfléchissant. Finalement, il s'agenouilla près de moi.

— Je vais vous soigner.

Il ouvrit le sac poubelle et je compris alors pourquoi le contenu faisait un bruit de canettes en aluminium... il contenait effectivement des canettes en aluminium, des centaines de canettes.

Il en prit une (de la bière basses calories, je crois) et la renversa pour faire couler la dernière goutte éventée.

— Bon, maintenant restez tranquille et vous n'aurez plus mal.

Je décidai de lui faire confiance. Un individu qui a traversé l'univers pour venir collecter de telles canettes et qui est capable de vous transformer en pâté en croûte par pression sur un simple bouton, est quelqu'un qu'il vaut mieux avoir de son côté.

Il sortit un sachet que je n'avais pas encore vu, d'où il tira une giclée de cette matière gluante et claire qui lui faisait défaut précédemment. Puis, comme il confectionnait un cocktail galactique, il mélangea la canette et cet ingrédient secret, broyant la canette comme Deacon Jones en personne. Je reconnus le grésillement typique du bacon en train de frire lorsqu'il appliqua ses mains et ce cataplasme d'un nouveau genre autour de mes phalanges meurtries. Une substance visqueuse argentée suinta entre ses doigts. Ressentant une légère sensation de brûlure, je tentai de retirer ma main, mais il la tenait fermement. La pression soulagea bientôt la douleur, et au bout de quelques instants, Renson lâcha ma main. Je remuai les doigts. Une fine pellicule cireuse faisait briller ma main, mais la couleur cramoisie avait disparu. La douleur aussi. Tout était redevenu normal.

— Comment avez-vous fait ça ?

Il sourit avec fierté.

— Rien de magique, je vous assure. Une simple manipulation chimique.

— Les canettes ?

— Ouais. Un truc génial. Il n'existe rien de semblable sur Ardon. Ni sur Altra ou Constain, d'ailleurs. Chaque planète possède ses propres équipes d'exploration. Nous avons été les premiers à découvrir ce système il y a quelques années, et nous avons pu l'exploiter en paix pendant un certain temps. De l'argent facile. (Il jeta un regard en direction des broussailles et secoua la tête avec tristesse.) Hélas, il y a trop de concurrence maintenant ; tous les endroits sont surpeuplés. Comme dans tous les secteurs, j'imagine... (En disant cela, il tourna brusquement la tête vers les membres calcinés)... il y a des pirates.

Il désigna son arme qui ressemblait davantage à une télécommande de téléviseur qu'à une arme foudroyante.

Je me relevai, encore sous le choc. Je commençais à me demander si ce n'était pas moi qui étais devenu dingue. Ou peut-être que j'avais fait un tonneau avec la voiture quand mon pneu avait éclaté, et étais-je maintenant allongé dans un lit d'hôpital, en plein coma, vivant une expérience de perception extra-corporelle.

— Écoutez, dit-il, j'ai encore une sacrée trotte jusqu'au vaisseau, je dois me présenter au contrôle aujourd'hui sinon, je devrai attendre un mois avant que le prochain ne passe dans les parages. (Il promena un regard méfiant sur les taillis alentour.) A votre place, je ne m'attarderais pas dans le coin.

— Merci, dis-je d'une voix tremblante.

Il répondit par un hochement de tête, puis, son sac poubelle jeté sur l'épaule, fit demi-tour. Mais avant qu'il ait eu le temps de traverser la clairière, un Garvon au visage oblong, avec des mains comme des gourdins se dressa sur son chemin. Deux autres Garvons surgirent aussitôt et le maîtrisèrent à mains nues. La résistance de Renson fut brève. L'un des Garvons se saisit de son sac poubelle rempli de canettes et le secoua d'un air triomphant aux acclamations des deux autres. Je me retournai pour m'enfuir. Mon ami savait peut-être comment combattre les Garvons, mais pas moi. Quatre autres jaillirent des fourrés. Chacun brandissait son petit boîtier de télécommande et semblait impatient de me faire changer de chaîne.

— Oh, fit Renson en m'adressant un regard désolé comme pour s'excuser.

Ils nous ligotèrent tous les deux et nous emmenèrent.

***

Ils étaient sept en tout. Je ballottais douloureusement sur l'épaule de l'un d'eux qui me tenait d'une main ferme par l'arrière des cuisses. Ils nous portèrent pendant huit cents mètres environ à travers les fourrés du terre-plein central. J'entendais de chaque côté le vrombissement des voitures roulant vers l'est et vers l'ouest. Nous nous frayâmes un passage au milieu des arbres. Les plus petits, les Garvons les écartaient de leur chemin en les sectionnant à la racine.

Ils nous jetèrent, Renson et moi, dans une cage sans porte. L'un d'eux se contenta d'empoigner les barreaux et de les écarter comme s'ils étaient en pâte à modeler, et lorsque nous fûmes à l'intérieur, il les remit tout simplement en place, laissant seulement un espace étroit qui interdisait tout espoir de fuite. Après leur départ, je tentai à mon tour d'écarter les barreaux, mais ils étaient solides comme de l'acier.

A quelques mètres de là, un vaisseau spatial était dissimulé dans les broussailles, sur un tapis d'arbres déracinés. Les sept Garvons montèrent à bord de l'engin, abandonnant le sac poubelle noir de Renson sur le sol non loin de Renson et de moi, seuls dans notre cage comme un couple d'oiseaux exotiques. Renson était assis par terre. Sans son désintégrateur, il était aussi impuissant que moi.

— Je cherchais juste un téléphone, expliquai-je. J'ai été victime d'une crevaison, vous comprenez...

Je voyais ma raison se balancer au bout d'une corde usée, aussi clairement que sur une photo bien nette. Renson acquiesça d'un air évasif.

— Je dois voter une loi demain. (Je continuai à babiller.) Je suis sénateur. Vous l'ai-je déjà dit ? Un jour, j'ai même dîné avec le président.

Il acquiesça de nouveau, le visage aussi vide qu'une page blanche.

Mon ventre se mit à grogner et j'eus envie de le réprimander pour oser réclamer à un moment si inopportun. Heureusement, je dénichai dans ma poche de chemise un chewing-gum à la menthe.

— Vous voulez un chewing-gum ?

Renson repoussa mon offre d'un geste de la main.

— Si seulement je pouvais récupérer ces canettes quelques instants, soupira Renson dont les méninges continuaient visiblement à tourner.

Ses efforts de raisonnement m'aidèrent à affermir ma prise sur cette corde usée.

— Qu'ont-elles de magique ces canettes ? demandai-je.

Il me jeta un regard incrédule.

— Ce ne sont pas les canettes. C'est l'« élément ». Je crois que vous appelez ça de l'aluminium. Comme je vous l'ai dit, il n'existe rien de semblable sur notre planète. Évidemment, vous n'avez pas ça sur la vôtre. (Il tapota le flacon de substance visqueuse.) En soi, ce n'est rien du tout. Pendant une éternité nous l'avons gaspillé, comme vous votre aluminium.

Mais si vous mélangez ces deux éléments vous obtenez la forme d'énergie la plus concentrée qui soit. Grâce à elle, nous pouvons nous soigner, cultiver nos aliments, faire fonctionner nos vaisseaux...

... Nous avons découvert cet aluminium voici des siècles dans d'autres systèmes. Mais nous n'avons jamais rien volé ! insista-t-il. La plupart des compagnies indépendantes de prospection refusent de voler. Apparemment, l'aluminium est le genre d'élément que la majorité des gens jettent après usage. Alors j'adopte le déguisement le plus approprié à la planète sur laquelle je me trouve... (Je repensai au vieux pantalon et à la chemise délavée, à la casquette de base-ball.)... et je commence mon ramassage.

— Mais pourquoi ici sur le terre-plein central ?

— Vous plaisantez ? L'Empire du Milieu est l'endroit idéal. (Le surnom qu'il donnait à l'espace boisé entre les voies de l'autoroute me fit sourire.) Il y a suffisamment de végétation pour dissimuler mon vaisseau, les indigènes sont rares, sauf cas exceptionnel comme vous aujourd'hui, et il n'est pas nécessaire de marcher beaucoup ; je longe l'autoroute et j'ai juste à me baisser pour ramasser les canettes.

— Et les Garvons ?

— Eh bien... (De nouveau, il donna l'impression de s'excuser.) Ils ont poussé un peu trop loin la formule « il suffit de se servir ». C'est une bande de voleurs ! Trop paresseux pour travailler. Je croyais que les Lovetrons étaient des fainéants, toujours prêts à profiter de la situation...

(Je compris alors que je rêvais, et je m'attendais

à voir passer en courant mon prof de gym du collège en sous-vêtements.)

— ... Mais Garvon est aussi une planète violente. Alors que nous utilisons cette énergie pour nous nourrir et nous soigner, eux s'en servent pour leurs armes, pour alimenter leurs vaisseaux de guerre et soigner ceux qui sont blessés au combat. Généralement, lorsqu'ils jettent leur dévolu sur une planète...

Il s'interrompit et détourna la tête comme s'il en avait trop dit.

— Que se passe-t-il ensuite ?

— Peu importe. Ce n'est pas notre problème pour l'instant, n'est-ce pas ?

Je délaissai égoïstement le sort de la Terre pour m'intéresser au mien.

Un sifflement pneumatique nous fit tourner la tête en direction du vaisseau spatial des Garvons. Une porte s'ouvrit et deux Garvons descendirent une passerelle. Ils s'arrêtèrent devant notre cage et nous observèrent, Renson et moi, comme si nous étions les deux plus beaux spécimens d'un zoo. Ils se mirent à dialoguer dans une langue étrangère. Renson se concentra.

— Que disent-ils ? demandai-je à voix basse.

Il écouta encore quelques instants avant de se retourner vers moi.

— Ils se demandent lequel de nous deux ils vont manger en premier.

***

Il ne fallut pas longtemps aux Garvons pour décider que je ferais office de hors-d'œuvre. Renson pesait certainement dix kilos de plus que moi, et de ce fait, il méritait, je suppose, d'être le plat principal.

Un des deux extra-terrestres écarta les barreaux de la cage tandis que l'autre glissait le bras à l'intérieur et s'emparait de moi avec ses mains semblables à des étaux. Renson hurla quelque chose dans leur langue, que je répétai de mon mieux en espérant qu'il s'agissait d'une injure. J'appris ainsi que le rire était véritablement un langage universel, car manifestement les deux extra-terrestres s'esclaffèrent. Le Garvon m'attira vers lui. Sa grande bouche tout en longueur — j'étais bien placé pour m'en rendre compte — possédait trop de dents et de nombreuses caries. Alors, on ne se brosse jamais les dents après manger ? pensai-je comme un imbécile.

Le Garvon continua à me presser comme un citron, de plus en plus fort, jusqu'à ce qu'il n'y ait plus d'air dans mes poumons. Puis, tout à coup, il cessa de m'étouffer et me relâcha. Je tombai à ses pieds et levai la tête pour voir le Garvon porter ses mains à son cou en suffoquant. Il émit un petit couinement, comme un souffle d'air à travers un minuscule orifice, puis s'effondra et ne bougea plus.

Son compatriote qui avait assisté à cette scène avec effroi, poussa un beuglement furieux et me souleva de terre. Il m'attira vers sa grande bouche verticale, aussi vaste qu'un four. La cavité renvoya l'écho de mon cri. Mais le second Garvon me lâcha lui aussi et alla bientôt rejoindre son camarade sur le sol, figé comme une statue.

Renson jaillit hors de la cage et se précipita vers les deux Garvons. Il les examina rapidement.

— Ils sont morts. Comment avez-vous fait ?

— Je... je ne sais pas, répondis-je, nerveux, excité, et refusant de crier victoire prématurément.

— Cette chose que vous mâchez. Qu'est-ce que c'est ?

Son ton signifiait « Vite, vite ».

— Du sucre ? dis-je. (Renson secoua la tête.) Du chewing-gum ? (Même réponse.) De la menthe ?

— Voilà, c'est cela ! s'exclama-t-il. Ça ne peut être que ça. Je n'en ai jamais entendu parler. Réfléchissez, une chose aussi agréable pour vous, est un véritable poison pour les Garvons. Aha ! Vite, donnez-m'en !

Je fouillai dans ma poche de chemise à la recherche d'un chewing-gum, mon épaule se ressentait encore de l'étreinte du premier Garvon. Renson ôta le papier et fourra quatre tablettes dans sa bouche. Il se mit à mastiquer furieusement.

— Maintenant, occupons-nous des autres, déclara-t-il hardiment.

Ramassant son sac poubelle, il gravit la passerelle dans un tintement métallique. Au même moment, la porte du vaisseau spatial s'ouvrit en sifflant et Renson se trouva face à un autre Garvon. Renson le tua d'un seul souffle.

Debout sur le seuil, il vida tout le flacon de substance visqueuse dans le sac contenant les canettes. Après avoir entortillé le haut, il le secoua comme un énorme sachet de préparation pour gâteau. Puis il lança le sac par la porte ouverte et dévala la passerelle.

— Couchez-vous ! hurla-t-il.

Je me jetai à quatre pattes et m'aplatis derrière un arbre. Je mis mes bras autour de ma tête pour la protéger du bruit de la déflagration comme de la pluie de petits morceaux de vaisseau et de Garvons.

Une substance visqueuse argentée recouvrait tout, empêchant les risques d'incendie. Pour un automobiliste passant à une vingtaine de mètres de là, ce bruit pouvait s'apparenter à une crevaison.

Au cours des quelques mois qui suivirent, je fis beaucoup de choses pour sauver le monde. En sachant que cela ne figurerait jamais dans mes états de service.

Je proposai un projet de loi que je défendis bec et ongles : au lieu de diminuer ou d'interdire les panneaux publicitaires le long des autoroutes, pourquoi ne pas planter davantage d'arbres sur les terre-plein centraux ? Voilà qui réduirait le problème de moitié : les voitures roulant vers l'est ne verraient plus les panneaux installés dans l'autre sens, et vice-versa.

Et planter ensuite des feuillages bas, quelque chose qui se propagerait et permettrait de recouvrir le sol tout en empêchant les risques d'incendie. Une plante vivace... comme la menthe.

Les écologistes furent enthousiasmés par cette idée. Ils adorent voir pousser des plantes, surtout grâce aux dollars du gouvernement. Bientôt, il devint indispensable d'afficher à son palmarès une loi en faveur de la nature. D'autres sénateurs suivirent mon exemple dans leur État ; et ainsi, ce pays devint un peu plus vert et un peu plus parfumé, trop parfumé pour que certains extra-terrestres s'avisent d'y planter leurs longues dents.

Dernièrement, ma femme et moi roulions sur l'autoroute I-24 un après-midi, avec un pneu de rechange tout neuf dans le coffre. Une énorme machine jaune ressemblant à un dinosaure se trouvait sur le terre-plein central couvert de végétation. La pelle située à l'avant creusait des trous à une telle cadence que les ouvriers n'avaient pas le temps d'y planter de jeunes arbres. Le Territoire du Milieu s'étendait, comme un Garvon étirant ses doigts ankylosés.

Je terminai mon Coca allégé et abaissai ma vitre. Un homme seul vêtu de haillons et traînant derrière lui un sac poubelle à moitié rempli avançait sur le bas-côté de l'autoroute. Ce n'était pas Renson. Peut-être un habitant d'Altra ou de Constain. Ou bien un Wylock ou encore un Smarian. Quoi qu'il en soit, je lançai ma canette par la vitre et la regardai dans le rétroviseur rebondir sur l'asphalte avant de disparaître dans la végétation du terre-plein central.

— Voyons, chéri ! (Ma femme était atterrée.) Que diraient tes administrés s'ils savaient que tu jettes tes ordures sur l'autoroute.

Je lui souris tendrement en sachant que cela l'agaçait et répondis :

— Ils ne le sauront jamais, n'est-ce pas ?

The median life.
Traduction de Jean Esch.

AMICAL EXORCISME

par TALMAGE POWELL

J'étais en train d'installer les tringles des rideaux de la salle de séjour quand Judy poussa un hurlement. Son cri ressemblait à celui d'une femme qui aurait vu la plus grosse souris du monde trottiner entre ses pieds.

Le bruit me fit bondir du pouf sur lequel je me tenais pour ajouter un peu de hauteur à mon mètre quatre-vingt-trois quelque peu osseux. Je m'élançai et dérapai du vestibule dans la chambre à coucher vide.

Judy, la délicieuse Judy, n'avait pas été effrayée par une souris. Non, le coupable était une chaussette. C'était ça, une chaussette de laine blanche tout à fait ordinaire, déformée et légèrement détendue pour avoir été lavée trop souvent. Elle gisait au milieu du plancher nu : telle devait être la raison de l'angoisse de Judy. En dehors de cette chaussette, la pièce était vide. Judy se tenait plaquée le long du mur, sa mince figure toute pâle, ses yeux bleus tout ronds. Montrant du doigt la chaussette, elle essayait de parler, mais butait sur le « J » de mon prénom.

— J-J-J-Jim, cette chose diabolique est sortie en flottant du placard et m'a g-g-g-giflé la figure !

Ça n'avait absolument aucun sens pour moi. Je la regardai, ahuri ; l'expression de mon visage chassa un peu de sa peur. Ses yeux se mirent à lancer des éclairs.

— Ça ne te fait rien qu'une vieille chaussette sorte en flottant d'un placard, traverse à moitié une chambre vide et brutalise ta femme, Jim Thornton ?

— Eh bien, je... euh... bien sûr que ça me fait quelque chose ! Mais comment cela a-t-il pu arriver ?

— Explique-le-moi. C'est toi le cerveau. Je ne sais qu'une chose : c'est arrivé. Après avoir fini de ranger les affaires dans la chambre, je suis venue ici. Je pensais comment plus tard nous transformerions cette pièce en chambre d'enfant. Et alors cette chaussette... (Elle frissonna.) Je ne laisserai pas mon bébé faire une sieste de vingt minutes dans cette chambre.

Je me détournai de la chaussette et lui fis un large sourire.

— Bébé ? Judy, tu es déjà enceinte !

Elle s'arracha à l'étreinte de mes mains.

— Ne sois pas stupide ! Mais quand nous aurons un bébé, James Arnold Thornton, tu feras mieux d'avoir une explication pour ces chaussettes antigravitationnelles si nous restons dans cette maison.

Je me retournai et mis un genou au sol à côté de la chaussette. Je la remuai du bout du doigt. Rien de surnaturel ne se produisit. Cette chaussette était aussi quelconque et aussi ordinaire que... eh bien, qu'une vieille chaussette.

— Quand les Bickleford sont partis, énonçai-je, ils ont oublié cette chaussette. Elle était sans doute dans un coin sombre sur l'étagère du placard.

— Brillant ! s'exclama Judy en approchant sa chevelure d'un blond radieux de ma tignasse châtain foncé. Bien sûr qu'elle a été oubliée par les anciens propriétaires.

— Et il se trouve qu'une brise te l'a soufflée à travers la figure.

— Une brise ?

— Une brise mutine.

Elle secoua la tête et me regarda.

— Une brise mutine dans une pièce vide dont les fenêtres sont fermées.

Son ton affirmatif était pire qu'un sarcasme. Mon orgueil de mâle se révolta.

— Naturellement, dis-je avec une certaine hauteur, il faut que la première maison que je dégote pour ma femme dans une agence d'hypothèques soit infestée de fantômes !

Elle ramassa vivement la chaussette et la laissa se balancer entre le pouce et l'index.

— Maintenant tu commences à brûler.

Je me relevai à côté d'elle en me frottant les mains.

— Allons, tu n'y crois pas vraiment. Tu ne crois pas aux zombies ou aux voix d'outre-tombe.

— Non, répondit-elle, mais cette chaussette est aussi réelle que la vie. Et les fantômes sont trop bien authentifiés pour nier que de temps en temps *quelque chose* se démène dans la maison de quelqu'un. On en a vu de nombreux exemples en Angleterre. Et ces gens dans le Massachusetts dont la maison était à la une des journaux ? Et cette maison à Long Island — ou bien était-ce dans le

Bronx — qu'on nous a montrée aux actualités télévisées ? De la vaisselle volait à travers la maison, une équipe de policiers new-yorkais s'est planquée à l'intérieur et ils ont vu une partie de ce qui s'y passait ! Et voilà, conclut-elle.

Pendant notre discussion, elle avait gardé les yeux fixés sur la chaussette. Un étrange sentiment paraissait maintenant avoir pris le pas sur sa frayeur première.

— Tu sais, je ne crois vraiment pas qu'il essayait de me faire peur. Le toucher de cette chaussette était si doux, une vraie caresse. Je pense qu'il essayait de dire bonjour et de se montrer accueillant. Cependant (elle jeta un coup d'œil circulaire), je ne suis pas certaine que nous devrions installer ici la chambre d'enfants.

On en resta là. Je retournai à mes occupations, plus troublé que je ne voulais le laisser voir. Lors de nos récentes années d'université, Judy et moi étions aussi loin du style LSD que vous pouvez l'imaginer. Juste un couple de bûcheurs acharnés comme quatre-vingt-quinze pour cent du corps des étudiants, sans publicité ; et les chaussettes volantes ne rentraient pas du tout dans notre manière de vivre.

Je finis d'accrocher les rideaux de la salle de séjour ; j'entendais Judy qui déballait soigneusement des plats, des casseroles et de la vaisselle dans la cuisine. Je me dirigeai tranquillement vers la porte d'entrée.

Sans cette chaussette, la journée aurait été parfaite. Même d'occasion, la maison était une coquette construction de vieilles briques et de bois. Judy et moi n'aurions jamais espéré démarrer si bien. C'est par un vrai coup de veine que nous étions tombés sur cette maison, avec quasiment rien comme acompte et des traites pas plus élevées que le loyer d'un appartement convenable. Pour commencer, les cadeaux de mariage et le crédit nous fourniront assez de mobilier pour éviter de coucher par terre. Sacrée chance, avais-je pensé. Maintenant, j'en étais moins convaincu. Je me demandais pourquoi ces Bickleford avaient été si pressés de partir.

La maison voisine, à l'ouest de la nôtre, était aussi paisiblement collet monté que le reste du voisinage. La plaque au-dessus du bouton de sonnette annonçait : Tate Curzon.

J'appuyai sur le bouton et un carillon tinta à l'intérieur. La porte s'ouvrit de quelques centimètres et s'arrêta.

— Oui ?

La voix évoquait une corde de violon mal tendue qu'on aurait grattée avec un archet en dents de scie.

— M. Tate Curzon ?

— Et alors ?

La porte n'offrait pas d'autre accueil et restait à peine entrouverte. D'après ce que je pouvais apercevoir de lui, c'était un petit bonhomme sec aux épaules étroites. Il avait un long cou rouge qui se dressait hors d'un col blanc empesé, une figure étroite et cruelle, un crâne chauve et pointu si couvert de taches de rousseur qu'il en paraissait sanglant. En voyant cette figure hargneuse, il était facile de se représenter une tête de vautour.

Je m'agitai un peu, mal à l'aise.

— Je venais juste vous dire bonjour. Nous sommes vos nouveaux voisins, James et Judy Thornton.

Il m'examina des pieds à la tête, sans approbation.

— Je ne prête ni outils, ni plombs, ni tapettes à tapis, ni tondeuse à gazon.

— Mais monsieur, je ne veux rien vous emprunter.

— Alors, vous n'êtes pas déçu. Z'avez des gosses ?

— Pas encore, monsieur Curzon.

— Tant mieux. J'ai horreur des mômes. Toujours à casser mon rosier et à jeter des saletés dans mon bassin.

— Oui, euh... J'imagine que les Bickleford avaient des enfants ?

— Oui. Un sale gosse. Toujours à remonter et descendre l'allée en faisant gronder sa voiture de sport.

— Vous savez, dis-je, doux comme le miel, je pense que tous les garçons sont comme ça avec leur première voiture.

— Sa première et sa dernière, ajouta M. Curzon avec une note de méchanceté.

— Vous voulez dire : il l'a bousillée ?

— Et lui avec. Il a dérapé un soir de pluie et il est passé par-dessus les falaises au sud de la ville. On a ramassé Andrew Bickleford et sa voiture de sport en petits morceaux.

— Quel malheur !

Les yeux de M. Curzon étincelèrent.

— Vous pouvez le plaindre. La mère d'Andy a eu une dépression nerveuse, et son crétin de père n'a eu de cesse de mettre la maison en vente.

Cette conclusion comme quoi j'avais profité de la mort d'un jeune étranger fit monter la température. Je me sentis rougir de la tête aux pieds. Je rendis à M. Curzon son coup d'œil en vrille et je dis avec raideur : « Au revoir. »

Il claqua la porte.

En revenant vers la maison, je perçus des voix féminines dans la cuisine. Judy et une rousse d'aspect négligé trempaient des sachets de thé dans les nouvelles tasses de Judy.

— Oh, te voilà, Jim ! C'est notre voisine qui est venue nous dire bonjour.

— Mme Curzon ? demandai-je en me dirigeant de la porte d'entrée vers la table de la cuisine.

— Ciel ! non ! répondit la femme en riant. Je m'appelle Mabel Gosness. J'habite juste à côté.

Elle bavarda durant la dégustation rituelle du thé et partit en déclarant qu'il était merveilleux d'avoir des jeunes gens dans le voisinage.

Judy porta les tasses dans l'évier et se mit à les laver.

— Nous avons eu une vraie conversation avant que ne survienne la présence masculine.

— Et alors ?

— Elle paraissait terriblement avide de parler à quelqu'un. Elle vit seule : son mari est parti avec une autre femme il y a près d'un an.

— L'autre parlait peut-être moins.

Judy regarda par-dessus son épaule, juste assez longtemps pour me tirer la langue.

— Et devine la suite ?

— Je donne ma langue au chat.

— De l'autre côté de chez nous vit un petit homme appelé Tate Curzon. Il hait tout le monde. Il a eu quatre femmes, pas moins, et des enfants avec l'une d'elles. Mais même ses propres enfants — ce sont des adultes maintenant — ne viennent jamais le voir. Mme Gosness dit qu'il vaut mieux que nous n'ayons pas affaire à lui.

— Merci pour le conseil, mais j'ai rencontré ce monsieur.

— Vrai ?

— Bien sûr, répondis-je en prenant les tasses et

les soucoupes pour les essuyer. Je suis sorti lui dire bonjour. Je me demandais s'il pourrait m'apprendre pourquoi les Bickleford désiraient tellement vendre.

Judy frétillait d'impatience.

— Et tu l'as su ?

J'hésitai et me demandai si j'allais mentir, puis je me rendis compte qu'elle l'apprendrait par Mme Gosness. Aussi lui parlai-je d'Andy Bickleford que l'on avait ramassé en petits morceaux, de sa mère qui n'avait pu supporter le choc et du père pour qui la fin du monde était arrivée.

— Je parie que la chaussette appartenait à Andy. Cette chambre devait être la sienne.

Je vis quelques larmes dans les yeux de Judy.

Au moment de nous coucher, le premier jour d'installation dans notre nouvelle maison avait chassé de nos esprits la tragique histoire des Bickleford. Ils n'étaient après tout que des étrangers, et le présent était bien trop vivant. Je paressais en slip — ma tenue de nuit — sur le lit de la grande chambre, et je faisais nonchalamment semblant de lire, un oreiller calé sous ma tête. Dans mon champ de vision, la porte de la salle de bains s'encadrait au-dessus des pages de mon livre. La porte s'ouvrit et Judy s'avança dans la douce lumière de la chambre à coucher, vêtue d'une chemise de nuit en nylon qui équivalait à rien du tout. Mon vernis de civilisé réprima avec peine un rugissement de plaisir.

Ses longs cheveux descendaient sur ses épaules, un petit sourire plein de mystère se jouait sur sa bouche, elle semblait glisser vers moi. Une remarque sur la rapidité de mon pouls est inutile.

Comme elle passait le long du bureau, un fait étrange se produisit ; un portrait de moi, de 20 sur

25, que Judy avait encadré, se souleva soudain, se propulsa à travers la chambre et alla s'écraser contre le mur.

La photo tomba sur le sol. Un silence de mort régna un instant que brisa le tintement furtif d'un petit morceau de verre qui s'effondra dans le désastre.

Je sortis de mon lit avec les mouvements cauchemardesques d'un homme qui nage dans la mélasse. Judy et moi nous agenouillâmes à côté de la photo, mais ni l'un ni l'autre ne voulions la toucher.

— Tu as dû l'accrocher avec ta chemise de nuit, marmonnai-je.

— Et l'envoyer balader à travers la chambre ? me rétorqua Judy avec une logique terrifiante.

Je ramassai les petits morceaux de verre, les empilai sur la photo et portai ces débris sur le bureau. Judy me regardait, les yeux vides, plongée dans ses pensées.

Comme je me détournais du bureau, le roman policier que j'avais fait semblant de lire se mit à sautiller sur la table de chevet. Le bord de la couverture heurta l'abat-jour. La lampe vacilla avant de s'écraser par terre. L'obscurité envahit la chambre.

Je ne sais lequel de nous deux bougea le premier, mais, en un instant, nous nous trouvâmes dans les bras l'un de l'autre, frissonnants.

— Peut-être devrions-nous prendre une chambre d'hôtel pour cette nuit, suggérai-je à travers mes dents qui claquaient.

La chaleur de Judy montait dans mes bras.

— Ça non ! dit-elle. On ne me chasse pas si facilement de notre maison. D'ailleurs, notre fantôme ne veut pas nous faire de mal.

— Pourquoi en es-tu si sûre ?

— Il n'a rien jeté vers nous ou sur nous, répondit-elle avec cette suprême logique féminine. Il aurait pu te frapper avec le cadre de cette photo s'il nous était hostile.

— C'est un sadique, qui préfère nous faire mourir de frayeur à petit feu.

— Ou un type solitaire qui essaie de nous dire quelque chose. Il choisit évidemment des objets variés pour lancer partout, ce qui signifie qu'il a une méthode et un but. Si nous pouvions simplement comprendre le message, je suis sûre qu'il s'en irait reposer en paix.

Le lendemain, hagard, les yeux rouges, je travaillai comme dans un brouillard à mon poste de comptable débutant. J'étais troublé par la manière presque naturelle dont Judy avait admis l'existence d'un fantôme. Dans la chaude lumière du jour, je ne pouvais tout simplement pas croire à ce que j'avais vu de mes propres yeux. Il devait y avoir une explication, comme la rencontre de forces magnétiques au point précis où notre maison était construite.

J'aurais bien accueilli un conseil, mais je ne savais à qui m'adresser. Mon patron, têtu et réaliste, était hors de question. Si j'allais trouver les flics, les journaux s'empareraient de l'histoire pour la livrer au public. Nous serions exposés au même faisceau de publicité qui avait tourmenté toutes les autres familles assez étourdies pour révéler leur accointance avec un fantôme. Je me demandais combien d'autres, comme moi-même, avaient préféré subir en silence l'inexplicable.

La maison paraissait aussi normale qu'une tarte à la crème pendant que je me précipitais vers la porte d'entrée.

Une Judy souriante, en pleine forme, m'attendait avec un Cinzano pas trop sec, comme je les aime. Elle avait aussi écorné notre budget pour la boucherie en achetant une côte de bœuf épaisse de cinq centimètres, mais je l'applaudis.

— Pas de vaisselle volante aujourd'hui ? demandai-je tandis qu'elle glissait la côte de bœuf sur le gril.

— Pas même une soucoupe, répondit-elle.

— L'épreuve s'est peut-être révélée trop forte pour lui, ajoutai-je, plein d'espoir, en mâchonnant une olive marinée dans le vermouth.

Nous fîmes un élégant dîner aux chandelles, sur une table parée d'une nappe blanche comme neige, cadeau de mariage de ma tante Hélène.

Je n'avais pas eu d'appétit au déjeuner, mais je dévorai la côte de bœuf comme un ogre. Judy servit le café, et nous restâmes à nous regarder les yeux dans les yeux, dans un silence affectueux.

L'os de bœuf se mit soudain à faire des sauts de puce en râclant contre le plat.

Judy cligna des yeux. Je bondis. Ma chaise tomba en arrière. J'agrippai le bord de la table et restai à regarder l'os monter et descendre à la hauteur de mes yeux.

L'os ne faisait pas de mouvements menaçants, mais c'était une violation caractérisée de notre vie privée.

— Ça suffit ! grondai-je. Je me levai, je réunis mes mains et je les appliquai sur l'os. Il n'offrit aucune résistance comme je le plaquais contre le plat. Je relevai les doigts, un par un, et je fus un peu vexé de le voir rester là tranquillement après que je l'eus relâché.

Je jetai un coup d'œil en biais vers Judy.

— Tu as vu ça, n'est-ce pas ?

Judy hocha la tête en signe d'approbation ; ses yeux brillaient.

— Je me demande ce qu'il voulait dire ?

— Il a peut-être faim, grommelai-je. Tu devrais peut-être lui préparer un bouillon d'yeux de salamandres sur un feu de soufre.

— Ne plaisante pas, Jim !

— Plaisanter ? Je ne suis même plus raisonnable.

Après le dîner, pendant que Judy lavait et essuyait la vaisselle, je me livrai à une fouille systématique de la maison, de la cave au grenier. Je ne trouvai ni fils électriques ou magnétiques, ni aucun autre instrument ressemblant vaguement au matériel d'un petit plaisantin biscornu.

Quand je remontai du sous-sol, je trouvai Judy pelotonnée dans notre nouveau fauteuil à oreilles devant le poste de télévision.

— Tu aurais pu ne pas perdre ton temps, me dit-elle avec une patience conjugale. J'ai fouillé moi-même tous les coins et recoins. Non pas que j'aie eu besoin d'une autre preuve que nous possédions effectivement un fantôme.

— Je penche pour la vente, dis-je. Je peux remettre la maison en vente en téléphonant immédiatement au domicile de l'agent immobilier.

Elle se redressa.

— N'essaie pas, Jim Thornton ! Ce pauvre type est coincé ici. Quand il sera délivré, il s'en ira et nous laissera en paix.

— Ah oui ? Et je suppose que tu crois toujours qu'il essaie de faire passer un message ?

— Plus que jamais. Cet os voulait dire quelque chose... si je pouvais seulement comprendre quoi.

Pourquoi attendrait-il toute la journée un os s'il n'essayait pas de nous dire quelque chose ?

Je m'assis devant elle sur le pouf.

— Judy, commençai-je gentiment, je pense qu'il vaut mieux que je t'emmène d'ici avant de passer une autre nuit dans cette maison.

— Ne sois pas stupide ! C'est une maison charmante.

— Mais toute cette conversation...

— Ce fantôme est très gentil et je ne partirai pas. (Elle sourit et se pencha pour me caresser la joue.) Sois un ange et change de chaîne : il y a une comédie d'une heure qui commence dans cinq minutes.

Non seulement je changeai de chaîne, mais j'allai aussi me préparer une double dose de Cinzano, très sec cette fois-ci. Je l'avalai et j'avalai aussi son grand-frère tandis que passait l'émission. Vingt-cinq centilitres de gin presque pur suivirent plus tard. Je m'installai dans le fauteuil inclinable, cadeau de mariage du cousin Ned. Je croisai les mains sur mon diaphragme et me préparai confortablement à réfléchir.

La musique de la télévision s'atténuait. Les rideaux semblèrent se balancer et s'agiter pendant que mes paupières lourdes les remplaçaient. Saleté de rideaux, pensai-je vaguement, avec ce décor floral de roses rouges. C'était bien de l'oncle Horace, de nous les avoir offerts...

Je m'éveillai avec un brusque sursaut qui provoqua un craquement dans mon cou. Je fis redescendre le fauteuil en position assise et passai ma langue dans ma bouche cotonneuse (à cause du gin). Une dernière émission passait à la télévision :

une tonitruante attaque au mortier de guérrilleros contre une base américaine d'outre-mer.

— Judy ? criai-je.

Elle n'était plus nulle part : ni dans la salle de séjour, ni dans la chambre à coucher, ni dans la cuisine. Je fis un tour complet et je transpirais dur quand je l'eus terminé.

Le vide et le silence de la maison (sauf cette télévision obsédante) commençaient à m'étouffer. D'un mouvement méchant de mes doigts qui tremblaient, j'éteignis la télé.

— Du calme, m'ordonnai-je. Si quelque chose était arrivé, tu aurais entendu du ramdam.

Elle s'était peut-être rendue chez Mme Gosness pour bavarder un peu et éviter l'ennui d'avoir à subir les ronflements d'un mari.

Je courus vers la fenêtre du côté est et j'écartai les rideaux. Tout était éteint. Mme Gosness était déjà au pays des songes et non à boire du thé avec sa voisine.

Je revins au milieu de la pièce. Ma peau devenait glacée et exsudait en même temps une sueur brûlante. Si la maison n'avait pas été hantée auparavant, elle en donnait bien l'impression maintenant. Le fauteuil où Judy était assise semblait palpiter devant mes yeux. Je remarquai alors que quelque chose y avait été ajouté. Sur le pouf, devant la chaise, elle avait abandonné une feuille de papier, un crayon et un magazine qui lui avait servi de sous-main.

Je saisis cette feuille de papier. Ce n'était pas une note qu'elle m'avait laissée, mais un résumé de ses réflexions pendant mon sommeil. Dans la marge, elle avait dessiné des arabesques.

Elle avait écrit : *Les allusions... chaussette... photo*

brisée... roman policier... os qui râcle... lampe brisée... rideaux à décor de roses agités.

Ainsi les rideaux s'étaient bien démenés. Je redressai le papier et je continuai à lire. *Chaussette... ami... Andy Bickleford ami... mais photo écrasée avec une très grande violence... photo de Jim... Jim est le seul homme dans la maison... seule photo d'homme dans la maison... un homme écrasé avec une grande violence ! L'ami Andy essayant de dire qu'il a été écrasé avec violence ? Pas du tout tué dans un accident ! Assommé, mis dans sa voiture de sport, poussé par-dessus la falaise !... Pourquoi ? A cause de quelque chose qu'il avait fait ?... fait osselet... osselet a fait... osselet fait... fichu os !... Allons, voyons... Si Andy n'a rien fait, il a peut-être été liquidé à cause de ce qu'il avait vu... voir os... os de côte de bœuf... sans intérêt... sauf pour un chien... un chien courrait enterrer l'os... OS ENTERRÉ... arme cachée ?... Arme cachée qui a tué Andy avant qu'il soit mis dans sa voiture et conduit vers ces horribles falaises ?... Enterré où ?... Dernière allusion, indice final, des rideaux agités... drapé pour enterrement ?... non... les rideaux de la chambre à coucher n'ont pas été choisis... rideaux particuliers... ceux de la salle de séjour avec des roses... enterré avec des roses... enterré sous des roses... arme enterrée sous le seul rosier du voisinage !*

Je laissai tomber le papier. Les yeux en vrille et la voix grinçante surgirent dans mon esprit : *J'ai horreur des mômes. Toujours à casser mon rosier et à jeter des saletés dans mon bassin.*

La fraîcheur de la nuit me lava le visage avant que je me rende compte que je courais dehors. Une lune pâle baignait notre cour de derrière, la nôtre et celle de M. Tate Curzon. Je me faufilai dans l'ombre projetée par notre maison, mes yeux furetant partout.

J'entendis un cri étouffé et je détournai mon attention du rosier d'à côté. Je vis des ombres qui luttaient près de la porte du sous-sol de M. Curzon. Il entendit mes pas et, comme je me rapprochais, il envoya Judy s'étaler pour me décocher un méchant coup de poing sur la bouche.

Mes genoux fléchirent et mon nez se plissa. Il me donna un mauvais coup de pied dans les côtes. L'air jaillit de mes poumons, mais quand il fit demi-tour pour se mettre à courir, ma main agrippa sa cheville. Je tirai et, cette fois, M. Curzon tomba. Il se retourna et commença à me marteler de ses poings. Je ne voulais pas m'en prendre à un si petit bonhomme, mais il refusa d'obéir à mes ordres de se tenir tranquille. Je l'attrapai alors par son cou maigre et je lui cognai la tête contre le sol. Ce qui se révéla une mesure anesthésiante : il resterait inconscient pendant au moins plusieurs minutes.

Judy m'aida à me relever. Puis elle mit ses bras autour de ma taille et elle s'effondra sur ma poitrine.

— Oh, Jim ! Je guettais près de son rosier et, tout à coup, il a surgi. Il m'a attrapée et j'ai crié une seule fois avant qu'il...

Je lui redressai le menton et l'embrassai. Elle commença à sangloter de soulagement, et mon épaule forma un berceau pour sa tête.

— Je crois qu'il vaut mieux appeler la police, dis-je.

Nous jugeâmes plus discret de ne pas parler du fantôme et nous expliquâmes à la police que M. Curzon rôdait étrangement autour de son rosier et qu'il avait déclenché cette attaque meurtrière quand la curiosité de Judy l'avait emporté.

Il se révéla que la police avait déjà interrogé M. Curzon lors de la disparition de l'une de ses femmes. L'examen du rosier mit au jour les restes de la quatrième Mme Curzon. C'était peut-être un soupçon ou une preuve qui avait provoqué la mort prématurée d'Andy Bickleford.

Nous ne pouvons pas savoir exactement. Le fantôme n'est pas revenu depuis cette horrible nuit. Si l'on en parle, Judy et moi sommes les premiers pour affirmer que personne de sensé ne saurait croire aux fantômes. Comme tous ceux qui ont vécu des expériences similaires et qui se taisent nous ne voulons pas que nos amis pensent que nous sommes un peu dérangés.

J'estime cependant que le fantôme aurait pu nous aider un peu plus longtemps. Une armée de flics et d'enquêteurs d'assurances sont en train de devenir fous en essayant de découvrir ce qui est arrivé aux épouses Curzon numéro un, deux et trois.

A friendly exorcise.
Traduction d'Alain Garsault.

CHANTAGE INTEMPOREL

par JACK RITCHIE

— J'étais présent lors du dernier meurtre que vous avez commis, dit Henry.

J'allumai mon cigare.

— Vraiment ?

— Bien sûr, vous ne pouviez pas me voir.

Je souris.

— Vous étiez à bord de votre machine à voyager dans le temps ?

Henry acquiesça.

Naturellement, je ne croyais pas un mot de tout cela. A propos de cette machine à voyager dans le temps. *Il aurait pu* être présent, bien sûr, mais pas de cette façon fantastique. Le meurtre est mon métier et le fait qu'il y ait eu un témoin quand j'avais supprimé James Brady était évidemment déconcertant. Et maintenant, par simple mesure de sécurité, je devais trouver le moyen de me débarrasser d'Henry. Je n'avais pas l'intention de chanter. Pas avant longtemps, en tout cas.

— Je dois vous avertir que je me suis donné la peine de faire savoir à des gens que je venais ici, monsieur Reeves, dit Henry. Ils ignorent pour quelle raison, mais ils savent que je suis ici. Vous me comprenez, n'est-ce pas ?

Je souris de nouveau.

— Je ne tue jamais les gens dans mon propre appartement. Ce serait le comble de l'inhospitalité. Il ne sera donc pas nécessaire pour vous d'échanger nos verres. Je vous assure que le vôtre ne contient rien de plus fort que du brandy.

La situation était essentiellement déplaisante mais, néanmoins, l'étrange histoire d'Henry m'intéressait.

— Cette machine, Henry, ne ressemble-t-elle pas un peu à un fauteuil de coiffeur ?

— En un certain sens, admit-il.

Il était évident que nous avions vu le même film.

— Avec un appareil rond comme un réflecteur derrière vous ? Et des leviers devant que vous poussez pour aller dans le passé ? Ou dans l'avenir ?

— Seulement le passé. Je travaille encore sur le mécanisme pour l'avenir.

Henry but une gorgée de brandy.

— Ma machine est également mobile. C'est-à-dire qu'elle ne me projette pas seulement dans le passé mais en n'importe quel point de la Terre où je désire aller.

Excellent, pensai-je. Une amélioration appréciable par rapport aux machines temporelles ancien modèle.

— Et vous êtes invisible ?

— Exact. Je ne peux en aucune façon me mêler au passé. Je ne peux qu'observer.

Ce fou pensait au moins avec quelque logique. Le simple fait d'abîmer l'aile d'un papillon à dix mille ans dans le passé pouvait considérablement influer sur le cours de l'histoire.

Henry était arrivé à mon appartement à trois heures de l'après-midi. Il ne m'avait pas donné son nom de famille, ce qui était tout à fait naturel puisqu'il avait l'intention de me faire chanter. Il était très grand et mince, avec des lunettes qui lui donnaient un air de hibou sous des cheveux assez rebelles.

Il se pencha en avant.

— J'ai lu dans le journal d'hier qu'un certain James Brady avait été abattu dans un hangar de Blenheim Street à onze heures environ dans la soirée du vingt-sept juillet.

Je pensais pouvoir expliquer la suite.

— Et vous avez bondi sur votre machine à voyager dans le temps, réglé les cadrans sur le vingt-sept juillet et Blenheim Street et vous étiez là à dix heures et demie dans un fauteuil de ring, attendant que je recommette ce meurtre ?

— Exactement.

Il faudrait que je discute de ce cas de folie particulière avec le Dr Powers. C'est un psychiatre expérimenté et assez fortuné, depuis que je l'ai débarrassé de sa femme.

Henry eut un léger sourire.

— Vous avez abattu James Brady à dix heures cinquante et une. Comme vous vous penchiez sur lui pour vérifier qu'il était bien mort, vous avez fait tomber vos clefs de contact. Vous avez dit : « Oh, Bon Dieu ! » et vous les avez ramassées. A la porte du hangar, vous avez regardé derrière vous et levé la main en un salut moqueur. Puis vous êtes parti.

Indubitablement, il avait été là. Non pas dans cette fabuleuse machine temporelle mais probablement caché au milieu des milliers de boîtes et de caisses du hangar, témoin accidentel de ce meurtre. C'était l'une de ces coïncidences qui ne se présentent que rarement pour gâcher un crime parfait à tous points de vue. Mais pourquoi se donnait-il la peine de raconter cette histoire fantastique ?

Henry reposa son verre.

— Je pense que cinq mille dollars suffiraient pour que j'oublie ce que j'ai vu.

Pendant combien de temps ? me dis-je. Un mois ? Deux mois ? Je tirai une bouffée de cigare.

— Si vous alliez à la police, ce serait votre parole contre la mienne.

— Pourriez-vous affronter une enquête ?

Je ne le savais vraiment pas. Je suis un artisan très prudent dans mon métier mais il était possible que, çà et là, j'aie commis quelque erreur minime et révélatrice. Très certainement, je n'apprécierais guère la visite des autorités. De cela, j'étais sûr. Je remplis mon verre.

— Il semble que vous ayez déniché un travail intéressant et profitable. Avez-vous contacté beaucoup d'autres meurtriers ?

Je regardai son complet. Il l'avait sans nul doute acheté avec deux pantalons. Peut-être lut-il dans mon esprit.

— Je viens juste de commencer, Mr. Reeves. Vous êtes le premier assassin que j'approche.

Il eut un sourire poli.

— Je me suis livré à des recherches considérables sur vous, Mr. Reeves. Le dix juin, à onze heures douze du soir, une automobile que vous aviez volée pour la circonstance a écrasé Mme Irvin Perry.

Il avait pu lire les détails de la mort de Mme Perry

dans les journaux. Mais comment savait-il que j'avais été au volant ? Un soupçon ?

— Vous vous êtes parqué à deux cents mètres environ du carrefour. Vous avez laissé le moteur en marche en attendant que Mme Perry apparaisse. Dix minutes avant son arrivée un chien colley a traversé la rue. Sept minutes avant son arrivée, une voiture de pompiers est passée. Trois minutes avant son arrivée, une Ford modèle A pleine de jeunes est passée en trombe. Le tuyau d'échappement de cette voiture était trafiqué et très bruyant.

Je fronçai les sourcils. Comment était-il possible qu'il sût ces choses ?

Henry était content de lui.

— Le vingt-huit septembre, à deux heures quinze, par un après-midi glacé, un certain Gerald Mitchell est « tombé » d'une hauteur près de sa maison alors qu'il se promenait. Vous avez eu beaucoup de mal avec lui. Bien que petit, il s'est révélé remarquablement vigoureux. Il est parvenu à déchirer la poche gauche de votre manteau avant que vous ne le poussiez dans le vide.

Je ne le quittai pas des yeux et avalai une gorgée de brandy.

— Cinq mille dollars, dit Henry. En petites coupures, bien sûr. Pas plus de cinq cents. Naturellement, je ne pense pas que vous ayez cette somme sur vous. Je reviendrai demain soir à huit heures.

Je repris mes esprits. Pendant un instant, j'avais presque pensé qu'Henry avait réellement une machine à voyager dans le temps. Mais il y avait une autre explication et je devais y réfléchir.

Tout en gagnant le hall, je souris.

— Henry, voudriez-vous enfourcher votre machine temporelle et aller voir qui était réellement Jack l'Éventreur ? Je suis terriblement curieux de le savoir.

Henry acquiesça.

— Je le ferai ce soir.

Je refermai la porte et gagnai le living-room. Diana, ma femme, posa le magazine de modes qu'elle lisait.

— Qui était cette étrange créature ?

— Il se prétend inventeur.

— Vraiment ? Il paraît assez fou pour cela. Je suppose qu'il voulait te vendre une invention ?

— Pas exactement.

Diana a les yeux verts et froids mais n'est probablement pas plus dangereuse et infidèle que n'importe quelle autre femme ayant épousé un homme riche de trente ans son aîné. J'ai pleinement conscience de la nature de nos relations, et je sais que l'on doit payer de diverses façons pour jouir d'une œuvre d'art. Diana est une œuvre d'art. Un triomphe physique de la nature. Je l'estime autant que mes Modigliani et mes Van Gogh.

— Que prétend-il avoir inventé ?

— Une machine à voyager dans le temps !

Elle sourit.

— Je préfère les machines à mouvement perpétuel.

J'étais quelque peu irrité.

— Peut-être marche-t-elle.

Elle m'observa.

— J'espère que tu n'as pas l'intention de laisser ce type bizarre te parler d'argent.

— Non, ma chère. Je garde toutes mes facultés mentales.

Sa sollicitude pour mon argent eût été touchante si je n'avais réalisé que c'était parce qu'elle préférait le dépenser elle-même. Les chances qu'avait Henry d'obtenir quelque chose étaient nulles si cela dépendait d'elle.

Elle reprit son magazine.

— T'a-t-il demandé d'aller voir la machine ?

— Non. Et même s'il le fait, je n'ai pas l'intention d'y aller.

Et pourtant, je me demandais comment Henry avait eu la possibilité de connaître les détails de ces trois meurtres. Sa présence à l'un d'eux pouvait être une coïncidence acceptable. Mais aux trois ?

Une chose comme une machine à voyager dans le temps n'existait pas. Il devait y avoir une autre explication, une explication qu'un homme intelligent pouvait admettre.

Je regardai ma montre et mon esprit se porta sur un autre problème.

— Je dois m'occuper de quelque chose, Diana. Je reviens dans une heure ou deux.

Je me rendis jusqu'à la grande poste, dans le centre et ouvris ma boîte. La lettre que j'attendais était à l'intérieur.

Je réglais la plus grande partie de mon travail par courrier et boîte postale. Mes clients ne connaissaient pas mon nom, même dans les rares occasions où un contact personnel était nécessaire.

La lettre était de Jason Spender. Nous avions échangé quelques lettres et Spender négociait l'élimination d'un certain Charles Atwood. Spender ne me donnait pas ses raisons et, de mon côté, elles ne m'étaient pas nécessaires. Dans le cas présent, pourtant, je pouvais avancer une supposition. Spender et Atwood étaient associés dans une affaire de construction et il était évident que le partage des bénéfices n'était plus du goût de Spender.

Dans la lettre, il acceptait mes conditions, quinze mille dollars, et m'indiquait qu'Atwood était invité à un dîner le lendemain soir et serait de retour chez lui à onze heures environ. Spender aurait un alibi pour ce moment précis au cas où la police se livrerait à des recherches embarrassantes. Je me rendis à l'Agence de Recherches Shippler et entrai directement dans le bureau d'Andrew Shippler.

Je ne pouvais, bien sûr, utiliser continuellement son agence pour suivre ma femme. Mais, plusieurs fois par an je faisais un emploi prudent de ses services pendant une ou deux semaines. C'était en général suffisant.

En 1958, par exemple, Shippler découvrit un certain Terence Reilly. Il était tout à fait remarquable. Beau, athlétique, du genre dont Diana semblait raffoler et je ne pouvais trop lui en vouloir.

Pourtant, Terence Reilly quitta ce monde. Je ne fus pas payé pour cela. Ç'avait été un acte d'amour.

Shippler était un homme replet d'une trentaine d'années avec une allure de comptable. Il prit une feuille dactylographiée dans un classeur et ajusta ses lunettes.

— Votre femme a quitté votre appartement deux fois hier. Le matin, à dix heures trente, elle s'est rendue pendant une heure dans une petite boutique de modiste. Elle a finalement acheté un chapeau bleu et blanc avec...

— Peu importent les détails.

Il fut légèrement vexé.

— Mais les détails peuvent avoir une importance, monsieur Reeves. Nous essayons d'être consciencieux. (Il regarda de nouveau la feuille.) Puis elle a pris un cocktail à la fraise au drugstore et est allée au...

Je l'interrompis de nouveau.

— A-t-elle vu quelqu'un ? Parlé à quelqu'un ?

— Eh bien, à la modiste et au serveur du drugstore.

— En dehors de ça ? lançai-je.

Il secoua la tête.

— Non. Mais elle a quitté de nouveau l'appartement à deux heures trente de l'après-midi. Elle s'est rendue dans un petit bar de Farwell. Là, elle a rencontré deux femmes de son âge, sur rendez-vous, apparemment. Il semble qu'elles aient été camarades de collège et ne se soient pas vues depuis des années. Mon homme a surpris leur conversation. Elles parlaient de leurs anciennes camarades et de ce qu'elles étaient devenues maintenant.

Shippler se racla la gorge.

— Il semble qu'elles aient été impressionnées par le fait que votre femme ait... euh... trouvé un homme avec des moyens importants.

— Qu'a dit Diana ?

— Elle a été extrêmement peu loquace.

Shippler croisa les mains.

— Votre femme a consommé un Pink Lady et un Manhattan en l'espace de deux heures.

— Les goûts de ma femme en alcool ne m'intéressent pas. A-t-elle vu quelqu'un ? Un homme ?

Shippler secoua la tête.

— Non. A quatre heures dix, elle a quitté les deux femmes et regagné votre appartement.

L'esprit humain est une chose singulière. J'étais soulagé, bien sûr... et pourtant, un peu désappointé.

— Devons-nous continuer à la surveiller ? demanda Shippler avec espoir.

Cette fois-ci, j'avais fait surveiller Diana pendant une semaine environ. Je réfléchis à la question de

Shippler. Il me comptait cent dollars par jour et c'était plutôt cher. Je souris légèrement. Si j'avais eu la machine temporelle d'Henry, j'aurais pu économiser pas mal d'argent.

— Surveillez-la encore quelques jours, dis-je. J'aurai ensuite autre chose pour vous.

— Oui ?

— A huit heures, demain soir, j'attends un visiteur. Il restera vingt minutes. Lorsqu'il partira, je veux que vous le suiviez. Je veux savoir qui il est et où il habite. (Je fis à Shippler une description d'Henry.) Téléphonez-moi dès que vous aurez trouvé.

Je me rendis à la banque et retirai cinq mille dollars. A sept heures du soir, Diana s'en alla au cinéma. Ou, du moins, ce fut ce qu'elle me dit. J'éclaircirais cela plus tard. Henry arriva ponctuellement à huit heures et je le conduisis dans mon studio.

Il prit une chaise.

— Il était employé dans une affaire d'import.

— Qui ? demandai-je.

— Jack l'Éventreur. Un homme à l'aspect timide, d'à peine quarante ans, selon moi. Il était apparemment célibataire et vivait avec sa mère.

Je souris.

— Comme c'est intéressant. Quel était son nom ?

— Je ne l'ai pas encore appris. Vous savez, les gens ne se déplacent pas avec des écriteaux autour du cou et il peut être difficile de découvrir qui ils sont réellement.

Il aurait pu aisément inventer un nom pour Jack l'Éventreur mais ceci était bien plus habile... et logique.

— Avez-vous les cinq mille dollars ? demanda-t-il

— Oui.

Je pris le paquet et le lui tendis.

Il se leva.

— Cette nuit, je crois que je vais me rendre au massacre de Custer. Je trouve cette histoire fascinante.

Je n'avais qu'une consolation. Lorsque viendrait le moment de le tuer, j'en savourerais chaque seconde. Lorsqu'il fut parti, je m'assis à côté du téléphone et attendis impatiemment. A neuf heures et demie, il sonna et je pris vivement le récepteur.

— Ici Shippler.

— Alors, où habite-t-il ?

La voix de Shippler avait un ton d'excuse.

— Je crains que mon homme ne l'ait perdu.

— Quoi ?

— Il est passé de bus en bus et il a finalement disparu. Je crois qu'il a soupçonné qu'il était suivi.

— Espèce d'idiot ! grondai-je.

— Vraiment, monsieur Reeves, fit Shippler avec raideur. C'est mon homme qui est idiot.

Je raccrochai et me versai un peu de bourbon. Cette fois, Henry m'avait échappé, mais il y aurait d'autres occasions. Il reviendrait. Les maîtres-chanteurs ne sont jamais satisfaits.

Je m'aperçus qu'il était tard et réalisai qu'il me restait du travail à faire cette nuit. Je pris mon manteau, mon chapeau et descendis au garage.

La demeure de Charles Atwood était vaste et située au milieu de plusieurs acres de forêt. C'était une situation qui me plaisait car elle offrait le maximum d'isolement.

L'endroit était sombre à l'exception des lumières qui brillaient au troisième étage où je pensai que devaient se trouver les domestiques.

Le garage d'Atwood était à l'écart de la maison.

Je me mis en position derrière un bouquet d'arbres et attendis.

A onze heures un quart, une voiture apparut dans l'allée et se dirigea vers le garage. Elle s'arrêta un instant tandis que les portes s'ouvraient automatiquement, puis disparut à l'intérieur.

Trente secondes plus tard, une porte s'ouvrit sur le côté et un homme de haute taille s'avança dans le clair de lune. Il se dirigeait vers la maison.

Mon revolver avec silencieux était prêt et j'attendis qu'il fût à cinq mètres de moi avant de quitter mon refuge. Atwood s'arrêta avec une exclamation de surprise en me voyant.

Je pressai la détente et il tomba par terre sans émettre un son. Je m'assurai qu'il était mort — je n'aime pas laisser les choses inachevées — et pris le chemin du retour à travers bois jusqu'à la rue où j'avais laissé ma voiture.

La mission avait été accomplie avec succès et, pour la première fois depuis trente-six heures, je me sentis en paix avec le monde.

Je regagnai mon appartement un peu avant minuit et je me reposais lorsque le téléphone sonna.

C'était Henry.

— Je vois que vous avez encore tué quelqu'un cette nuit, dit-il aimablement.

Mes mains étaient moites.

— Lorsque je suis rentré chez moi, continua-t-il j'ai pris ma machine et suis retourné à l'instant où j'avais quitté votre appartement. Je voulais voir si vous aviez tenté de me suivre. Je dois être prudent, vous comprenez. Après tout, j'ai affaire à un meurtrier.

Je ne dis rien.

— Vous ne m'avez pas filé, mais vous avez quitté

votre appartement et je vous ai suivi dans ma machine par curiosité.

Cette infernale machine à voyager dans le temps. Était-ce possible ?

— Je me demande seulement, dit Henry, si c'était bien l'homme que vous deviez tuer... celui que vous avez tué ?

Où voulait-il en venir ?

— Parce qu'il y avait deux hommes dans la voiture.

Je m'écriai malgré moi :

— Deux ?

— Oui. Vous avez tué le premier comme il sortait du garage. Le second en est sorti environ quarante-cinq secondes après lui.

Je fermai les yeux.

— Est-ce qu'il m'a vu ?

Non. Vous étiez parti, à ce moment-là. Il s'est seulement penché sur l'homme que vous aviez abattu et l'a appelé : *Fred ! Fred !*

J'étais en sueur.

— Henry, j'aimerais vous voir.

— Pourquoi ?

— Je ne peux pas en parler au téléphone. Mais je dois vous voir.

Sa voix était méfiante.

— Je ne comprends pas ?

— Cela représente de l'argent. Beaucoup d'argent.

Il se décida.

— Très bien, dit-il enfin. Demain ? vers huit heures ?

Je ne pouvais attendre aussi longtemps.

— Non. Maintenant. Dès que vous pourrez venir.

Il fallut à Henry quelques secondes pour réfléchir.

— Pas de piège, monsieur Reeves, dit-il. Je serai prêt à tout.

— Pas de piège, Henry. Je le jure. Venez aussi vite que possible.

Il arriva trois quarts d'heure plus tard.

— Qu'y a-t-il, monsieur Reeves ?

J'avais bu, pas trop mais je découvrais qu'accepter une telle idée — et j'étais sur le point de le faire — était pénible pour mon intelligence.

— Henry, j'aimerais acheter votre machine. Si elle marche vraiment.

— Elle marche. Il hocha la tête. Mais je ne la vendrai pas.

— Cent mille dollars, Henry.

— Il n'en est pas question.

— Cent cinquante mille.

— C'est mon invention, dit-il d'un ton irrité. Je n'imaginerais jamais de m'en séparer.

— Vous pourriez en fabriquer une autre, non ?

— Eh bien... oui.

Il me jeta un regard soupçonneux.

— Henry, croyez-vous que je vais produire industriellement des machines temporelles quand j'aurai la vôtre ? Que je les vendrai ?

Son visage indiquait avec évidence que c'était bien là ce qu'il croyait.

— Henry, dis-je patiemment. Qu'une autre personne au monde soit en possession de cette machine est bien la dernière chose que je désire. Après tout, je suis un *meurtrier*. Je n'aimerais pas que des gens aillent fouiner dans le passé et spécialement dans mon passé... N'est-ce pas ?

— Non, admit-il. Quelqu'un pourrait vous dénoncer à la police. Il y a des gens comme ça.

— Deux cent mille dollars, Henry, dis-je. Ma

dernière offre. En réalité, l'argent n'était pas un obstacle pour moi, maintenant. Avec la machine d'Henry — si elle marchait — je pourrais faire des millions. Il y avait une lueur intéressée dans ses yeux.

— Deux cent cinquante mille. A prendre ou à laisser.

— Henry, vous êtes dur. Mais j'accepte votre prix. Cependant, je dois être sûr que la machine fonctionne. Quand pourrai-je la voir ?

— Je vous contacterai, dit-il. Demain, après-demain, peut-être dans une semaine.

— Pourquoi pas immédiatement ?

Il secoua la tête.

— Non. Vous êtes très habile, monsieur Reeves. Peut-être avez-vous préparé un piège pour maintenant. Je préfère fixer moi-même l'heure et les conditions.

Je ne pus vaincre sa détermination et il partit cinq minutes plus tard.

Je m'éveillai à sept heures du matin et descendis acheter le journal. Bien sûr, je n'avais pas tué l'homme qu'il fallait mais un certain Fred Turlay. Je n'avais jamais entendu parler de lui auparavant.

Atwood et Turley étaient revenus ensemble du dîner après une partie de cartes. Turley était sorti du garage par la porte de côté, mais Atwood était resté en arrière pour fermer la voiture. Puis il avait aperçu sa serviette sur le siège arrière. Après l'avoir récupérée, refermé la voiture et quitté le garage, il avait trouvé Turley mort sur le sentier qui menait à la maison. Il avait tout d'abord cru que Turley avait été assommé. Quand il avait enfin découvert la vérité, il avait donné l'alarme. La police n'avait aucun indice quant à l'identité du meurtrier ou aux mobiles de son acte.

***

Je tournai toute la matinée dans mon appartement, attendant qu'Henry téléphone. Je relus le journal une demi-douzaine de fois avant qu'un article de la page locale n'attire mon regard.

Il semblait qu'une fois encore un idiot avait acheté une « machine à fabriquer de l'argent ». Cette forme d'escroquerie était probablement aussi ancienne que courante. La victime était contactée par un étranger prétendant posséder une machine à fabriquer de l'argent. On y plaçait simplement un dollar, on tournait la poignée et un billet de vingt dollars ressortait de l'autre côté. Dans le cas présent, la victime avait acheté la machine pour cinq cents dollars, l'étranger prétendant être forcé de la vendre parce qu'il avait besoin d'argent liquide.

Les gens sont incroyablement bêtes !

La victime n'aurait-elle pu avoir assez d'intelligence et d'imagination élémentaires pour réaliser que si la machine fonctionnait vraiment, tout ce que l'autre avait à faire pour obtenir cinq cents dollars était de tourner la poignée vingt-cinq fois et transformer ainsi vingt-cinq dollars en cinq cents ?

Oui, les gens sont formidablement...

Je me surpris à relire l'article. Puis j'allai jusqu'au bar.

Après deux bourbons, je me détendis dans le soleil retrouvé de ma santé mentale.

J'avais failli tomber dans le piège d'Henry. J'avais été, je devais l'admettre à regret, un peu stupide. Je souris. Pourtant... ce pouvait être une aventure assez amusante que de voir la machine à voyager dans le temps d'Henry, de voir de quelle façon il entendait me prouver qu'elle marchait vraiment.

Henry revint à une heure de l'après-midi. Il semblait assez secoué.

— Horrible, murmura-t-il. Horrible.

— Qu'est-ce qui est horrible ?

— Le massacre de Custer[1].

Il s'essuya le front avec son mouchoir.

— Il faudra que j'évite ce genre de chose à l'avenir.

Je faillis rire. La touche était assez juste. Henry savait jouer.

— Et maintenant nous allons voir votre machine ?

Henry acquiesça.

— Nous prendrons votre voiture. La mienne est au garage pour réparation.

Je conduisais depuis deux kilomètres environ quand il me dit de me ranger après le virage. Je le regardai.

— Est-ce là que vous habitez ?

— Non. Mais à partir de là, je vais conduire. Je vous banderai les yeux et vous resterez sur le siège arrière.

— Oh, voyons, Henry !

— C'est absolument nécessaire si vous voulez que je vous emmène jusqu'à la machine, s'obstina-t-il. Et je dois vous fouiller pour m'assurer que vous n'avez aucune arme.

Je n'avais pas d'arme sur moi et le bandeau d'Henry consistait en une cagoule noire qui me recouvrait la tête, attachée au cou par un lacet.

1. Général de cavalerie américain massacré par les Sioux en 1876 (*N.d.R.*)

— Je garderai un œil sur le rétroviseur, m'avertit Henry. Si je vous vois toucher ce masque, nous arrêtons tout.

Automatiquement, j'essayai de me rappeler les virages que prenait Henry et tentai d'identifier les bruits pouvant m'apprendre où il m'emmenait. Cependant la tâche se révéla trop compliquée et je me détendis en attendant la fin de la randonnée.

Au bout d'une heure, la voiture s'arrêta enfin. Henry quitta le volant et j'entendis ce que je crus être le bruit d'une porte de garage. Henry revint à la voiture. Il avança pendant quatre ou cinq mètres, puis stoppa de nouveau.

Les portes furent refermées et je l'entendis allumer une lampe.

— Nous y sommes, dit-il. Je vais vous enlever ce masque, à présent.

Comme je l'avais deviné, nous étions dans un garage. Mais des plaques de contreplaqué avaient été clouées contre toutes les fenêtres et une seule lampe brillait au-dessus de nous. Une lourde porte de chêne s'ouvrait dans la paroi de ciment, à gauche.

Henry exhiba un revolver.

Une horrible pensée m'assaillit. Quel idiot j'avais été ! Aveuglément — au sens propre et figuré — je m'étais laissé conduire ici. Et à présent pour des raisons inconnues, Henry s'apprêtait à me tuer !

— Henry, commençai-je. Je suis sûr que nous pouvons discuter et arriver à quelque...

Il agita le revolver.

— Ce n'est qu'une précaution. Au cas où il vous viendrait quelque idée.

J'étais trop mal à l'aise pour qu'une idée me vienne.

Henry sortit une clef et se dirigea vers la porte de chêne.

— Ce garage était prévu pour deux voitures, mais je l'ai divisé en deux. La machine est ici.

Il ouvrit la porte et alluma une lampe.

La machine à voyager dans le temps d'Henry était à peu près telle que je l'avais imaginée. Un siège métallique avec quelques rares garnitures de cuir, un grand miroir ou réflecteur d'aluminium à l'arrière et toute une série de leviers, d'écrans et de boutons sur un tableau de commande fixé à la plateforme où se trouvait le siège.

La pièce était dépourvue de fenêtre et les quatre murs — à l'exception de trois grands ventilateurs protégés par des grilles, à hauteur d'épaule — étaient faits de ciment massif. Le sol était en béton et le plafond recouvert de plâtre.

Je souris :

— Henry, votre machine ressemble assez à une chaise électrique.

— Oui, fit-il évasivement, elle y ressemble en effet beaucoup.

Je le regardai. Pouvait-il avoir été assez retors pour... J'étudiai à nouveau la machine.

— Naturellement, je veux une démonstration. Comment fonctionne-t-elle ?

— Asseyez-vous sur le siège et je vais vous montrer les leviers qu'il faut pousser.

L'appareil ressemblait *vraiment* à une chaise électrique. Je me raclai la gorge.

— J'ai une meilleure idée, Henry. Supposons que ce soit *vous* qui fassiez un tour sur cette machine. J'attendrais simplement ici que vous reveniez.

Henry réfléchit.

— Très bien. Mais il faut que vous quittiez la pièce.

Ah, ah ! pensai-je.

— Voyez-vous, quand je mets la machine en marche, poursuivit Henry, cela crée une turbulence autour de moi. C'est pour cela que j'ai fait cette pièce si solide. J'ai installé des ventilateurs pour éliminer une partie de la turbulence, mais je ne suis pas sûr qu'ils marchent bien. J'ignore ce qui pourrait vous arriver si vous restiez.

Je souris.

— Je pourrais être blessé ? Ou tué ?

— Exactement. Il vous faut donc sortir et fermer la porte si vous voulez que je fasse cette démonstration. Autre précaution : lorsque je reviendrai, il faut que vous soyez également dehors.

Je riais intérieurement tout en sortant et refermant la porte derrière moi. J'allumai un cigare et attendis, amusé.

Ce qui se produisit ensuite fut très impressionnant. D'abord il y eut un sifflement profond, comme celui d'un générateur qui démarre. Il devint graduellement plus aigu et un grondement se fit entendre tandis que soufflait un vent furieux. Le volume augmenta et cela dura pendant une minute, à peu près...

Puis cela cessa brusquement et un silence absolu régna. Oui, pensai-je, un excellent numéro. Mais il le fallait si Henry espérait m'extorquer deux cent cinquante mille dollars.

J'allai à la porte et l'ouvris.

La pièce était vide !

Je restai bouche bée. C'était impossible ! La seule issue de cette pièce était la porte par laquelle je venais d'entrer et celle-ci était même trop étroite pour laisser passer le siège. Les seules autres ouvertures étaient les trois ventilateurs grillagés et ils faisaient moins de soixante centimètres de large !

Le sifflement s'éleva soudain. De violents courants d'air parcoururent la pièce, je m'enfuis et claquai la porte en haletant.

Le bruit devint assourdissant et puis aussi brusquement qu'avant, il cessa.

La porte s'ouvrit et Henry sortit de la pièce. Derrière lui, je pouvais apercevoir la machine de nouveau en place.

Henry semblait songeur. Finalement, il hocha la tête.

— Cléopâtre n'était même pas jolie.

J'avais encore le cœur battant.

— Vous n'êtes parti qu'une minute ou deux.

Il leva la main.

— En un sens, oui. En fait, j'ai passé une heure sur mon bateau. (Il revint à la réalité.) Vous êtes prêt à payer deux cent cinquante mille dollars ?

J'acquiesçai faiblement.

— Il me faudra une semaine ou deux. (Je m'essuyai le front.) Henry, il faut que je fasse un voyage dans ce siège.

Il fronça les sourcils.

— J'y ai réfléchi, monsieur Reeves. Non. Vous pourriez me voler mon invention.

— Mais comment ? Ne devrais-je pas revenir ici ?

— Non. Vous pourriez aller dans le passé puis revenir en n'importe quel point du monde. Peut-être à des milliers de kilomètres d'ici.

Il sortit une petite pince de sa poche et entreprit de déconnecter une partie du panneau de commande.

— Que faites-vous ?

— J'ôte quelques transistors importants. Je crois

que je vais les garder sur moi. De cette façon, si quelqu'un vole ma machine, elle ne pourra pas fonctionner.

Henry me reconduisit à mon appartement en prenant les mêmes précautions qu'auparavant, puis me quitta.

Il semble qu'en Amérique, nous éprouvions un sentiment de culpabilité à nous débarrasser des anciennes plaques d'immatriculation et Henry ne faisait pas exception. Il y avait quatre vieux jeux de plaques cloués au mur du garage et je me souvenais de deux d'entre eux.

J'appelai Shippler au téléphone.

— Pouvez-vous retrouver des anciens numéros d'immatriculation ?

— Oui, monsieur Reeves. J'ai des relations à la mairie.

Je lui donnai les numéros.

— Le premier est de 1958 et le second de 1959. Je veux le nom et l'adresse du propriétaire dès que possible. Téléphonez-moi aussitôt que vous aurez ces renseignements.

Je m'apprêtai à raccrocher.

— Oh ! monsieur Reeves. Nous avons le rapport d'hier sur votre femme. Voulez-vous que je vous le donne par téléphone ?

J'avais oublié cela.

— Eh bien ?

— Elle a quitté l'appartement hier matin à dix heures trente. Elle a acheté du rouge à lèvres orange et du vernis à ongles au drugstore.

— De quelle couleur, le vernis ? demandai-je sèchement.

— Rose d'Été, dit-il avec fierté. Ensuite, elle est allée au...

— Tout cela n'a aucune importance. A-t-elle rencontré quelqu'un ?

— Non, monsieur. Rien que l'employée du drugstore. Une femme. Mais, dans la soirée, elle a quitté de nouveau l'appartement à sept heures moins trois. Elle a rencontré une femme appelée Doris. Mon homme a entendu Doris lui dire qu'elle avait des jumeaux.

Je soupirai.

— Elles sont allées au cinéma, puis se sont quittées à onze heures trente.

Je ne voulus pas lui demander le titre du film.

— Est-ce tout ?

— Oui, monsieur. Elle a regagné votre appartement à onze heures cinquante-six. Le titre du film...

Je raccrochai et me préparai un whisky-soda.

Cette idée de machine à voyager dans le temps était fantastique. Mais était-elle vraie ? Nous savons tous qu'il existe une quatrième dimension. Et les futurs voyageurs de l'espace devront sans doute en utiliser la structure même pour atteindre des planètes qui sont inaccessibles au temps présent.

Diana entra dans la pièce avec un nécessaire à manucure.

— Tu parais songeur.

— J'ai beaucoup à réfléchir.

— Est-ce en rapport avec cet homme qui est venu ici ? L'inventeur ?

Je bus une gorgée de whisky.

— Suppose que je te dise que cette machine du temps fonctionne ?

Elle commença à s'occuper de ses ongles.

— J'espère que tu n'es pas monté dedans ?

Je remarquai que l'une des bouteilles était marquée Rose d'Été.

— Et pourquoi une machine à voyager dans le temps serait-elle impossible ?

— Ne me dis pas qu'il t'a convaincu ?

Je me sentais un peu sur la défensive.

— Peut-être.

Elle sourit.

— T'a-t-il demandé de l'argent ?

Je la regardai tandis qu'elle se passait du solvant.

— A combien estimerais-tu une machine à voyager dans le temps ?

Elle haussa les sourcils.

Je tendis la main.

— *Supposons* seulement qu'une telle chose existe ? Combien serais-tu prête à payer pour cela ?

Elle examina ses ongles.

— Peut-être mille ou deux mille dollars. Ce serait un jouet amusant.

— Un *jouet* ? (Je me mis à rire.) Ma chère, ne réalises-tu pas l'importance extraordinaire d'une telle chose ? Tu pourrais aller dans le passé et découvrir tous les secrets.

Elle me regarda.

— Ou me livrer au simple chantage, peut-être ?

— Non, ma chère Diana, pas le simple chantage, mais le chantage étendu, doublé, quadruplé. Les secrets des nations ne seraient plus à l'abri. Tu pourrais vendre tes services au gouvernement... à n'importe quel gouvernement... pour des millions. Tu pourrais être présente aux plus importants conseils, dans les laboratoires les plus isolés...

Elle me regarda de nouveau.

— C'est ce que tu ferais si tu avais cette machine ? Tu t'en servirais pour le chantage ?

Je m'étais laissé emporter. Je souris.

— Je ne faisais qu'imaginer, chérie.

Ses yeux semblèrent me jauger.

— Ne fais rien d'irréfléchi.

— Ma chère, je suis l'homme le plus prudent du monde.

Estimant que Shippler ne m'appellerait pas dans la demi-heure suivante, je me rendis à la poste.

J'avais une lettre de Spender. Il se déclarait très déçu que j'aie tué Turley au lieu d'Atwood. Il avait joué au golf avec Turley de nombreuses fois et il lui manquerait. Il me suggérait aussi de retourner les quinze mille dollars ou de remplir ma mission.

Shippler me téléphona à trois heures et demie.

— Les deux numéros appartiennent à la même personne. Un certain Henry Pruitt. Il habite 2349 West Headley. Dans cette ville.

J'attendis jusqu'à dix heures du soir, puis je pris ma lampe-torche, un mètre-ruban et mon trousseau de clefs spéciales dans le coffre. Je gagnai ensuite ma voiture. La maison d'Henry était située dans un quartier peu peuplé de la ville. Les terrains étaient inhabités de part et d'autre de sa demeure. C'était un bâtiment à deux étages, assez petit cependant. Il y avait un garage près de l'allée.

Je rangeai ma voiture à trente mètres au bas de la rue et allumai un cigare. A onze heures, les lumières s'éteignirent dans le living-room pour s'allumer un instant après dans ce qui était de toute évidence une chambre à l'étage. Dix minutes plus tard, elles s'éteignirent à leur tour.

J'attendis encore une demi-heure, puis me frayai un chemin jusqu'au garage. Ç'avait été à l'origine une construction ordinaire pour deux voitures, mais maintenant les portes de gauche avaient été remplacées par une muraille de ciment. Je ne pouvais regarder par les fenêtres de la partie droite car, ainsi que je l'avais remarqué auparavant, elles avaient été recouvertes de contre-plaqué. Il était clair qu'Henry tenait au secret le plus absolu sur son invention.

Je mesurai l'extérieur du garage, sa hauteur, sa largeur et sa longueur. Puis je pris le trousseau de clefs dans ma poche et, après quelques essais, je réussis à ouvrir la porte. J'entrai, fermai derrière moi et allumai ma lampe-torche.

Oui, c'était bien l'endroit où j'étais venu précédemment : les quatre jeux de plaques cloués au mur, l'établi à l'opposé de la porte, à gauche, qui conduisait à la machine.

J'allumai. La porte d'accès à l'autre pièce était fermée à clef mais cela ne présentait pour moi aucun problème. Non sans quelque appréhension, j'entrai et allumai.

Oui, c'était cela. La machine à voyager dans le temps ! Pendant un instant me vint l'idée de la voler. Puis je me souvins qu'Henry avait en poche une pièce des commandes. Et, de plus, comment sortir de la pièce ? La porte était visiblement trop petite.

A ce propos, comment Henry avait-il placé la machine *à l'intérieur* de la pièce ?

Je réfléchis à cela et décidai qu'il avait dû l'amener en pièces détachées et la monter ensuite.

Ce qui me troublait plus, c'était la façon dont il avait réussi, un peu plus tôt, à *sortir* la machine de la pièce.

C'était ce que j'étais venu découvrir.

Je commençai par examiner les murs. Ils étaient construits tous quatre en ciment et absolument continus. Je pris des mesures de la pièce et de tout l'intérieur du garage. Mes calculs me démontrèrent qu'il n'existait aucun compartiment secret, aucune fausse chambre. J'examinai attentivement les ventilateurs grillagés. J'essayai de les ouvrir, mais ils étaient solidement vissés. Ils ne pouvaient être déplacés qu'avec beaucoup de temps et d'efforts. J'examinai le sol. Il était fait de ciment lisse, sans faille.

Il restait une autre possibilité. Le plafond. Peut-être Henry avait-il quelque appareil — une série de treuils — qui pouvaient hisser la machine dans un réduit au plafond.

Je pris une échelle dans la pièce voisine et examinai minutieusement le plafond. Le plâtre en était vieux et un peu sali mais il n'y avait pas une seule faille qui pût révéler l'accès à quelque compartiment secret.

Je descendis de l'échelle et m'aperçus que je tremblais.

Il n'existait aucune issue à cette pièce.

Absolument aucune.

A part la machine à voyager dans le temps !

Dix minutes s'écoulèrent avant que ma faiblesse ne me quitte. J'éteignis les lumières et refermai toutes les portes derrière moi.

Le lendemain matin, j'entrepris de convertir mon capital en liquide.

Shippler m'appela dans l'après-midi pour son rapport quotidien.

— Mme Reeves a fait une partie de cartes chez cette Doris hier après-midi. J'ai découvert son nom. C'est Weaver. Les noms des jumeaux sont...

— Je me fiche de savoir le nom de ces satanés jumeaux.

— Excusez-moi. Votre femme est partie à quatre heures trente-six. Elle s'est arrêtée au supermarché et a acheté quatre côtelettes d'agneau, deux livres de...

— Elle faisait son marché, tonnai-je. Maintenant, avez-vous quelque chose d'*important* ?

— Rien de vraiment important, je crois.

— Alors envoyez-moi votre facture. Je n'aurai plus besoin de vous.

— Très bien, comme vous voudrez, dit aimablement Shippler. Vous savez où nous sommes. Et nos félicitations.

— Vos félicitations ? Pourquoi ?

— Eh bien... pour votre femme... pour sa... euh... fidélité, cette fois.

Je raccrochai.

Non. Je n'aurais plus besoin de Shippler. Si je voulais découvrir n'importe quoi sur Diana, je pourrais bientôt le faire moi-même.

Mes pensées revinrent à Henry. Il lui était possible sans aucun doute de construire une autre machine, mais je ne pouvais le lui permettre. Pour que mes plans soient effectifs, il me fallait le monopole. Henry devrait disparaître et je m'en occuperais lorsque je serais en possession de la machine.

A la fin de la semaine, j'avais les deux cent cinquante mille dollars en liquide. Je fus tenté de téléphoner à Henry, mais je craignais qu'il ne se rétracte complètement s'il apprenait que j'avais découvert son identité.

Trois longues journées torturantes s'écoulèrent encore avant qu'Henry ne sonne à la porte de mon appartement. Je le fis entrer rapidement.

— J'ai l'argent. Tout l'argent.

Il se gratta l'oreille.

— Je ne sais vraiment pas si je dois vendre cette machine.

Je le regardai.

— Deux cent cinquante mille dollars. C'est tout l'argent que j'ai au monde. Je ne paierai pas un cent de plus.

— Ce n'est pas le prix. Je ne sais pas si je dois aller plus loin.

J'ouvris la mallette.

— Regardez, Henry. Deux cent cinquante mille dollars. Savez-vous ce que l'on peut acheter avec cette somme ? Vous pourrez vous fabriquer des douzaines de machines temporelles. Vous pourrez les plaquer or. Vous pourrez les incruster de diamants.

Il restait sur la réserve.

— Henry, dis-je sévèrement, nous avons conclu un marché, n'est-ce pas ? Vous ne pouvez revenir en arrière.

Henry soupira.

— Je pense que non. Mais je continue de croire que je commets une erreur.

Je me frottai les mains.

— A présent, allons prendre ma voiture. Vous pourrez me bander les yeux et conduire.

— Vous bander les yeux ne sera pas nécessaire, à présent, dit Henry d'un ton morose. Dès que vous aurez la machine temporelle vous pourrez de toute façon découvrir qui je suis et où j'habite.

C'était vrai. Henry était condamné.

Le trajet jusqu'au garage d'Henry me parut interminable mais, à la fin, nous y arrivâmes. Henry eut du mal à ouvrir la porte de la seconde pièce et je fus sur le point de lui arracher les clefs pour faire le travail moi-même.

Finalement, il ouvrit la porte et alluma.

La machine était là. Merveilleuse. Brillante. Et elle était à moi, maintenant.

Henry prit la pièce importante dans sa poche et la remit en place. Il sortit une feuille de papier de sa poche intérieure.

— Voici le mode d'emploi. Ne perdez pas ce papier ou vous pourriez rester en panne quelque part dans le temps. Mieux, apprenez-le par cœur.

Je lui pris la feuille des mains.

— Il se peut que vous n'atteigniez pas la date choisie au premier essai, reprit Henry, car les calendriers ont été modifiés et, de plus, dès que l'on recule de plus de cinq cents ans, on découvre toutes sortes d'erreurs dans l'histoire. Mais vous pourrez calculer le temps et vous servir de ce petit vernier, là, pour plus de précision...

— Cessez votre bavardage et sortez d'ici ! lançai-je. Je peux lire ces instructions aussi bien que quiconque.

Henry était un peu vexé, mais il quitta la pièce et referma la porte.

Je me plaçai dans le siège et lus les instructions tapées à la machine. Elles étaient d'une simplicité absurde. Mais je les relus encore une fois avant de mettre le papier dans ma poche.

A présent, où devais-je aller ?

J'examinai les commandes.

Oui, j'y étais. La soirée du Nouvel An chez les Lowells. Diana avait disparu à dix heures et demie et je ne l'avais pas revue avant deux heures du matin, en 1966. Elle ne m'avait jamais fourni d'explication satisfaisante pour cette absence. Je réglai le contrôle de temps et le bouton de direction.

J'ignorais la distance exacte me séparant de chez

les Lowells, mais je me servirais du vernier de précision situé sous le cadran des distances.

J'hésitai un moment, pris mon souffle et appuyai sur le bouton rouge.

J'attendis.

Il ne se passait rien.

Je fronçai les sourcils et appuyai de nouveau sur le bouton. Rien.

Je pris la feuille dans ma poche et relus fébrilement les instructions. Je n'avais pas commis d'erreur.

Et puis, je compris ! Tout n'avait été qu'une escroquerie !

Je sautai du siège et fonçai jusqu'à la porte.

Elle était fermée à clef.

Je la martelai de mes poings en criant le nom d'Henry.

Je jurai et hurlai jusqu'à ce que ma voix fût rauque.

La porte resta fermée.

Je parvins à reprendre un peu de contrôle sur moi-même et retournai à la machine. J'arrachai un morceau de tube du siège et revins à la porte.

Le fragment d'aluminium était traîtreusement léger et malléable. Il me fallut plus de quarante-cinq minutes pour faire sauter les gonds de la porte et sortir.

Je trouvai une enveloppe sous l'essuie-glace de ma voiture et l'ouvris.

Les pages dactylographiées m'étaient destinées, bien sûr.

Mon cher Mr. Reeves,

Oui, vous avez été proprement escroqué. Une machine à voyager dans le temps est une chose qui n'existe pas. Je suppose que je pourrais en rester là et vous laisser vous tourmenter pour tenter d'arriver à quelque explication raisonnable, mais je ne le ferai pas. Je suis plutôt fier de ma petite combinaison et je serai heureux de bénéficier de l'attention d'un connaisseur.

Je crois que vous convenez parfaitement.

Comment ai-je réussi à connaître ces intéressants détails concernant vos quatre derniers meurtres ?

J'étais là.

Pas dans ma machine temporelle, bien sûr.

Vous savez sans nul doute que ce n'est pas votre élégance, votre charme qui ont attiré Diana. Elle vous a épousé pour votre argent, que vous paraissiez avoir en quantité. Mais vous étiez extrêmement discret quant à l'importance et à la source de votre fortune, une discrétion qui devait fatalement aiguiser la curiosité d'une femme. Surtout une femme comme Diana.

Elle vous fit suivre et, dans ce but, loua les services d'une agence de recherches. Shippler, je crois que c'est ce nom. Ils sont très consciencieux et je vous les recommande vivement.

Ce fut certainement une chance pour vous — comme à présent pour Diana et moi — que vous n'ayez pas choisi un de ces moments pour commettre un de vos meurtres. Mais c'était durant une période d'inactivité et vous n'avez pas été suivi pendant très longtemps. Une semaine.

Les rapports concernant vos activités étaient très ordinaires, mais Diana releva un détail particulier et répété qu'ils contenaient tous. Et les détails sont tellement importants.

Chaque jour, vous alliez relever une boîte postale à la poste principale.

Pourquoi donc aviez-vous besoin d'une boîte privée ? se demanda Diana. Après tout, vous aviez une adresse et cela aurait dû suffire pour du courrier ordinaire. Du courrier ordinaire. C'était cela. Il ne s'agissait pas de courrier ordinaire.

Ce fut un jeu d'enfant pour Diana que d'obtenir une empreinte de la clef de votre boîte pendant que vous dormiez et de s'en faire établir un double pour son usage.

Elle se rendait régulièrement chaque matin à votre boîte postale et vous y alliez dans l'après-midi. Lorsqu'elle trouvait une lettre, elle la prenait, l'ouvrait à la vapeur, lisait le contenu et remettait la lettre dans la boîte à temps pour que vous la trouviez le même jour.

Vous voyez donc qu'il lui était possible de connaître les détails de vos négociations pour les meurtres, la date et l'endroit où ils devaient avoir lieu. Et c'est cela *qui m'a permis d'y être avant vous, de me cacher et de vous* regarder *faire votre travail.*

Oui, nous nous sommes fréquentés pendant quelque temps. Nous nous rencontrions discrètement, très discrètement. Diana garde le souvenir d'un certain Terence Reilly et de sa brusque disparition. Et, pour plus ample précaution — étant donné que nous étions sur le point de gagner un quart de million de dollars et ne voulions pas que rien pût nous en empêcher — nous ne nous sommes pas vus pendant un mois.

Notre plan initial n'était que de vous faire chanter. Mais la question du danger apparut alors. Combien de temps pourrais-je continuer ce chantage en toute sécurité ?

Nous avons donc décidé de frapper une fois pour toutes et de rafler tout *l'argent.*

A l'instant où vous lisez ceci, Diana et moi sommes en train d'accroître la distance qui nous sépare de vous. Le monde est vaste, monsieur Reeves, et je ne pense pas que vous nous retrouverez. Pas sans une machine à voyager dans le temps.

Et comment ai-je pu mettre au point cette machine ?

Ce fut une astuce soigneusement étudiée, Monsieur Reeves, mais avec deux cent cinquante mille dollars à la clef, on peut se permettre d'être consciencieux.

Lorsque vous m'avez laissé seul avec la machine, il y a dix jours, j'ai actionné deux systèmes dissimulés au-dessus de la pièce. L'un créait du bruit et l'autre du vent.

Puis j'ai rapidement plié *la machine.*

Vous avez sans doute maintenant constaté qu'elle est extrêmement légère. Et si vous l'examinez d'un peu plus près vous découvrirez qu'elle comporte un certain nombre de charnières dissimulées qui permettent de la replier en une masse compacte.

J'ai ensuite ôté la grille d'un des « ventilateurs », glissé la machine dans un petit espace cubique derrière le mur, je m'y suis introduit moi-même et j'ai remis la grille en place derrière moi.

Je vous ai observé à votre retour dans la pièce, et je vous ai permis de ne vous étonner que pendant trente secondes avant de déclencher à nouveau les machines à bruit et à vent. Je ne voulais pas que vous retrouviez votre sang-froid, et vous mettiez à examiner la pièce.

Lorsque vous êtes sorti, je me suis simplement extrait de ma cachette et j'ai déplié la machine.

Je crois que c'était assez ingénieux, non ?

Mais vous pensez que c'était impossible ? Qu'il n'y a pas *de cachette pour la machine, même pliée, et pour moi ?*

La pièce est absolument lisse ? Vous l'avez examinée vous-même et vous le jureriez sur votre tête ?

Vous avez raison, monsieur Reeves. Il n'existe pas de cachette ici. La pièce est vraiment lisse.

Mais, voyez-vous monsieur Reeves, il y a deux *garages.*

Le premier, où je vous ai conduit masqué, se trouve en réalité à plusieurs kilomètres d'ici. Le bâtiment est du même genre, une construction standard comme il en existe des milliers dans cette région et je me suis donné beaucoup de peine pour en faire une réplique exacte de celle où vous êtes maintenant, jusque dans la disposition des outils sur l'établi et de l'échelle contre le mur.

Les deux garages sont identiques, à quelques exceptions près. La pièce où se trouve la machine est, dans l'un, légèrement plus petite pour abriter la cachette et les machines à bruit et à vent sont installées sous les auvents. Il en est de même pour les ventilateurs, — à l'exception de celui qui m'a permis d'entrer dans la cachette — qui sont en vérité des souffleries.

Après vous avoir ramené à votre appartement, je suis retourné au garage, j'ai emballé ma machine, décroché les plaques du mur et les ai apportées ici.

Les plaques d'immatriculation ?

Vous êtes malin, monsieur Reeves. Je le savais et j'en ai tiré parti. J'ai cloué les plaques bien en vue sur le mur, espérant ardemment que vous vous en serviriez pour retrouver ma trace... mais jusqu'ici.

Je voulais que vous examiniez ce garage. Je voulais que vous soyez absolument certain de l'authenticité de la machine à voyager dans le temps. Après avoir éteint les lumières, je vous ai surveillé à proximité.

Bien sûr, je ne suis pas Henry Pruitt. Les plaques

d'immatriculation appartenaient au précédent locataire.

Néanmoins, pour cette lettre, je reste, avec reconnaissance,

Votre obligé,

Henry Pruitt.

Je déchirai la lettre en morceaux et saisis un marteau sur l'établi.

Tandis que je réduisais la machine en miettes, je ne pouvais lutter contre la pensée horrible que peut-être quelqu'un, dans une *vraie* machine à voyager dans le temps, se trouvait en ce moment dans la pièce à me regarder.

Et rire !

The crime machine.
Traduction de Michel Demuth.

ALOHA, JENNY SWIRE !

par Ernest Savage

Je m'appelle J.-P. Franklin. Du moins, c'est ce que dit le registre taché du rez-de-chaussée, et j'ai en poche huit mille sept cents dollars en espèces : huit billets de mille, sept de cent et un peu de monnaie. Il y a seulement un mois de cela, je possédais plus d'un million de dollars, une maison, et j'avais une femme...

Mais comment en être certain ? Voilà ce qui est à l'origine de cette histoire — le doute, le sentiment d'être sur le point de les perdre, la sensation que tout cela n'était pas vraiment à moi. Oh ! pas de problème, l'argent m'appartenait : je l'avais hérité de mon père — actions, obligations et une quantité d'immeubles de tout premier ordre tant à Westwood qu'à Santa Monica. Aucune incertitude à ce sujet, mon père était mort depuis vingt ans et j'étais son seul héritier.

Et j'allais oublier le bateau ancré à Newport, une beauté de plus de quatre-vingt mille dollars. C'est un voilier équipé pour la pêche au gros et construit pour affronter aussi bien la haute mer que les grandes courses. Quand on le découvre au port avec ses cuivres éclatant de soleil, on ne demande qu'à le voir s'éloigner doucement, ses voiles gonflées de vent. C'est le *Jenny Swire*. Baptisé ainsi en l'honneur de ma femme Jenny, que j'ai épousée il y a dix-neuf ans. Toujours belle Jenny, mais dont le visage semblait... s'estomper — comme si je le voyais à travers une vitre embuée. C'est ce souvenir d'elle que je garderai toujours, superbe mais inaccessible, quelque chose d'insurmontable semblant avoir pris place entre nous.

A l'heure qu'il est, Georges L. Swire est en mer, à deux ou trois jours peut-être de Diamond Head. A bord du *Sophia M.* et faisant partie d'un équipage de quatre hommes, il a quitté la Californie voici vingt-deux jours. Le capitaine-propriétaire du *Sophia M.*, Bill McPherson, est l'ami de Georges L. Swire (disons, une sorte d'ami) et son assureur ; les primes sont considérables et coûtent à Georges L. Swire environ vingt mille dollars par an.

Depuis quarante-trois ans que je l'entends, Georges L. Swire est un nom que je n'ai plus envie de porter.

Ma Peugeot 604 (la dernière voiture à la mode, mesdames et messieurs) est ostensiblement garée sur le port parmi quantité d'autres véhicules appartenant aux membres des équipages des nombreux bateaux participant à la course Californie-Hawaï. Une liste de noms très honorables dont le mien, Georges L. Swire, fait partie. Beaucoup aspirent à figurer sur cette liste mais très peu y parviennent. Pour parcourir, à la voile, près de quatre mille kilomètres sur un bateau de dimensions modestes, il faut avoir du cran — ce que j'étais certain de posséder, au début ; ce que j'espérais toujours avoir alors que Bill, les autres membres de l'équipage et moi-même nous entraînions pour la traversée, et ce que je finis par désespérer de jamais posséder à mesure que le jour du départ approchait.

Il vous faut comprendre une chose. J'adore la mer mais, au plus profond de mon être est également enfouie la terreur qu'elle m'inspire, la peur panique qui m'étreint à la seule pensée de me trouver sur un esquif minuscule tout de voiles, de bois et de cuivre, à des milliers de kilomètres de quoi que ce soit de stable. Le *Jenny Swire* n'a jamais été plus loin que l'île de Catalina — en tout, quatre heures de mer le dimanche après-midi — et chaque fois, le bateau semblait se moquer de moi autant que celle qui m'avait inspiré son nom. Femme et objets superbes qui n'avaient jamais accepté de faire quoi que ce fût pour me satisfaire. Je lisais tout ceci dans les yeux de Jenny pendant qu'elle me regardait transpirer à la barre, le plat-bord sous le vent embarquant l'eau, de temps à autre, les jours de bourrasque. C'est une terreur que j'ai toujours eue en moi, je ne peux donc rien y changer mais de tels moments éprouvent la virilité et il faut attendre longtemps avant que les choses redeviennent normales — pour autant qu'on y parvienne jamais...

Jenny avait refusé tout net de me croire lorsque, six mois plus tôt, je lui avais annoncé que je ferais partie de l'équipe de Bill sur la course d'Hawaï. Elle avait éclaté de rire et, une fois de plus, j'avais eu l'impression de la voir disparaître sous mes yeux — c'était un artifice de sorcière qu'elle réussissait toujours parfaitement. Mais, par la suite, son attitude avait changé et, alors que je passais de plus en plus de temps sur le bateau — m'entraînant à la navigation et aux choses de la mer en général, m'habituant à l'élément, me préparant à la course — elle avait même commencé à s'intéresser à ce que je faisais.

C'était ça : plus la date de départ approchait et plus je passais de temps à m'entraîner sur le *Sophia M.*, plus Jenny sembla y croire et plus elle se mit à ressembler à ce que devrait être une épouse. Certains de ces jours et de ces nuits-là furent les meilleurs que nous ayons jamais passés ensemble et j'étais prêt à faire n'importe quoi pour que cela continue. N'importe quoi.

Même chose en ce qui concerne les autres personnes — amis et voisins de la marina : tous commencèrent à me regarder différemment, comme si j'existais vraiment, comme si j'étais quelqu'un. Mais je pense que Bill savait que j'abandonnerais, bien avant que je ne le sache moi-même. Dès le début, il m'avait dit que je n'avais pas assez d'expérience de la haute mer pour faire ce genre de course et, qu'en fait, il ne voulait pas de moi à bord ; alors je lui avais clairement expliqué la situation : soit il me prenait, soit il perdait mon portefeuille d'assurance, et je savais parfaitement qu'il ne pouvait se le permettre.

Mais au fond, il avait raison : toutes les sorties que nous avions faites, toutes les nuits que nous avions passées à bord au-delà de l'île de Catalina représentaient mes limites les plus extrêmes et je n'étais pas plus capable de barrer un voilier jusqu'à Hawaï que de marcher sur l'eau pour arriver à destination. Et il m'est impossible de décrire le soulagement que je ressentis lorsque, trois jours avant le départ de la course, je dis à Bill que j'abandonnais.

Il m'embrassa presque. Et puis il faillit me tuer quand je lui expliquai qu'il perdrait ma clientèle s'il n'acceptait pas de *faire croire* que j'étais avec lui en inscrivant mon nom sur le livre de bord. J'avais tout prévu avant de lui en parler. Les autres membres de l'équipage étaient trois jeunes qui font partie de cette armée de garçons bronzés — marginaux et autres délinquants — qui ont envahi Newport, San Pedro, comme probablement tous les autres ports en eau profonde le long de la côte Ouest. Leur contrat avec Bill se résumait au gîte et au couvert, sa plus grosse dépense couvrant leurs frais de retour vers la Californie après la course. L'un d'entre eux, jeune pirate aux cheveux noirs que je ne connaissais que sous le nom de Charlie, m'avait dit qu'il continuerait vers l'Ouest après Hawaï, rien ni personne ne l'attendant en Californie ou ailleurs ; avant de m'expliquer avec Bill, j'avais donc parlé à Charlie. Je lui avais offert deux mille dollars en espèces, payables à Hawaï, s'il acceptait de se faire passer pour moi et donc de prétendre s'appeler Georges L. Swire pour la durée du voyage. Il m'avait répondu que pour ce prix-là, il était prêt à mettre le feu au *Sophia M.* en pleine mer et à nager jusqu'à la côte...

Bill me dit qu'il était impossible qu'il n'y ait pas de fuites — les autres membres de l'équipage, par exemple ? Mais j'avais un objectif très limité : seulement faire en sorte que Jenny ne sache rien ou, si elle avait des doutes, qu'elle n'ait jamais de certitude. Maintenant, les choses allaient trop bien entre nous. Je ne voulais pas perdre ça. J'étais prêt à faire n'importe quoi, dépenser tout l'argent qu'il faudrait pour conserver l'estime dont Jenny commençait à faire preuve à mon égard. Bill le comprit peut-être... De toute façon, il n'avait pas le choix.

Cela faisait bien une semaine que je me savais dans l'incapacité de participer lorsque je décidai d'en informer Bill. Il est probable que je l'avais pressenti depuis le tout début — quoiqu'il en fût, j'avais maintenant acquis, à un prix exorbitant, une nouvelle identité c'est-à-dire de nouveaux papiers : permis de conduire et certificat de naissance, au nom de James P. Franklin. Si l'on sait où s'adresser et si l'on a de quoi payer, ce sont des documents que l'on peut toujours arriver à se procurer.

Mon plan (ainsi que je l'expliquai à Bill) était, la nuit précédant le départ, de conduire la Peugeot jusqu'à la marina, la garer au parking, louer une autre voiture sous ma nouvelle identité, rouler jusqu'à San Diego, y rester environ trois semaines et prendre ensuite un vol pour Hawaï à temps pour retrouver le *Sophia M.* à son arrivée. Bill ne songeait pas à gagner la course, ni même à être classé dans les premiers. Il y participait parce que c'était la chose à faire — une sorte d'exhibition macho — mais il ne s'imaginait pas ailleurs que parmi les derniers ; il n'y aurait donc pas trop d'animation lorsqu'il entrerait dans le port ce qui me permettrait de me substituer à Charlie sans trop de difficulté. Au moment du départ, c'était une tout autre paire de manches, mais, à quiconque poserait des questions, j'avais dit à Bill de répondre que j'étais en bas — et mon nom sur le livre de bord donnerait le change. J'avais déjà parlé aux autres membres de l'équipage et de l'argent avait changé de mains avec promesse d'un petit supplément lorsque tout serait fini mais je n'en soufflai mot à Bill. Tout ce qu'il avait besoin de savoir, c'est que s'il ne s'arrangeait pas pour que l'affaire aboutisse, vingt mille dollars de primes annuelles risquaient de lui échapper ; alors, en dépit de ses doutes et du mépris que je pouvais lire dans ses yeux, je savais qu'il ferait de son mieux.

Et c'est ainsi que les choses se passèrent. Je pris un léger risque en regardant le *Sophia M.* quitter le port, mais personne ne me remarqua. Officiellement, Georges L. Swire était en mer et faisait route vers Hawaï. Dix minutes plus tard, James P. Franklin était sur la Nationale cinq et roulait en direction de San Diego.

Je descendis dans un motel bon marché non loin de la frontière mexicaine à Tijuana. Mon véhicule de location était une Dodge Dart qui me ramena des années en arrière : petite et légère, c'est le genre de voiture que je conduisais quand je n'avais pas encore vingt ans. Mais, chose curieuse, plus je la conduisais et plus elle me plaisait. Même chose en ce qui concerne le motel minable où j'étais descendu : plus mon séjour se prolongeait et plus je m'y sentais chez moi. Dès le début, le patron et moi avions sympathisé, très vite l'habitude avait été prise de boire une bière ou deux ensemble l'après-midi et, presque immédiatement, nous en étions venus à nous appeler par nos prénoms. Jim — je n'ai jamais manqué de répondre à ce nom, même la première fois. Je suppose que j'en étais arrivé au stade de l'acteur qui est réellement pris par son rôle mais, après dix-huit jours, je commençai à me demander qui était le véritable moi et qui était l'homme du rôle. Je me mis même à penser à moi en tant que Jim Franklin et cela m'inquiéta, comme si je devenais schizophrène ou quelque chose de ce genre...

Au matin du dix-neuvième jour, ayant prévenu Alan que je serais absent la nuit suivante, je partis pour Los Angeles. Je ne lui donnai pas de raison pour ce voyage, l'ignorant moi-même. J'imagine que je voulais simplement reprendre contact avec la réalité. Je passai donc cet après-midi-là à circuler dans Westwood et Santa Monica, regardant tout ce qui m'appartenait, arrêtant la voiture face à des immeubles que Papa avait achetés et restant à les observer, comme si je ne les avais jamais vus auparavant. C'était étrange et un peu effrayant. Enfin, à la nuit tombée, sortant par Sunset Boulevard, je me dirigeai vers Cherry Hill où j'habite. Je m'étais dit que le fait de voir la maison remettrait les choses en place et c'est ce qui se produisit. Cette maison était la seule chose qui m'appartînt vraiment — je l'avais achetée moi-même, elle ne me venait pas de Papa. C'est peut-être pour cela que j'y suis allé, peut-être aussi parce que Jenny s'y trouvait. Toutes les lumières du rez-de-chaussée étaient allumées.

Cherry Hill est un ensemble de résidences luxueuses qui semblent défendues par l'arroyo qui en fait le tour. Encerclant la base de la colline, une seule route permet d'y accéder et d'en sortir. Quartier très résidentiel, chaque demeure est construite sur un terrain fortement boisé d'environ un demi-hectare, ce qui empêche d'apercevoir les maisons voisines. Ayant garé ma voiture sur le bord de la route, comme un voleur, je passai mon propre portail d'entrée et allai me poster près du mur qui longe la piscine. De cet endroit, je pouvais voir les fenêtres allumées du séjour et du bureau, avec Jenny allant et venant à l'intérieur.

Elle avait aimé mon père bien plus qu'elle ne m'aimait !

Cette pensée venait de fuser dans mon esprit. Elle me choqua et, dans le même temps, provoqua en moi une sorte d'étrange vibration. Une onde glacée me parcourut et je frissonnai dans l'air tiède du soir. L'horrible réalité me submergeait, et rien en moi n'essayait de la combattre. Brusquement, j'étais saisi d'une envie folle de tuer ma femme, de saisir son cou flexible et...

Il y avait dix-huit jours que nous étions séparés — bien plus longtemps que jamais auparavant — et ce qui, en moi, ne pouvait pas se développer en sa présence était devenu cette chose monstrueuse qui m'anéantissait et me faisait frémir.

Elle était hôtesse de l'air lorsqu'elle avait rencontré mon père qui partait très souvent pour affaires sur la côte Est. Elle voulait devenir actrice, il était dans l'industrie cinématographique — l'histoire classique en somme... Il lui donna un petit rôle qu'elle massacra. Mais il l'aimait bien. Il l'emmena skier avec nous à Aspen, et aussi en Alaska pour chasser et pêcher. Il l'emmena avec nous sur les lieux de tournage — Rome, Paris, Londres... Elle était toujours avec nous. Il essayait de m'inculquer le sens des affaires et de m'apprendre à skier, chasser, pêcher, manier un voilier... mais c'est elle qui semblait tout apprendre.

Cela m'agaçait, me faisait mal.

Papa était plus petit que moi, moins en chair aussi, mais particulièrement rusé et brillant, en affaires comme au jeu. Quoi qu'il entreprît, il le réussissait toujours mieux que celui auquel il était confronté, en particulier lorsqu'il s'agissait de moi. Je ne possédais ni son talent, ni son doigté, sa rapidité, son agilité ou sa soif de réussir. Voilà, c'est ça : il voulait tout réussir, gagner, posséder. Il se *devait* de battre son adversaire.

Je transpirais comme un type qui va être exécuté. Mes doigts crispés s'étaient refermés et les poings qu'ils étaient devenus étaient prêts à écraser n'importe quoi. Je me mis à marcher le long de la piscine au rythme des allées et venues de Jenny dans la maison. Elle portait une robe d'intérieur et ses cheveux châtains cascadaient le long de son dos. Si jamais l'envie lui prenait d'allumer les lumières de la piscine et de sortir, elle me verrait et je ne pourrais que rester figé sur place ; mais elle ne le ferait pas, j'en étais certain. Elle ne mettait pour ainsi dire plus jamais le pied dehors, ne nageait plus, ne skiait plus, ne jouait plus au tennis. Elle n'était même pas venue me voir au départ de la course. Comme si elle attendait quelque chose, ou quelqu'un — une résurrection, peut-être...

La chose en moi brûlait de s'échapper.

Quand Papa nous a quittés, j'ai cru que le choc allait tuer Jenny ; sa fin fut si inattendue. Par un bel après-midi ensoleillé, brusquement, il est mort. Le cœur, paraît-il. Il avait quarante-cinq ans. Il ne lui laissa rien — sauf moi. Son nom n'était mentionné nulle part dans le testament. Ils avaient pourtant été très proches durant ces trois années. Et puis, rien du tout...

A cette époque, je ressemblais beaucoup à Papa. J'avais ses yeux, son nez, sa bouche et j'étais bien plus mince que maintenant. Maman était forte. C'est d'elle que je tiens cela, de même que tout ce qui fait que je suis moi, y compris ses frayeurs. Maman s'est suicidée quand j'avais treize ans ; onze ans avant la mort de Papa. Elle non plus n'appartenait pas au même monde que lui. Il y avait des années que je n'avais pensé à elle.

Je me rapprochai de la maison. A présent, Jenny était debout derrière le bar, occupée à préparer des boissons. Il était un peu plus de neuf heures et demie. Sa tenue indiquait qu'elle était prête à aller au lit, mais pas pour y dormir. Jenny ne buvait jamais seule. Depuis mon départ, il ne faisait aucun doute qu'elle avait dû avoir un visiteur chaque soir. Probablement Art Somers ou Jerry McGill. Il y avait longtemps que tous deux lui couraient après, mais aucun n'avait assez d'argent pour que je m'en inquiète. Sans beaucoup de délicatesse, l'un comme l'autre se pavanaient en machos qu'ils étaient, surtout Jerry. Jerry était le champion de notre club de tennis — grand, bien découplé, les cheveux roux et l'air dur, il voulait l'épouser. Jenny me l'avait dit il y a six mois de ça, juste avant que je ne commence à m'entraîner pour la course d'Hawaï. Relation de cause à effet, j'imagine... Mais jusqu'à présent, ceci non plus ne m'avait encore jamais effleuré l'esprit. Tout ce que je savais, c'est que je ne voulais pas perdre Jenny. J'étais convaincu que si cela se produisait, je perdrais contact aussi avec tout le reste. Elle me rattachait au passé, à Papa. Sans elle, je serais sans racines.

Tout ça, je me l'étais dit des milliers de fois ; pourquoi alors, maintenant, ce désir de la tuer, mes mains de nouveau crispées à la seule pensée de son cou fragile ? Mais je savais que je ne le ferais pas, qu'il me serait toujours impossible de le faire. Les larmes dans mes yeux firent éclater le corps de Jenny en une multitude de cristaux. Je ne suis pas un assassin. La violence me rend malade, même s'il ne s'agit que d'une simple dispute. Je ne collecte jamais les loyers chez les centaines de personnes qui doivent me payer. J'emploie des agents immobiliers pour cela. Je ne m'occupe pas de remplacer les locataires, de mettre dehors les mauvais payeurs ou de discuter le montant des réparations. Les agents s'en chargent. Je ne fais que recueillir l'argent. Beaucoup d'argent.

Et, debout près du mur de la piscine, je sais pourquoi cette femme inestimable est à l'intérieur de la maison : parce qu'elle a besoin d'énormément d'argent. C'est la raison pour laquelle elle m'a épousé et est restée avec moi. C'est pourquoi Macho McGill n'aurait jamais aucune chance avec elle, si ce n'est pour quelques ébats épisodiques ; il y a longtemps que je le sais — des années... Jerry n'était pas le premier, il était juste celui du moment. J'essuyai mes larmes.

Arrangeant ses cheveux, Jenny se regarda dans la glace. Elle alluma la stéréo avant de revenir vers le bar où, ayant jeté sur sa montre un coup d'œil impatient, elle se mit à tambouriner du bout des doigts la surface d'acajou poli. Quel qu'il fût, il était en retard.

Mais de peu. C'était McGill. Je reconnus le ronflement du moteur de sa vieille Porsche qui montait la route, et vis le faisceau des phares entre les arbres lorsqu'il s'engagea dans l'allée menant chez moi. Je fis un bond pour me retrouver derrière le mur de la piscine. La rage qui m'avait envahi s'était apaisée et je ne voulais surtout pas être vu, car j'étais supposé me trouver au milieu de l'océan Pacifique.

Jenny alla lui ouvrir la porte et tous deux revinrent dans le living en marchant rapidement, comme s'ils étaient pressés ou en colère. Il portait un pull à col roulé vert pâle et une veste d'un vert plus soutenu. Je ne l'ai jamais vu porter autre chose que du vert, sauf sur le court évidemment. C'est une couleur qui lui sied.

Il alla droit au bar où, sans s'arrêter de parler, il se servit un verre, ses mouvements de tête scandant ses paroles. Debout au milieu de la pièce, poings sur les hanches, Jenny lui faisait face dans une attitude combative que je ne connaissais que trop bien. Ce « voyeurisme » me troublait et j'aurais pu mettre des mots sur leurs lèvres. Après avoir vidé la moitié de son verre, il était sorti de derrière le bar et l'avait saisie par les épaules.

— Mais, quitte-le, bon sang ! Tu ne l'aimes pas. Tu ne l'as jamais aimé. Ce n'est qu'une pauvre cloche !

Elle avait échappé à son étreinte, son bras gauche décrivant un grand arc de cercle comme pour désigner la pièce, la maison.

— Et toi ? Tu peux me donner tout ça ?

Il l'avait de nouveau empoignée par le bras :

— Mais peut-il t'apporter ce que moi je te donne ? Jenny, on est bien ensemble, nous avons besoin l'un de l'autre, et tu le sais. Demande le divorce ! Prends ce que tu pourras et viens avec moi !

— Où ça ? Dans un appartement minable au troisième étage d'un immeuble ? Je ne peux pas vivre de cette façon-là !

— Tu ne peux pas vivre sans amour. Personne ne le peut !

Elle s'était dégagée :

— Non. Ça ne marcherait pas. Il se battra jusqu'au bout. Tu ne le connais pas. Il est tenace, possessif. En outre, je n'ai rien à lui reprocher.

McGill eut un sourire méprisant :

— Rien à lui reprocher ? Et son impuissance, alors ? L'impuissance est un motif de divorce et l'a toujours été ! Tu m'as dis des milliers de fois que...

Je fermai les yeux et arrêtai de mettre des paroles sur leurs lèvres ; étant donné ce qui s'est passé par la suite, je ne saurai jamais ce qu'ils se sont réellement dit. Peut-être a-t-elle rectifié : « Dernièrement, cela allait beaucoup mieux » ; mais j'en doute. Ou alors : « Ce n'est pas le raté que tout le monde imagine. » Mais de cela aussi, je doute.

Se faisant face au milieu de la pièce, ils bataillaient avec rage. A la fin, il la saisit brusquement dans ses bras et l'embrassa mais, cambrée, elle tenta de lui résister. Il lui dit quelque chose qui la fit le repousser violemment ; alors, sans lâcher son bras, il l'entraîna vers la porte de côté où ils disparurent à ma vue.

Exhalant un long soupir de soulagement, je levai les yeux vers les fenêtres sombres de la chambre de Jenny, au-dessus du bureau. Presque aussitôt, la lumière s'alluma, luisant faiblement en bordure des rideaux tirés. Je ne voyais plus rien, n'imaginais plus rien...

Je pensai à ma voiture restée au bord de la route. Aux alentours de 22 h 30 la patrouille privée ferait sa première ronde de la nuit ; étrangère au secteur, ma Dart serait remarquée et son numéro d'immatriculation dument noté. Bien que me sentant comme cloué sur place, je savais que je devais partir. M'obligeant à bouger, j'avais entrepris de contourner la piscine pour me diriger vers le portail d'entrée lorsque je vis McGill revenir en courant. Il était seul.

Je fis volte-face et, doucement, revins vers la maison. McGill se tenait derrière le bar. Il se servit un verre et l'avala d'un trait. Il semblait affolé, pâle, les taches de rousseur sur son visage ressortant nettement, même à cette distance. Puis, ayant pris sous le comptoir une serviette en papier, soigneusement, il essuya le verre dans lequel il venait de boire. Il le fit avec le plus grand soin, de même que les bouteilles qu'il avait manipulées et le rebord du bar sur toute sa longueur. Enfin, s'étant placé au milieu de la pièce, il l'examina avec une lente attention et ses yeux me parurent un instant, rencontrer les miens. Je restai immobile. Je jetai un coup d'œil vers les fenêtres de la chambre de Jenny. La lumière était toujours allumée mais à présent je savais, je savais...

Pétrifié, je vis McGill sortir du bureau, traverser le séjour en direction de la porte d'entrée, marquer un temps d'arrêt et jeter derrière lui un nouveau coup d'œil circulaire. Puis il disparut de mon champ de vision. Un instant plus tard, j'entendis démarrer le moteur de la voiture garée sur le parking devant la maison.

Lorsque, enfin, je parvins à bouger, mes jambes me portant à peine, je fis le tour par-derrière pour atteindre l'entrée de service dont je gardais toujours la clef sur moi. Ayant gravi l'escalier, je franchis le palier et entrai dans la chambre de Jenny dont la porte était grande ouverte. Allongée par terre à côté de son bureau, elle était morte, comme je le savais déjà.

Je ne voulais pas la toucher et n'avais pas besoin de le faire, car désormais personne ne pouvait plus rien pour elle. Dans sa chute, sa tête avait heurté le coin du bureau et elle était tombée parce que McGill l'avait frappée, ou poussée...

Aujourd'hui encore, je ne sais toujours pas pourquoi j'ai réagi comme je l'ai fait. Fouillant dans son coffre à bijoux, j'y laissai les babioles et ne pris que ce qui avait quelque valeur — pour vingt mille dollars environ. Les plus belles pièces étaient en ville dans le coffre, à la banque. Puis, avec une soudaine sueur froide, je pensai aux empreintes — comme avait fait McGill — et je revins sur tout ce que j'avais touché. J'avais laissé des empreintes récentes un peu partout et cela, il ne le fallait pas — j'étais en mer, j'y étais depuis trois semaines ; or, les policiers sont capables de déceler si des empreintes sont récentes ou pas.

Encore une fois, je regardai Jenny et, curieusement, je me sentis moins abattu. Dans la mort, sa beauté semblait l'avoir quittée — comme si la vie avait été son unique secret.

Je pris dans son sac tout l'argent qu'il contenait et mis du désordre dans la pièce pour donner à croire qu'on s'y était battu. Puis j'éteignis dans la chambre, descendis l'escalier de derrière, traversai la cuisine et entrai dans le bureau où j'ouvris le coffre mural dissimulé derrière le portait de mon père. Pendant des années, j'avais gardé là quelque dix mille dollars et divers papiers. Délaissant les papiers, je ne pris que l'argent et me mis à vider le bureau, n'y prenant rien mais faisant en sorte qu'on pût croire que des voleurs étaient passés par là.

Lorsque je sortis de la maison, il était 22 h 20. Alors que je tournais dans Sunset Boulevard après avoir franchi le portail de Cherry Hill, je vis la voiture de patrouille qui ralentissait pour s'engager sur la route et commencer sa ronde.

***

Je partis pour l'autoroute du sud et après quelques kilomètres bifurquai en direction de la côte. Je me fis plaisir en m'attablant devant un steak dans un restaurant ouvert toute la nuit. J'aime la nourriture. J'aime la préparer et la manger. Je suis bon cuisinier. Je peux faire une salade Caesar aussi bien que le chef du Caesar Palace à Las Vegas.

Après mon repas, je descendis vers la plage et m'arrêtai à proximité d'un monticule rocheux, face à la masse noire de l'océan. Quelque part au loin, le *Sophia M.* faisait route vers Hawaï et j'étais à bord. Que Jenny y ait cru n'avait plus aucune importance. Ce qu'il fallait maintenant, c'est que la police y croie. Jusqu'à présent, je n'avais pas trop pris le temps d'y penser mais je savais que, sous peu, cela m'obséderait.

A la radio, pendant que je roulais, j'avais entendu que les bateaux de tête se trouvaient à environ six cents kilomètres de Diamond Head c'est-à-dire, en tenant compte de la vitesse du vent, à deux ou trois jours de l'arrivée. Le *Sophia M.* n'avait pas été mentionné, ce qui n'avait rien de surprenant.

Un à un je sortis de ma poche les bijoux de Jenny et les jetai dans l'eau aussi loin que je le pus. Peut-être les trouverait-on un jour, peut-être pas... Je ne sais pas pourquoi je fis cela. A quelque deux cents mètres de là, sur la plage, des gens étaient rassemblés autour d'un feu de camp et des échos de musique rock parvenaient jusqu'à moi.

*
* *

J'atterris à Honolulu un jour et demi plus tard, le dimanche après-midi. Il pleuvait mais cela n'a rien d'inhabituel à Hawaï. Je descendis dans un motel de troisième ordre à proximité de Ala Moana Boulevard, près du port. J'étais James P. Franklin, c'est-à-dire personne et je le ressentais profondément. Le manque de sommeil m'avait exténué.

Le lendemain au lever du jour, le bateau de tête doubla la pointe de Makapou. Il franchit Diamond Head à midi et alla s'ancrer dans la baie de Mamala. Malade d'inquiétude, je suivis sa route à la jumelle depuis le parc de Kapiolani, au pied de Diamond Head : je n'avais arrêté aucun plan et n'avais nul espoir d'en trouver un rapidement... Au début, cela n'avait été qu'un jeu, où je risquais seulement de perdre la face — et probablement Jenny. Mais ma dignité avait déjà été mise maintes fois à rude épreuve et, en ce qui concernait Jenny, que subsistait-il entre nous ? A présent, en revanche, je risquais d'y laisser ma vie : n'avais-je pas fait tout ce qu'il fallait pour qu'on m'accuse du meurtre de ma femme ?

Tout d'abord, j'avais pensé louer un petit canot hors-bord qui me permettrait d'aller jusqu'à la pointe de Makapou où je pourrais intercepter le *Sophia M.* et donc me substituer à Charlie. Mais, en admettant que tout se passe comme prévu, cela ne pouvait fonctionner que si Bill n'était pas au courant de la mort de Jenny. S'il savait, ni lui, ni Charlie et les autres, n'accepteraient d'être dans le coup car tous deviendraient alors complices du crime. Et aucune somme d'argent ne pourrait jamais acheter Bill pour jouer un tel rôle.

J'attendis.

Les voiliers se succédèrent pendant deux jours et un orage retarda ceux qui étaient encore en haute mer. Je me mis à suivre les arrivées depuis ma chambre d'hôtel, ne sortant que pour aller manger dans un petit snack-bar se trouvant un peu plus haut dans la rue et aussi pour acheter les journaux. Le mercredi soir, la mort de Jenny n'avait toujours pas été mentionnée, même dans le *Times* de Los Angeles ; mais je remarquai que c'était le journal du mardi. Je ne parvenais pas à me rappeler quel jour venait la femme de ménage — le mercredi, le jeudi, lequel de ces deux jours ?... C'était Jenny qui s'occupait de tout ça. Nous n'avions pas de personnel à demeure, seulement une femme de ménage qui venait une fois par semaine — mais il était possible qu'elle ait pris quelques jours de congé.

Le jeudi m'apporta des nouvelles — pas de Jenny mais du *Sophia M.* Il avait disparu en mer. Le *Sophia M.* et deux autres voiliers avaient été pris dans un de ces orages d'une violence soudaine, particuliers au Pacifique. Un navire de la marine nationale avait retrouvé quelques rescapés encore non identifiés mais la plupart des hommes étaient portés disparus. La marine et l'armée de l'air patrouillaient à environ deux cents kilomètres à l'est d'Hawaï. Des bulletins d'information seraient émis toutes les heures.

J'étais au snack occupé à me restaurer lorsque la radio donna ces informations. Dehors, il pleuvait très fort et j'étais le seul client. Je venais de parler cuisine avec le patron et lui avais fait quelques suggestions.

Je passai là une grande partie de l'après-midi puis je regagnai ma chambre d'hôtel. A 8 heures ce même soir, on communiqua le nom des survivants qui avaient tous été transportés à l'hôpital sur l'île d'Oahu. Je ne connaissais aucun d'eux. Le *Sophia M.* et le *Sea Scutler* avaient coulé rapidement. Deux membres de l'équipage du *Sea Scutler* avaient été sauvés. Le troisième bateau avait démâté avant d'être disloqué par la tempête. On le remorquerait jusqu'au port. A minuit, le bulletin d'information ne donna aucun détail supplémentaire, précisant seulement que les recherches allaient continuer pendant plusieurs jours.

J'attendis. Je ne fis que manger et attendre. Le dimanche soir, j'étais au snack quand la marine annonça qu'elle abandonnait les recherches. En tout, sept hommes avaient disparu. Georges L. Swire était mort.

Comme d'habitude, j'étais en train de bavarder avec le patron. Il s'appelait Sam. Je ne lui avais pas encore dit mon nom. Je lui tendis la main et me présentai :

— Je m'appelle Jim Franklin.

J'aimais la sonorité de ce nom. Je l'avais toujours aimée mais tout à coup il me semblait bien plus réel, définitif.

Nous avons continué à parler restauration et cuisine en général. Un moment plus tard, il me proposa de travailler chez lui et j'acceptai immédiatement. Je réalisai soudain que c'était ce que j'attendais : je voulais travailler dans un snack-bar, y préparer de bons sandwiches et des salades que les gens apprécieraient. C'est peut-être ce que j'avais désiré toute ma vie. Je n'en étais pas absolument certain ce dimanche-là, mais je le fus le lendemain lorsque je lus l'article dans l'édition du samedi du *Times* de Los Angeles.

Il résumait la vie de Georges L. Swire, disparu en mer. Dans une interview donnée après la mort tragique de son époux, Mme Swire — Jenny Swire — déclarait avoir le cœur brisé, car son mari était un homme exceptionnel. Elle précisait, en réponse à la question du journaliste, que le pansement qu'elle portait sur la nuque était dû à une mauvaise chute faite quelques jours auparavant, souffrance qui n'était rien comparée à sa douleur actuelle. Mais elle gardait l'espoir que son mari soit retrouvé ; il n'était pas le genre d'homme à se laisser battre facilement par le sort, avait-elle ajouté les yeux embués de larmes.

Je reposai le journal. Cette nuit-là, je l'avais cru morte sans doute parce que je désirais qu'elle le fût. Mais maintenant, cela n'avait plus d'importance. J'avais du travail à faire. La foule de la mi-journée allait bientôt arriver et Jim Franklin avait des plats à préparer, un emploi à tenir.

Je sers de superbes sandwiches et des salades extraordinaires. Je ne me suis jamais senti aussi bien dans ma peau.

Aloha.

Aloha, Jenny Swire.
Traduction de Christiane Aubert.

FOURMILLEMENTS

par Frank Sisk

— Bonjour, Homère. Vous avez l'air en forme, ce matin.

— Homère ? De quel droit m'appelez-vous Homère ?

— Vous préférez sans doute que je vous appelle monsieur Price.

— Comme le font tous les gens que je ne connais ni d'Ève ni d'Adam. Qui êtes-vous, si ce n'est pas indiscret ? Encore un toubib ?

— En plein dans le mille. Docteur Cixous, pour vous servir.

— Un sou c'est un sou. Et les petits ruissous font les grandes rivières. Alors comme ça, vous êtes médecin vous aussi ? Qui est-ce qui vous a envoyé ?

— La cour, monsieur Price.

— La cour ? Quelle cour ? La cour de récréation ? La basse-cour ? La cour des miracles ?

— La cour d'assises.

— Assises font, font, font, les petites marionnettes. Mais qu'est-ce que les cours, assises ou debout, peuvent bien me vouloir ? Maintenant que les fourmis ont été exterminées, la cour, on s'en fout !

— Les fourmis ?

— Comment ! Vous n'êtes pas au courant ? Mais tout le monde est au courant. Et vous ne savez rien ? Comment ça se fait ?

— C'est notre première rencontre, monsieur Price.

— Oh, vous, les psy, vous avez tous la même gueule. Et la même voix. Vous avez dit Cixous ? Très bien, docteur Cixous. Puisque c'est comme ça, je vais ressortir encore une fois l'histoire des fourmis. Mais c'est bien parce que c'est vous, et que ça vous intéresse.

— Ça m'intéresse beaucoup. C'est même pour ça que je suis venu vous voir. Racontez-moi tout ce que vous savez sur les fourmis.

— Si ça vous chante... A propos, quel âge avez-vous ?

— Trente-six ans.

— Vous en paraissez dix de plus. Mais vous êtes quand même trop jeune pour comprendre ce que les fourmis représentent pour un homme de mon âge. On les retrouve partout. Il faut avoir au moins cinquante ans pour se rendre compte de l'importance de ces sales bestioles.

— D'après votre fiche, vous avez cinquante-sept ans, monsieur Price.

— Parce qu'ils m'ont fiché ? Les chiens !

— Affaire de routine.

— Ils ont commencé à me ficher vers la fin, à l'agence. Vous êtes au courant ?

— A l'agence ?

— L'agence de publicité. *Lejeune, Legris et*

Lechauve, tout un programme, pas vrai ? Le parcours d'un expert-comptable en raccourci, vous ne trouvez pas ? Il n'y a que dans la publicité qu'un nom pareil peut passer.

— Vous n'êtes pourtant pas chauve, monsieur Price. Tout au plus un peu grisonnant, mais il n'y a rien d'anormal à cela.

— Max Lejeune et Fred Legris ont dû écumer Madison Avenue pendant des années avant de trouver le nom aux œufs d'or en la personne de Charles Lechauve. Encore un coup publicitaire, rien de plus. Le nom de l'agence ne devait rien au hasard. On parie, docteur ?

— Vous avez sans doute raison.

— Charles Lechauve n'avait que son nom à offrir — avec un budget pour une marque de déodorant que nous nous sommes fait souffler par J. Walter deux ou trois mois plus tard. Même si l'apport de Lechauve s'est limité à son patronyme, c'est pourtant lui le patron maintenant.

— Lechauve ?

— En personne. Après l'infarctus de Lejeune, ç'a été un jeu d'enfant pour Lechauve de se débarrasser de Legris. Moins d'un an plus tard, c'était chose faite. Ça se voyait pourtant comme le nez au milieu de la figure. Un ordre nouveau s'imposait. La cravate cédait la place à la chemise à col roulé. Les créatifs — comme ces distingués jeunes gens se baptisaient eux-mêmes en toute modestie — ne tardèrent pas à abandonner le costume trois-pièces pour le seersucker à carreaux. Des rédacteurs hirsutes firent leur apparition dans les bars de la 42e Rue portant sandales et sac en bandoulière. Et lorsque le nouveau directeur artistique de l'agence se présenta aux réunions drapé dans un caftan imprimé et la tête encapuchonnée, je compris que mon heure était venue. Comment ça s'est passé ? Comme d'habitude, guili-guili tu l'as dans le cul — ou équivalent. Donc, après vingt-sept ans de bons et loyaux services et vraisemblablement vingt-sept heures avant une suggestion tordue de ce faux-cul de Lechauve, j'ai choisi la retraite immédiate. C'est le mot. Choisi.

— Avez-vous regretté cette décision, monsieur Price ?

— Quand on choisit, toubib, on ne doit pas avoir de regrets. C'est une perte de temps. Surtout quand on choisit l'inévitable.

— Dois-je comprendre que vous avez été obligé de prendre votre retraite immédiate ?

— Plus ou moins. Évidemment, j'aurais toujours pu me jeter par la fenêtre du dixième étage.

— En d'autres termes, vous n'aviez pas particulièrement envie de prendre votre retraite.

— Pas vraiment. Je n'étais pas prêt. Malgré tout, je m'en serais tout de même mieux sorti si ces saletés de fourmis m'avaient un peu fichu la paix.

— Je brûle d'envie d'entendre votre histoire de fourmis, monsieur Price. Mais avant, j'aimerais que vous me parliez un peu de votre femme. Comment a-t-elle réagi à votre mise à la retraite ?

— Avec la plus grande sérénité, Ça n'a pas changé sa vie sociale d'un iota.

— Je vois. En d'autres termes, votre femme avait des activités bien à elle — c'est-à-dire en dehors de celles que vous aviez en commun.

— Nous n'avions pratiquement rien en commun. Rien. Et ce, depuis très longtemps. Croyez-moi, docteur, cela faisait longtemps que chacun vivait sa vie de son côté. Psychologiquement, physiquement et spirituellement. Physiquement, je disparaissais de sa vie tous les matins, cinq jours par semaine, par le train de huit heures vingt et une, et n'y revenais le soir qu'à cinq heures trente-trois — sauf lorsque j'étais retenu par une affaire urgente. Meg ne m'a jamais posé la moindre question sur la façon dont je passais mes journées. J'ai donc fini par lui rendre la pareille et la traiter avec la même absence totale d'intérêt.

— De quoi parliez-vous ? Parce qu'il vous arrivait tout de même bien de vous adresser la parole ?

— Voyons... Ah, oui ! Nous parlions souvent des mauvaises herbes qui envahissaient le jardin, des moisissures qui infestaient la piscine, de la voracité des mites. Nous avions toutes sortes de sujets de conversation. Mais bizarrement, nous n'avons jamais parlé des fourmis. Je me demande bien pourquoi, d'ailleurs. Car elles avaient déjà commencé leur œuvre destructrice avant même mon départ de chez Lejeune, Legris et Lechauve, rongeant les poutres et le plancher en vue de l'assaut final. C'est leur façon de procéder.

— Vous n'aviez pas d'enfants, je crois ?

— Non, heureusement. Mais en quoi cela peut-il bien vous intéresser ?

— Le moindre détail compte.

— C'est vous qui voyez. Dans ce cas, vous n'avez qu'à tout noter. Une fois, j'ai acheté un chien. Non, deux fois. Leur sort a été vite réglé. Le premier, que j'avais baptisé Jerry, ne voulait pas toucher au *Canigou*. Par contre, il avait une vraie passion pour les pneus. Ça ne lui a pas réussi, le malheureux, il a fini sous les roues d'un camion. Quant au second, je ne me souviens même pas de son nom. Peut-être que je ne lui en avais pas donné. Nous ne l'avons pas gardé plus d'une semaine. Il pleurait toute la nuit et aboyait toute la journée. Meg ne pouvait pas le sentir. Je n'en étais pas vraiment fana moi non plus. Un soir, où j'avais détaché sa laisse, pour qu'il se dégourdisse un peu les pattes, il s'est mis à cavaler comme un fou. Il a traversé le jardin des Harrington, celui des Durfee, il est passé en trombe devant le saule pleureur des Novak, et à ma connaissance, il court toujours. C'est ça, le genre de détail qui vous intéresse, docteur ?

— Sait-on jamais...

— Si vous ne savez pas, comment voulez-vous que je devine ? Il fut un temps où j'envisageais de prendre un petit chat. Je l'aurais fait châtrer et lui aurais appris à ronronner à côté des radiateurs. Mais je n'ai jamais mis cette idée en pratique.

— Intéressant.

— Vous croyez ?

— Absolument. Passons maintenant à des événements plus récents. Vous souvenez-vous, par exemple, du nom de la bonne que votre femme avait engagée à l'époque où vous avez pris votre retraite ?

— A priori, non. Mais si vous me mettiez un peu sur la voie...

— Une Allemande. D'Essen, exactement.

— Pour parler franchement, mes souvenirs sont plutôt vagues en matière de bonnes. C'était un va-et-vient perpétuel. Ma femme en a engagé et viré des dizaines et des dizaines. Une Allemande, dites-vous ? C'est qu'il y en a eu beaucoup. Le 60 Eddgemere Road aurait figuré en numéro un sur la liste d'une agence de placement des Nations Unies que ça n'aurait pas été pire. Nous avons eu des bonnes italiennes, des bonnes hongroises, des

Jamaïcaines, des Porto-Ricaines, des Coréennes, des Polonaises, des Grecques, un vrai défilé.

— Celle-là s'appelait Gretchen Aldermark

— Mais oui ! Bien sûr que je me rappelle Gretchen ! Mais je n'ai jamais réussi à retenir son nom de famille. Elle m'a donné un coup de main pour combattre les fourmis. Elle a essayé, du moins.

— Vraiment ? Voilà qui est intéressant. Et si justement nous en venions aux fourmis maintenant, monsieur Price ? Racontez-moi tout depuis le début.

— Il vaut mieux pour vous que vous ne sachiez pas tout, croyez-moi. Même moi, qui ne suis pas au courant de tout, il m'arrive de penser que j'en sais trop. Il y a deux mille cinq cents espèces de fourmis dans le monde. Vous le saviez ?

— Non.

— La fourmi est un insecte sociable. Vous le saviez ?

— Ça, oui.

— Pas dans le sens humain. Car il nous arrive — pour la plupart d'entre nous — d'être asociaux. Tel n'est pas le cas des fourmis. Elles sont inéluctablement liées les unes aux autres. Comme dans l'idéal communiste — ou fasciste, d'ailleurs —, elles n'ont aucun défaut humain. La vie de chacune d'entre elles est entièrement vouée à la communauté. De plus, le système est basé sur un matriarcat féroce où le mâle est écarté dès qu'il a rempli son office. Vous saviez tout ça, toubib ?

— Pas vraiment, monsieur Price. Quand avez-vous commencé à... étudier les fourmis ?

— Environ deux mois après m'être rangé des voitures.

— C'est-à-dire à mi-mars environ, c'est bien ça ?

— Puisque vous le dites. Vous semblez avoir tout

écrit, dans votre carnet. Mais moi, je pencherais plutôt pour mi-avril. C'était une belle journée ensoleillée et chaude. J'étais assis dans le patio, encore en pyjama et robe de chambre, à siroter un grand verre de vodka-orange.

— A quelle heure ?

— Il était déjà tard. Mais c'était encore le matin.

— Où se trouvait votre femme ?

— Elle était sortie jouer au golf. Mais je croyais que vous vouliez que je vous parle des fourmis, docteur ?

— Vous avez raison, excusez-moi. Continuez, je vous prie.

— Alors, voilà. Cela faisait seize ans que nous habitions dans notre maison d'Edgemere Road. Un hectare de terrain, gazon, herbes folles, haies, buissons, fleurs, deux cerisiers malades, avec les myriades de petites bêtes et d'insectes sans lesquels la nature ne serait pas ce qu'elle est. J'étais donc parfaitement conscient de l'existence des hyménoptères — c'est le mot qui désigne les milliards d'abeilles, de guêpes et de fourmis que l'on retrouve partout sur notre terre, de l'île Ellesmere jusqu'à la Terre de Feu. Vous connaissiez ce mot ?

— Non.

— Cherchez-le donc dans un dictionnaire. Hyménoptère. Insecte dont la femelle — qui règne sans partage sur la colonie — possède un ovipositeur pouvant à l'occasion lui servir de dard. Je suppose que vous connaissez la fonction de l'ovipositeur ?

— Bien sûr, monsieur Price. Bien sûr. Mais si nous retournions à cette matinée où vous étiez assis dans le patio ?

— J'avais aux pieds des mocassins d'intérieur. J'étais confortablement assis dans un rocking-chair en aluminium, les jambes tendues devant moi, les talons reposant sur le sol et les pieds pointés vers le haut dans un angle d'environ quarante-cinq degrés. J'étais en train de contempler mes pantoufles quand les fourmis arrivèrent. Par dizaines. De grosses fourmis noires, différentes de celles que j'écrasais consciencieusement depuis des années et qui se mirent en devoir d'escalader mes mocassins en commençant par l'extérieur du talon.

— Un instant, monsieur Price. Quand vous affirmez que ces fourmis étaient différentes, qu'entendez-vous par là exactement ?

— Rien d'autre que ce que j'ai dit. A la vérité, je n'avais jamais prêté une attention particulière aux fourmis jusqu'à ce jour-là. Je les voyais sans les voir, vous comprenez ? Comme les tiques et les grillons. Personne ne les remarque, beaucoup seraient même bien en peine de distinguer ces insectes les uns des autres. Mais ce matin-là, je ne pouvais pas ne pas remarquer. Je compris immédiatement que les fourmis qui escaladaient mes pantoufles en colonne par un n'avaient rien à voir avec les fourmis des champs, les fourmis noires ou les petites fourmis rouges — que je n'avais jamais particulièrement observées jusque-là. Non, monsieur, celles-ci étaient grosses, noires et parfaitement disciplinées. Des fourmis charpentières, comme je devais l'apprendre ultérieurement. Famille des *Componotus*. Sous-famille — existant seulement aux États-Unis — des *Herculanicus Pennsylvanicus*. Découvertes pour la première fois en Pennsylvanie, certainement dans un trou comme Mauch Chunk. Vous connaissez Mauch Chunk, toubib ?

— Non. Revenons aux fourmis, s'il vous plaît.

— Les fourmis charpentières que j'ai découvertes

ce matin-là dans mon patio faisaient un centimètre et demi de long. C'est-à-dire au moins deux fois plus que les fourmis auxquelles j'avais eu affaire auparavant. J'ai appris par la suite que chez les fourmis charpentières, l'ouvrière peut transporter sans problème jusqu'à dix fois son propre poids sur un plan incliné. Ne me demandez pas le poids de cet insecte, je n'en ai pas la moindre idée. Tout ce que je sais, c'est que l'ouvrière est toujours une femelle stérile.

— Alors, qu'avez-vous fait ?

— Je crois bien que j'ai commencé par appeler la bonne. Elle passait l'aspirateur dans une pièce donnant sur le patio, et je lui ai demandé de m'apporter un deuxième verre.

— Il s'agissait bien de Gretchen Aldermark, n'est-ce pas ?

— Encore cette Gretchen ! Une fille aux cheveux blond sale ? On appelle ça blond cendré, non ? Et aux grosses doudounes ?

— Je n'en sais rien, monsieur Price. Pour moi, Gretchen n'est qu'un nom dans un dossier.

— Et personne ne discute avec un dossier ! En tout cas, pas moi. Si le dossier dit que c'est Gretchen, je ne vais pas le contredire. C'était une Allemande, en tout cas. Ça, j'en suis sûr. Même qu'elle m'appelait *Herr Prize*.

— Elle vous a préparé un verre ?

— Ce matin-là ? Bien sûr. Et ça n'a pas été la dernière fois. Mais n'était-ce pas des fourmis que vous vouliez qu'on parle ?

— Vous avez raison. Vous disiez donc ?

— J'ai enlevé mes pantoufles, et les ai tapées par terre pendant un bon moment. Mais elles ont de la suite dans les idées, ces bestioles, elles n'ont pas lâché du premier coup ! Après, j'ai pris un mocassin par le bout et j'ai écrasé les fourmis avec le talon. J'en ai compté vingt-six, mais il a dû s'en échapper quelques-unes. Quand la bonne — Gretchen, puisque vous y tenez — m'a apporté mon verre, je l'ai bu avec un réel plaisir. J'avais vraiment le sentiment d'avoir accompli un exploit.

— Mais ça n'a pas été la fin des fourmis.

— Bien au contraire, ç'a été le commencement ! Vous savez, je suis plutôt du matin. Alors le lendemain à six heures, je suis descendu à la cuisine boire une bonne tasse de café. Meg se lève plus tard. D'habitude, la bonne venait vers sept heures. J'étais donc seul, du moins, c'est ce que j'imaginais, jusqu'au moment où, écartant les stores vénitiens au-dessus de l'évier, je m'aperçus que ces saloperies étaient revenues, en force cette fois. Il y en avait des centaines sur le rebord de la fenêtre et le long des éléments. Lorsque j'ouvris le lave-vaisselle pour prendre une tasse propre, ce fut pour m'apercevoir qu'elles avaient envahi la machine. Ça grouillait. Les assiettes et les verres en étaient littéralement recouverts. La journée ne pouvait pas commencer plus mal.

— Vous souvenez-vous de ce que vous vous êtes dit, à ce moment précis ?

— Je me suis dit que la journée ne pouvait pas commencer plus mal et que les rescapées de la veille avaient dû donner l'alarme dans toute la colonie. Quand j'ai voulu prendre un verre pour me remettre un peu, je me suis aperçu qu'elles avaient envahi les placards et presque recouvert ma bouteille de vodka. Le seul endroit intact était le frigo — l'intérieur, bien sûr, pas l'extérieur.

— Alors vous vous êtes servi un verre ?

— Exactement.

— Vous avez tué les fourmis ?

— Quelques-unes. J'ai dégagé l'évier en y faisant couler de l'eau brûlante ; ç'a a dû en tuer une bonne dizaine. Puis, j'en ai écrasé quelques autres avec le tue-mouche. Mais il ne faisait aucun doute que j'étais débordé. En les prenant une par une, je n'avais aucune chance. Je dégageai la table de la cuisine d'un revers de manche et m'assis, verre à la main, pour échafauder ma contre-attaque. Lorsque Gretchen fit son apparition, j'avais mon plan.

— C'est-à-dire ?

— Il fallait que je frappe en amont, que je les extermine à la source.

— Comment Gretchen réagit-elle ? Remarqua-t-elle les fourmis ?

— *Gott in Himmel !* Ce fut là sa seule réaction. *Gott in Himmel !* Elle était incapable d'articuler autre chose. Un vrai disque rayé. Je lui demandai plusieurs fois si elle avait la moindre idée sur la provenance des fourmis, mais pour toute réponse, elle tournait autour des bataillons d'insectes sur la pointe des pieds en s'exclamant sans cesse *Gott in Himmel !*

— L'avez-vous prise dans vos bras, monsieur Price ?

— Qu'est-ce que vous allez insinuer par là ? J'étais dans les fourmis jusqu'au cou, il y en avait même deux qui étaient allées se noyer dans mon verre, et vous osez me demander si j'ai profité de la situation avec la bonne ? Vous alors, vous m'avez l'air d'un drôle de psy !

— J'essaie seulement d'y voir clair, monsieur Price. C'est tout. Et qu'est-ce ce que votre femme a dit, devant cette invasion d'insectes ?

— Pas grand-chose. Pour la bonne raison qu'il n'en restait presque plus quand elle s'est levée.

— Pouvez-vous m'expliquer pourquoi ?

— Bien sûr. Mission de reconnaissance terminée. Objectif atteint : les miettes. Pour une fourmi, une miette ou une croûte de pain représente l'équivalent d'un pain de deux ou trois kilos pour un homme. Une journée est l'équivalent d'une année. Lorsque Meg se leva et descendit, elles avaient déjà emporté leur butin, étaient rentrées tranquillement chez elles, avaient fait des petits et retrouvé leurs habitudes. En voyant les quelques traînardes, Meg lâcha : « Et alors, une fourmi, ça n'a jamais tué personne. Tu n'as qu'à les empoisonner, si elles t'embêtent tant que ça. Ça vaudra mieux que de t'imbiber de vodka et de tripoter Gretchen.

— Et alors ?

— Elle est allée répéter avec son groupe choral, chez les Épiscopaliens.

— Et *alors* ?

— Depuis quand *alors* est-il devenu une question, Cixous ?

— Désolé, monsieur Price. Qu'avez-vous fait alors ? Je veux dire en ce qui concerne les fourmis ?

— J'ai suivi le conseil de Meg. J'ai essayé le poison. J'en ai acheté de toutes sortes. J'en ai mis partout, dans des assiettes, dans les tasses. Ça a tué d'autres fourmis, ça a tué des oiseaux. Il paraît même que ça a tué le chat des Harrington. Quant aux fourmis charpentières, ça ne leur a rien fait du tout. Ç'a plutôt semblé les faire grossir. En tout cas, que ce soit ça ou autre chose, elles ont commencé à grandir.

— Vraiment ?

— Qu'est-ce qu'il vous faut ? En un mois, elles avaient atteint la taille des grosses abeilles.

— Gretchen était toujours là ?

— Toujours là. Meg aussi. Et moi également. Pourquoi ?

— Qu'est-ce qui s'est passé, alors ?

— J'ai découvert le repaire des fourmis, grâce à un livre que j'ai lu sur la vie des insectes. Elles occupaient les deux vieux cerisiers pourris du jardin. Les fourmis charpentières adorent le bois mort. Quand les termites s'en vont, elles prennent leur succession. Je suis allé à la quincaillerie acheter une hache et un bidon de kérosène. Lorsque j'ai abattu les deux arbres, des bataillons de fourmis en sont sortis et sont partis dans toutes les directions. J'ai arrosé les deux souches de kérosène et j'y ai mis le feu.

— Et c'est comme ça que vous avez réglé le problème des fourmis ?

— Exactement. Je m'en suis débarrassé. C'est-à-dire des ouvrières, mais pas de la reine. Apparemment, elle était restée bien en sécurité avec ses petits et tout le bataclan au plus profond de la souche.

— Je vois.

— Mais une semaine plus tard, elle a fini par émerger. Un matin, très tôt, juste à l'aube. Elle était énorme.

— Grosse comment, monsieur Price ?

— Vous n'allez pas me croire.

— Je vous jure que si.

— Elle était aussi grosse qu'une... qu'une petite femme.

— Si grosse que ça ?

— Si grosse que ça.

— Où étiez-vous quand elle est apparue ?

— Dans le patio. Assis dans le rocking-chair. Je prenais un dernier verre.

— Mais c'était le matin à l'aube, monsieur Price.

— Alors c'était un premier verre, pour me réveiller.

— Où se trouvait Gretchen à ce moment-là ?

— Dans sa chambre, je suppose.

— N'avait-elle pas été congédiée par votre femme quelques jours auparavant ?

— Peut-être bien. Meg en a viré beaucoup.

— Donc, il est tôt le matin. Vous êtes assis dans le patio. D'après le rapport, vous étiez en pyjama, occupé à boire un verre. Et voici que soudain, cette grosse fourmi charpentière s'approche de vous. Elle est énorme. D'après ce que vous avez déclaré, elle a la taille d'une petite femme. Qu'est-ce qui vous a fait dire une chose pareille, monsieur Price ?

— Je ne suis pas aveugle, docteur. Je vois ce que je vois. Cette horreur faisait bien un mètre cinquante de long. On aurait dit qu'elle avait des antennes de télé sur la tête. Les facettes de ses yeux brillaient comme du plexiglas. Et sur son thorax — ils étaient bien plus gros que les doudounes de Gretchen. Mais ce qui m'a carrément fichu la trouille, c'est le bruit qu'elle faisait avec son appareil stridulatoire.

— Son quoi ?

— L'organe avec lequel elles émettent des sons. En général, l'oreille humaine ne les perçoit pas.

— Mais vous, vous avez entendu.

— Et comment !

— Et qu'avez-vous fait lorsque vous avez vu cette gigantesque fourmi ?

— J'ai bu un petit coup, je me suis levé tout doucement et me suis faufilé jusqu'au garage.

— Et la grosse fourmi vous a suivi ?

— Comme mon ombre. Sans cesser de striduler.

— Et alors ?

— Dans le garage, j'ai pris la hache...

— Oui ?

— Et je lui en ai assené deux bons coups.

— Ce sont là vos souvenirs ?

— C'est ce que je me rappelle.

— Vous ne vous souvenez de rien à propos de votre femme ?

— Je ne m'en souviens que trop bien. Mais je vous le répète, je ne l'ai pas revue depuis.

— C'est parce qu'elle est morte, monsieur Price.

— Ça s'est passé quand ? La dernière fois que je l'ai vue, elle était en pleine forme.

— Elle a été assassinée, monsieur Price. Dans des conditions atroces.

— Vous m'en direz tant. Et comment ?

— A coups de hache, monsieur Price.

The Carpenter Ant.
Traduction de Dominique Wattwiller.

PSEUDO-FLIC

par LAWRENCE TREAT

A mon avis, la chose la plus intéressante que j'aie apprise à l'École de Police durant les quelque huit jours où j'y suis resté inscrit, c'est qu'il vous faut comprendre l'esprit des malfaiteurs, et que les malfaiteurs sont stupides. Le lieutenant n'avait pas énoncé ces deux idées en même temps, mais maintenant cela me crevait les yeux.

Lorsque je quittai l'école peu de temps après le premier examen, je mis cap à l'ouest. Je crois bien que c'est le destin qui fit tomber en panne ma voiture à Bubblesburg, où habitait Maple.

Peut-être qu'habiter n'est pas à proprement parler le mot juste. Maple fonçait dans la vie en quelque sorte, sans trop regarder autour d'elle. Toutefois, de temps à autre, elle voyait quelque chose, et ce jour-là, ce qu'elle vit, ce fut moi. Je venais de prendre connaissance du devis pour la réparation de ma voiture et je titubais sous le choc quand Maple m'aperçut dans la rue.

Mais peut-être d'abord devrais-je expliquer à quoi Maple ressemblait. Elle était bien enveloppée pour sa taille, laquelle se posait un peu là, elle avait un cœur aussi gros qu'un melon, et un instinct de maternité encore plus développé.

— Petit homme, déclara-t-elle, tu as l'air malheureux.

— Effectivement, confirmai-je. J'ai fait plus de trois cents kilomètres et ma voiture est tombée en panne. Et tu sais où ? Juste devant un panneau d'interdiction de stationner.

— Ne te bile pas. Je vais l'enlever.

— Tu ne risques pas de te faire arrêter ?

— Par qui ? Le chef Prenderheim est mort la semaine dernière. Du coup il n'y a plus que moi.

— Toi ?

— J'étais son adjointe, seulement j'ai démissionné après sa mort. De toute façon, la ville ne me payait pas ; alors à quoi bon travailler pour des prunes ?

— Mais si tu étais son adjointe...

— Petit homme, coupa-t-elle, il ne me versait pas un salaire, mais me remettait 25 p. 100 de tout ce qu'il ne gagnait pas. Et maintenant qu'il n'est plus là pour ne plus rien gagner, je ne peux pas vraiment me débrouiller, n'est-ce pas ?

— 25 p. 100 de rien, arguai-je, c'est zéro.

— 25 p. 100 de ce qu'il ne gagnait pas, rétorqua-t-elle, c'était un sacré paquet.

Je compris alors. Comme je l'ai dit, il faut comprendre le cerveau des malfaiteurs. Maple était née avec, et feu le chef de la police devait également en être doté parce que ce qu'il ramassait, c'était plusieurs fois son salaire. Il touchait ça en arrêtant de temps à autre des inconnus pour excès de vitesse ou stationnement interdit, mais il les arrêtait surtout pour collusion sans certificat de mariage.

Vous pigez ? Combien de gens voyagent munis de leur certificat de mariage ? Donc, ce que faisait Wendell Prenderheim, feu le chef de la police de Bubblesburg, c'était frapper aux portes des motels et accuser les occupants de fornication, à tout le moins d'adultère. Et plutôt que de se faire tirer du lit au beau milieu de la nuit, ils crachaient d'ordinaire au bassinet. Cependant, Wendell détestait importuner les gens. Aussi, lorsque ceux-ci refusaient de casquer, il les laissait se rendormir.

Mais pour en revenir à ce que disait Maple, cela m'avait donné quelques idées de derrière la tête. Je me trouvais là avec une voiture en carafe, pas d'argent pour la réparer, et j'étais dans une ville sans police. Il leur fallait trouver quelqu'un rapidement, alors pourquoi pas moi ? J'avais gardé mon certificat d'inscription à l'École de Police et ma carte d'accès au pas de tir, ainsi que d'autres trucs. Si bien que, lorsque Maple me dit que le conseil municipal devait se réunir ce soir-là, mon esprit continua de tourner à plein régime.

Maple m'aida beaucoup. Non seulement elle m'appuya lors de la réunion du conseil, mais elle me donna aussi le pantalon du chef Prenderheim (après l'avoir repris de cinq centimètres), et puis elle me fournit le gîte.

Elle était propriétaire d'une maison — le rez-de-chaussée constituait la prison — qu'elle louait à la ville. La prison n'était pas merveilleuse, par rapport à d'autres, mais elle avait des barreaux aux fenêtres, une porte qui généralement fermait à clef, et elle contenait un lit. Ce fut là que je dormis à l'œil avant de découvrir que le lit de Maple était beaucoup plus confortable, et que Maple l'occupait par-dessus le marché.

***

J'obtins une nomination temporaire comme chef de la police et fis de Maple mon adjointe aux anciennes conditions. J'estimais avoir trouvé le bon filon car combien de crimes pouvaient-ils être commis dans une ville de la taille de Bubblesburg ? Guère... Mais le seul crime qui s'y perpétra fut un beau gâchis, et il eut lieu à la fin de ma première semaine.

J'arrivai à mon bureau vers les dix heures le vendredi matin. Si vous voulez savoir l'exacte vérité, le bureau n'avait rien de mirobolant : il ne s'agissait que d'un cagibi isolé par une cloison dans un angle de la caserne des pompiers. Je venais d'arriver quand Andy Klamus survint afin de signaler un crime. La principale raison pour laquelle Andy revendiquait la notoriété, c'est qu'il était allé un jour à un match de football professionnel et que la caméra de télé s'était arrêtée sur lui. Pendant près d'un quart de minute quelque dix millions de personnes avaient eu les yeux rivés sur Andy Klamus et rien d'autre. Il avait occupé le milieu de l'image et il s'imaginait que cela l'avait rendu célèbre, mais il n'avait jamais autrement fait preuve d'héroïsme avant le matin où il se rua dans la caserne pour clamer :

— Chef ! Vous savez la nouvelle ?

Quand les gens vous disent « Vous savez la nouvelle ? », vous êtes censé leur demander « Quoi donc ? », et ils peuvent alors vous annoncer ce qu'ils ont à dire. Mais je commis l'erreur de demander à Andy qui il était. Il me raconta alors qu'il était passé à la télé, qu'il avait agité les mains, qu'il avait collé par accident un coup de coude dans la figure de la fille assise à côté de lui, dont le petit ami avait protesté.

Je réussis à l'interrompre en demandant :

— Qu'est-ce que vous êtes venu me dire ?

— Rena s'est fait assassiner, répondit-il.

— Qui est Rena, où est-elle et qui est coupable ?

C'était trop pour lui, et je me rappelai soudain qu'un flic devait poser une seule question à la fois.

— Qui est Rena ? repris-je donc.

— Rena ? répéta Andy. Tout le monde connaît Rena. Rena Blakesly. Vous ne la connaissez pas ?

— C'est moi qui pose les questions. Maintenant dites-moi où elle habite.

— A Dakota Corners. C'est à quelques kilomètres d'ici. Elle est morte.

— Comment le savez-vous ?

— Parce que je l'ai vue quand j'ai déposé le lait dans la véranda. J'ai regardé à l'intérieur et elle était là. Morte. Alors j'en ai parlé à Papa, qui attendait dans le camion, et il m'a conduit directement ici. Vous êtes la première personne à qui j'en parle.

— Allons-y, dis-je et je sortis le premier. Puis je me rappelai que je n'avais pas de voiture et que celle de la police n'avait pas de batterie. Andy n'avait pas de voiture non plus, son père étant parti avec le camion. Si bien que, une fois dehors, je fis signe de s'arrêter à la première bagnole qui survint.

— Je réquisitionne ce véhicule, déclarai-je.

Je crois que le type était trop abruti pour comprendre la situation. Il ouvrit la bouche, fut incapable d'articuler quoi que ce soit, essaya derechef :

— Vous êtes givré ? lâcha-t-il avant de repartir.

Puis Hosea, le père d'Andy, revint au volant de son camion de laitier.

— Vous êtes le nouveau chef de la police ? me demanda-t-il.

J'opinai du bonnet et il m'examina comme s'il en eût plus ou moins douté.

— Vous n'en avez pas l'air, reprit-il finalement. Mais je crois que je ferais aussi bien de vous emmener là-bas. Je l'aurais bien fait tout de suite, seulement j'ai encore des livraisons à effectuer. Et quand quelqu'un se fait assassiner, y a pas de risques qu'il joue la fille de l'air, pas vrai ?

— C'est moi qui pose les questions, répliquai-je. Comment savez-vous qu'elle s'est fait assassiner ?

— C'est ce qu'a déclaré Andy après avoir regardé par la fenêtre. (Hosea réfléchit à ce qu'il venait de dire.) Et Andy est spécialiste en fenêtres. Il fait ça tous les soirs.

J'engrangeai la chose dans ma mémoire en vue d'une utilisation ultérieure. Andy était ce qu'on appelle un voyeur. Aussi décrétai-je que, chaque fois qu'on m'appellerait au milieu de la nuit pour me signaler un rôdeur, je pourrais penser à Andy.

Durant le trajet je fis un peu causer Hosea et réussis à lui soutirer quelques ragots sur la ville — des choses que la police doit connaître — et, lorsque nous arrivâmes chez la Blakesly, j'en avais tout un stock emmagasiné dans le cerveau.

Chez Rena, je m'approchai de la véranda et regardai à l'intérieur. Je vis aussitôt qu'elle avait traversé la pièce en rampant et s'était traînée jusqu'à une chaise. Je l'appelai à tue-tête et elle parvint à jeter un cri en retour, d'une voix expirante.

C'était une petite bonne femme filiforme, qui donnait l'impression d'avoir été trop cuite, à l'exception de ses yeux bleus de bébé. Mais pour le moment elle était toute ridée et parvenait tout juste à hoqueter.

— Porte, fit-elle. Clef... sous véranda.

Là-dessus elle se laissa aller en arrière et ferma les yeux.

Je farfouillai sous la véranda et récoltai quelques échardes dans les mains, mais je dénichai la clef et ouvris la porte.

Elle leva les yeux vers moi.

— Qu'est-ce qui s'est passé ? m'enquis-je.

— Je suis tombée, répondit-elle. J'ai trébuché dans l'escalier hier soir. Je crois que je me suis cassé la jambe.

Je réfléchis rapidement. Si elle était tombée dans l'escalier, non seulement elle n'avait pas été assassinée, mais elle n'avait même pas été agressée, et je n'avais pas la moindre affaire sur les bras.

— Je vais téléphoner pour appeler une ambulance, annonçai-je.

— La ligne est coupée, précisa-t-elle.

Je ne prends rien pour argent comptant, aussi décrochai-je le combiné pour essayer. Elle avait raison.

C'est alors que Hosea entra.

— Rena, dit-il. Qui a fait ça ?

— Moi, répondit-elle. Et cet abruti ici présent ne cesse de me poser des questions, alors que tout ce qu'il me faut, c'est une ambulance.

— Je vais retourner en ville et en appeler une,

dit Hosea. Ton téléphone est hors service. Je viens d'examiner les fils et ils ont dû être coupés.

Cela signifiait que j'avais malgré tout une affaire sur les bras, et j'agis en conséquence.

— Vous feriez bien de retourner en ville immédiatement et d'appeler une ambulance, enjoignis-je à Hosea. Je prends tout en main.

Il me décocha un drôle de regard et sortit.

J'avais suivi des cours de secourisme quand j'étais à l'école de police et je savais ce qu'il me fallait faire. Au lieu de déplacer Rena, je m'assis à côté d'elle, lui pris la main et tentai de la réconforter, pour peu qu'elle eût été en état de choc. Grâce à quoi elle parut reprendre un peu du poil de la bête.

— Qui êtes-vous ? me demanda-t-elle.

— Le nouveau chef de la police.

— Ah oui ? enchaîna-t-elle d'une voix plus vaillante. Et où avez-vous dégoté ce pantalon ?

— Il appartenait au chef Prenderheim, répondis-je. C'est un attribut de mes fonctions. Un avantage en nature, comme dirait l'autre.

— Je vois, mais dès que je serai sur pied, je vous achèterai un nouveau pantalon, ne serait-ce que pour la dignité de Bubblesburg.

Ce n'était pas exactement le genre de respect de l'autorité auquel je m'attendais, mais j'étais en présence d'une blessée et même si elle était cause de ce qui lui était arrivé, il me fallait avant tout lui faire boire quelque chose.

— Thé ou café ? m'enquis-je.

Malgré la douleur, elle éclata de rire. Elle avait du cran à revendre, mais rire dut la faire souffrir parce qu'elle se mit à gémir en esquissant une grimace de douleur.

— Thé, répondit-elle enfin.

Je trouvai la cuisine et mis de l'eau à bouillir. En attendant, je regardai autour de moi. Il y avait un escalier d'un côté de la salle de séjour et deux autres murs étaient percés chacun d'une porte. L'une d'elles menait à la cuisine et l'autre à une petite pièce où se trouvaient un poste de télévision ainsi qu'une commode. Au moment où j'y entrai, j'aperçus quelque chose par terre. C'était un billet de dix dollars, mais je n'en avais encore jamais vu comme ça. Pour commencer il était orange, et deuzio il était beaucoup plus grand que tous les billets de dix dollars que j'avais pu voir jusque-là.

Je le montrai à Rena.

Elle hoqueta de surprise.

— Ma collection ! s'exclama-t-elle. Ainsi, quelqu'un s'est donc bien introduit ici ! Je me disais aussi que j'avais entendu du bruit ! Voilà pourquoi je suis descendue. Oh ! Cette commode là-bas... Allez regarder s'il vous plaît !

J'obtempérai et ne vis que quelques tiroirs vides.

Lorsque je lui en fis part, elle émit un gémissement.

— Ça vaut des milliers de dollars ! s'écria-t-elle. Des billets... des pièces... qui remontent à la Révolution.

— Vous n'êtes pas assurée ? m'enquis-je.

— Ça me fait une belle jambe, l'assurance, répliqua-t-elle. Ils me rembourseront en argent d'aujourd'hui. Qu'est-ce que j'en ai à fiche ?

Il fallut le thé pour la ragaillardir, puis elle m'expliqua que les billets n'avaient plus cours et qu'il était illégal de posséder certaines des pièces, qui étaient en or. Je n'ai jamais été calé en finance et plusieurs des choses qu'elle me raconta m'échappèrent, mais je sais reconnaître un délit quand j'y suis confronté, et je lui résumai la situation.

— Quelqu'un vous a dévalisée, déclarai-je. On a coupé les fils du téléphone, on est entré par effraction et l'on a volé votre collection. La question est de savoir qui est coupable, et comment le coupable est entré.

Je me mis au travail, et, je vous le dis moi-même, personne n'aurait pu effectuer des investigations plus minutieuses. J'examinai les portes et les fenêtres pour y déceler des traces d'entrée par effraction, et vu qu'il n'y en avait pas j'en déduisis que Rena n'avait pas fermé ses portes à clef.

— Mais si ! m'assura-t-elle.

— En ce cas, dis-je, quelqu'un a utilisé la clef qui se trouvait sous la véranda, puis l'a remise en place.

— Personne ne pouvait raisonnablement savoir qu'elle était là, rétorqua-t-elle. Vous avez eu du mal à la trouver, n'est-ce pas ?

— Mais je ne suis pas un cambrioleur. Tout cambrioleur expérimenté regarde sous le paillasson, puis sous la véranda.

— Allons donc ! s'exclama-t-elle.

Je n'aime pas discuter avec les amateurs, aussi vaquai-je à mes occupations. Je me mis en quête d'empreintes digitales, et n'en trouvai point. Après quoi j'empruntai l'appareil-photo de Rena, et pris un cliché du salon, puis d'elle.

En attendant l'ambulance qui nous emmènerait à l'hôpital, où l'on pourrait enlever les échardes de mon doigt, je m'assis et réfléchis. Je me rappelai ce que le lieutenant de l'école de police avait dit sur l'imbécillité des criminels, et la chose la plus idiote que je pus imaginer, ce fut que le voleur de Rena essaie d'acheter quelque chose dans un magasin avec un billet de banque émis en 1920. Aussi, dès que l'hôpital m'eut libéré, avertis-je tous les services de police de l'État, leur expliquant que quelqu'un avait volé ces gros billets et leur enjoignant d'arrêter quiconque tenterait de les écouler.

J'eus mon homme dans l'après-midi. Arthur Lopes. Il était d'un petit gabarit, avec une tête comme un champignon et une moustache touffue, broussailleuse, beaucoup trop grosse pour lui. Apparemment il était entré dans une épicerie à Lafayette, qui est le chef-lieu du comté, et avait essayé de payer ses achats avec cet énorme billet de cinq dollars. Le commerçant avait eu des soupçons et appelé la police, qui avait rappliqué aussitôt et arrêté Lopes. Dès que je fus au courant, je me rendis là-bas en taxi, ramenai Lopes et le mis en cellule chez Maple.

Je ne voyais guère l'intérêt d'interroger Lopes à fond vu que lundi matin, quand le tribunal serait en session, il devrait comparaître devant le juge et que le *District Attorney* poserait les questions. Toutefois, la curiosité me fit demander à Lopes :

— Ce billet de cinq dollars. Tu savais qu'on le remarquerait, alors pourquoi t'en es-tu servi ?

— C'était tout ce que j'avais, répondit-il. Et si je n'avais pas payé, ç'aurait été du vol, pas vrai ?

***

Après l'avoir mis sous les verrous, je vaquai à quelques affaires personnelles, c'est-à-dire que je fis les boutiques pour trouver un pantalon qui m'aille. Ce que m'avait dit Rena à cet égard m'avait vexé, et je voulais que Bubblesburg soit fier de moi. Mais je ne pus trouver de pantalon de policier au Magasin des Plus Beaux Vêtements, aussi repartis-je pour le domicile de Maple. Je passai en chemin devant le garage où se trouvait la voiture de police, et demandai à Don, le responsable, de remplacer la batterie.

— Bien sûr, acquiesça-t-il. J'étais étonné que vous ne me l'ayez pas demandé plus tôt.

— Je n'y avais pas pensé, répliquai-je. (Puis, pour lui montrer qu'on ne me la faisait pas, j'ajoutai :) Et vous ?

Cela lui cloua le bec et il s'en fut à l'intérieur, là où il rangeait les batteries, puis en rapporta une. Je signai au nom de la ville, il posa la batterie et je retournai à la maison.

Je trouvai Maple dans le salon, allongée sur le canapé. Elle avait un bandage autour de la tête. Je m'assis à côté d'elle et lui pris la main.

— Maple, qu'est-ce qui s'est passé ?

— Il s'est échappé ! répondit-elle. Il est dangereux. Je ne sais pas ce qu'il va faire ! Peut-être tuer quelqu'un !

— Il a une arme ?

— Je n'en ai pas vu.

— Comment est-ce arrivé ?

— Je suis sotte et naïve, expliqua-t-elle en sanglotant. Il m'a dit avoir faim parce qu'il n'avait finalement pas pu manger les provisions qu'il avait achetées, du coup je suis allée à la cuisine pour lui chercher quelque chose à manger, seulement j'ai oublié de fermer à clef la porte de sa cellule. Il m'a suivie et m'a frappée à la tête. Ici. (Elle tendit le doigt vers son bandage.) Il est prêt à tout. Dieu seul sait ce qu'il est capable de faire maintenant !

Ce fut là que je me révélai à la hauteur de la situation et montrai de quoi j'étais fait.

— Moi, je le sais aussi, déclarai-je.

— Comment le sais-tu ?

— Parce qu'il est stupide. C'était stupide d'essayer de refiler ce billet, n'est-ce pas ? Donc, la prochaine chose qu'il va faire sera également stupide. Il va aller à la gare routière et tenter de prendre le prochain bus pour filer.

Maple se redressa brusquement.

— Tuons-le ! C'est un dangereux criminel et personne n'est en sécurité. Je viens avec toi et nous allons l'abattre tous les deux.

— Personne ne va abattre qui que ce soit, assurai-je, mais je serai armé à tout hasard.

— Nous serons armés tous les deux, renchérit Maple. Je vais me venger de lui, attends un peu.

Voilà le genre de femme que c'est. Elle est prête à abattre quelqu'un, quitte à en rester affligée le restant de sa vie. J'allai donc à l'armurerie du poste de police, et pris un fusil pour moi ainsi qu'un revolver pour Maple, seulement le sien n'était pas chargé. Ensuite nous nous rendîmes en voiture à la gare routière.

***

Lopes était là, en train de parler à quelques personnes, leur expliquant comment il s'était échappé, mais personne ne le croyait. Du moins personne ne le crut avant de nous voir arriver, moi avec mon pantalon de policier et armé d'un fusil, ainsi que Maple brandissant un pistolet, avec lequel elle essaya de tirer sur Lopes.

— Assassin ! hurla-t-elle. Meurtrier ! Tu ne mérites pas de vivre !

Lopes leva les mains et courut vers moi.

— Mettez-moi sous les verrous ! implora-t-il. Je vous en prie ! Éloignez de moi cette folle !

Pour Dieu sait quelle raison, cela refit démarrer Maple au quart de tour, et elle se jeta sur lui. Je tentai de la retenir, mais elle me renversa, me faisant carrément lâcher le fusil. En un clin d'œil Lopes s'en empara et le braqua sur elle, ce qui la fit s'immobiliser. Alors, Lopes me rendit le fusil.

— Ramenez-moi, dit-il. Il n'y a plus qu'un seul bus ce soir, et il ne va pas dans la bonne direction.

Cette fois-ci, je le bouclai pour de bon : je fermai la porte à double tour et plaçai une chaise contre la porte au cas où il eût fait une nouvelle tentative de fuite. Puis je montai voir Maple.

Elle était en pleurs.

— Je suis désolée ! J'ai perdu mon sang-froid. A la vérité, je devrais avoir pitié de lui. Relâche-le, s'il te plaît. Après tout, qu'a-t-il fait ? Il avait l'intention de payer les provisions qu'il avait achetées, quel mal y a-t-il à ça ? C'était bien un vrai billet de cinq dollars.

— Il était volé, précisai-je.

— Comment le sais-tu ?

— C'est ce qu'a dit Rena.

— Il l'a peut-être simplement ramassé dans la rue. Et le reste de la collection ? S'il l'a volé, où se trouve-t-il ?

— J'ai oublié de le lui demander, admis-je. J'essaierai de m'en souvenir demain matin.

***

Je me relevai plusieurs fois au cours de la nuit et descendis m'assurer que Lopes était toujours bien là. Je n'ai jamais vu un homme dormir mieux. Il ne ronflait même pas. A la vérité, il en aurait été incapable. Ou plus exactement je ne risquais pas d'entendre de ronflements, car ce que je regardais, c'était sa couverture supplémentaire fourrée sous la première afin de laisser croire à sa présence.

Voici ce que je réussis à reconstituer par la suite, après enquête : deux gosses avaient entendu dire que j'avais arrêté et mis quelqu'un en prison. Ils allèrent donc jeter un coup d'œil. Lopes était debout derrière la fenêtre à barreaux. Il leur dit bonjour et ils lui rendirent la politesse. C'était fantastique pour eux de parler à un véritable voleur. Il leur expliqua que Maple avait tenté de l'abattre, qu'il avait saisi un fusil pour se défendre, et ils avaient écouté, les yeux comme des soucoupes. Une fois qu'ils eurent sympathisé, il leur demanda s'ils pouvaient lui trouver une scie à métaux, et l'un des gosses répondit que son vieux en avait une.

— Pourquoi vous la voulez ?

— Pour m'échapper, répondit Lopes.

Le gosse pensa que, si Lopes avait réellement l'intention de s'échapper, il ne l'aurait pas dit, de sorte qu'il alla chercher la scie à métaux. Et comme c'était l'heure de dîner, le gosse rentra chez lui.

Il fallut environ une heure à Lopes pour scier les barreaux de fer, qui étaient un peu rouillés ; puis il confectionna son mannequin à l'aide des couvertures et se carapata.

L'une des choses que j'ai apprises à l'école de police, c'est que les criminels se conforment à un schéma routinier — ils font toujours la même chose de la même façon. Par conséquent, si Lopes avait essayé hier de prendre le bus pour quitter la ville, il tenterait la même chose aujourd'hui. Je me rendis donc en voiture à la gare routière, et l'y trouvai assis sur un banc, attendant qu'arrive le bus qui allait vers le nord.

Il ne vit pas d'inconvénient à se faire de nouveau arrêter — il y était habitué —, mais il paniqua à l'idée de revoir Maple.

— Ne me ramenez pas près de cette bonne femme ! Elle est folle ! Elle a essayé de me tuer !

— Elle n'a essayé qu'une fois, repartis-je, et tout le monde a droit à une seconde chance.

Il roula des yeux en boules de loto.

— Vous êtes fou vous aussi, déclara-t-il.

Je n'admets ça de la part de personne.

— Je vais te passer les menottes, lui dis-je, seulement mes menottes sont au bureau, et c'est donc là que nous allons.

Il me suivit de bonne grâce et je lui passai les menottes, mais je me trouvai pris dans un dilemme, car à quoi bon la prison, et comment le retenir à moins de l'attacher ? Cela dit, à quoi l'attacher ? Ce fut alors que j'eus mon trait de génie en avisant la voiture de pompiers.

Lopes ne pipa mot quand je lui enjoignis de s'asseoir au volant. Une fois qu'il fut installé, je déverrouillai les menottes et l'attachai au volant. J'estimai que cela l'empêcherait de s'échapper, et je retournai chez Maple. Une heure plus tard j'entendis une sirène et je me précipitai dehors. Là je vis Lopes descendant la rue au volant de la voiture de pompiers. Il roulait lentement et un groupe de gens hurlaient après lui. Je n'entendais pas ce qu'il leur criait en retour. Je courus derrière lui, mais il ne stoppa que devant le snack. Il freina alors brusquement et s'adressa à moi en braillant.

— Faites-moi descendre de là ! hurla-t-il. C'est un châtiment cruel, inhabituel et illogique aux termes de la Constitution !

— Tu as volé la voiture de pompiers, déclarai-je, et c'est un délit grave.

— J'ai faim, répliqua-t-il, et d'après la loi vous devez me nourrir.

Ma foi, là il n'avait pas tort, mais je me trouvais devant un nouveau dilemme, parce que le chef des sapeurs-pompiers s'avançait vers moi en m'accusant d'utilisation illégale de sa voiture de pompiers. Je le contrai en lui demandant s'il était normal que des pompiers laissent leur clef dans un endroit public, où n'importe qui pouvait s'en emparer, et il rétorqua qu'une clef de voiture était faite pour être sur le contact.

Je n'aime guère repenser à ce qui s'est passé ensuite. Je sentais le poids de l'opinion publique sur mes épaules et la foule me criait de détacher Lopes pour que les pompiers puissent récupérer leur véhicule au cas où un incendie se déclarerait. Seulement, je ne pus trouver la clef des menottes parce le pantalon du chef Prenderheim avait une poche percée.

Quelqu'un apporta à Lopes deux hamburgers ainsi que du café, et il trônait là sur le toit de la voiture comme un roi. Il ne lui était jamais arrivé que tant de gens lèvent les yeux vers lui, et il buvait leur admiration tout en avalant ses hamburgers. Aussi profitai-je de ce que la foule avait son attention fixée sur lui pour m'esquiver. Je me suis toujours dit que, dans tous les cas, il reste toujours une goutte au fond du seau.

La goutte s'avéra être Maple. Lorsque je lui parlai du trou dans ma poche, elle me tendit une clef.

— J'ai trouvé ça par terre tout à l'heure, dit-elle. C'est celle que tu cherches ?

C'était bien la clef et je regagnai en courant la

voiture de pompiers, mais quelqu'un avait déjà déniché une scie à métaux et sciait les menottes en deux. Je ne pipai mot. J'errai dans les parages en attendant que Lopes s'extraie de derrière le volant et redescende sur la terre ferme. Alors je retrouvai mon vieux Lopes inchangé. Stupide. Silencieux. Caché derrière sa grosse moustache.

***

Attendu que je n'avais plus de menottes et que la prison avait une fenêtre grande ouverte, je décidai d'emmener Lopes à Lafayette et de le faire incarcérer jusqu'à lundi matin, où il devait comparaître devant le juge. Lopes fut content d'échapper tout à la fois à Maple et à Bubblesburg. C'était faire d'une pierre deux coups. Il se fendit même d'un sourire lorsque je le remis au shérif de Lafayette et dis à ce dernier de le garder jusqu'au lundi matin.

— Il a tenté de s'échapper deux fois, expliquai-je, alors surveillez-le. Il n'a peut-être pas l'air dangereux, mais il est du genre taciturne.

— Je ne me proposais pas d'avoir une conversation avec lui, repartit le shérif. Pour quel motif est-il emprisonné ?

— Pour vol, répondis-je, ainsi que pour cambriolage avec effraction, plus conduite d'un véhicule de pompiers mettant en danger la sécurité publique.

— Ça paraît intéressant, avoua le shérif. Vous feriez bien de venir dans mon bureau afin de signer le registre.

Je m'attendais que ce fût là la fin de l'histoire. Je n'avais plus Lopes dans les pattes, j'avais réussi à le coller dans celles d'un autre type, et beaucoup de gens à Bubblesburg avaient fait connaissance avec moi, même si c'était dans des circonstances peu naturelles. Je décidai de sympathiser avec quelques personnes bien placées, et d'asseoir ma position en tant que chef de la police. Dès le soir j'avais réparé tous les dégâts causés à mon prestige, et les gens me plaignaient au lieu d'être furieux contre moi.

L'un dans l'autre, j'étais assez satisfait.

Le lendemain matin, j'étais toujours dans un état d'euphorie. J'allais être débarrassé de Lopes, et normalement aucun autre véritable délit n'entrerait dans les annales. En me rendant à Lafayette, je vis un agent de police fonçant en sens inverse. Il parlait dans son micro et me lança au passage un drôle de regard.

Je suppose qu'il s'adressait à moi, mais je ne savais comment faire fonctionner le radiotéléphone — il y avait trop de boutons sur le tableau de bord et je ne voulais pas appuyer sur le mauvais bouton. A vrai dire, je n'ai jamais beaucoup conduit et je n'ai même pas de permis. Au moment où le policier me croisa, je me contentai donc de lui adresser un signe de la main, pour lui montrer que j'étais plein de bonne volonté, même si nous ne pouvions nous parler.

Mais il y a toujours un revers de la médaille, et le revers s'avéra être le *District Attorney* adjoint chargé de l'affaire de Lopes. Il était jeune, habillé chic, l'air frais émoulu de la ville. Notre entrevue partit du mauvais pied.

Il attaqua en déclarant :

— J'ai eu un entretien avec Lopes ce matin. Il prétend avoir trouvé dans la rue un billet d'autrefois. Ce billet est parfaitement valable, et à moins que vous n'ayez la preuve qu'il l'a volé, je ne vois pas comment vous pourriez justifier une accusation de vol.

— S'il prétend l'avoir trouvé dans la rue, pourquoi ne l'a-t-il pas dit ?

— Parce que personne ne le lui a demandé.

— Il a tenté de s'échapper de prison.

— Je doute qu'il y ait eu une arrestation dans les règles. Lui avez-vous fait part de ses droits ?

— Ma foi, répondis-je, j'essayais de le protéger.

— Je suis au courant de cette histoire. Il déclare qu'une de vos bonnes amies l'a attaqué avec une arme à feu.

— Qui n'était pas chargée, répliquai-je. Et ce n'est pas ma bonne amie. Il se trouve seulement qu'elle disposait d'un bureau.

— Il déclare qu'elle l'a attaqué alors qu'il se rendait à la cuisine pour manger quelque chose. Il dit qu'elle l'a frappé et qu'il a dû se défendre en lui donnant un coup de poêle à frire.

— Il n'avait pas le droit d'aller à la cuisine, rétorquai-je tout en sachant que j'étais là sur un terrain glissant.

— Il dit qu'elle l'a attaqué quand il lui a posé des questions sur des billets qu'il avait vus dépasser de sa boîte à gâteaux. Je soupçonne fortement que ces billets appartiennent à la collection Blakesly. En outre, une femme comme cette Maple, qui a occupé les fontions d'adjointe, aurait pu servir de femme de ménage à Mme Blakesly et donc posséder une clef de la maison. J'ai téléphoné à Mme Blakesly à l'hôpital, et elle m'a dit que c'était effectivement le cas.

— J'espère qu'elle va mieux ? intervins-je.

— Elle ira beaucoup mieux s'il s'avère que sa collection se trouve dans cette boîte à gâteaux. J'ai envoyé un agent de police enquêter, et je ne plaide pas l'affaire avant d'avoir son rapport.

Dix minutes plus tard il eut des nouvelles, et le résultat final, c'est que Maple est en prison, que j'ai écopé d'une amende de dix dollars pour conduite sans permis, et que Bubblesburg a un nouveau chef de la police — qui s'appelle Lopes.

Cop goes the weasel.
Traduction de Jean-Bernard Piat.

LA BALADEUSE

par EDWARD WELLEN

Dans la cabine téléphonique au coin de la rue, la femme fouilla à l'intérieur de son sac, d'où elle extirpa d'abord l'encadré qu'elle avait découpé dans le journal du matin, puis une pièce de monnaie. Elle entendit tinter l'appareil quand il engloutit la pièce, puis perçut la tonalité. Son regard allant de la coupure au cadran, elle composa le numéro indiqué dans l'article.

Elle eut d'abord droit à un enregistrement l'informant que la ligne était submergée d'appels et la priant de patienter quelques instants, la communication serait établie dès que possible.

Anxieuse, elle lut de nouveau l'article. Il s'agissait d'une lampe du type baladeuse, qui était susceptible de causer un accident mortel parce que la matière plastique, extrêmement souple, qui avait été utilisée pour assurer l'isolement de la poignée au-dessous de la douille, se détériorait trop facilement. En conséquence de quoi, l'utilisateur — même là, le phallocrate se manifestait, pensa la femme — risquait de s'électrocuter.

Le Syndicat de Défense des Consommateurs avait mené une enquête à la suite de plusieurs décès ainsi causés, et demandé que les lampes défectueuses soient retirées de la vente.

Une voix légèrement excédée mais qui demeurait d'une froide politesse se manifesta à l'autre bout du fil :

— Syndicat de Défense des Consommateurs, Miss Hart à l'appareil. Puis-je vous être utile ?

Dans la cabine téléphonique, la femme parvint à maîtriser sa nervosité :

— Je l'espère, dit-elle. C'est au sujet de la baladeuse... C'est bien ces lampes dont l'ampoule est protégée par un grillage et que l'on tient à la main, au bout d'un long fil ?

— Oui, parfaitement. Je suis heureuse que vous ayez vu notre avertissement aux utilisateurs. Nous avons demandé que ce modèle soit retiré de la vente, mais il est impossible de joindre tous les commerçants qui peuvent en détenir, surtout les petits détaillants bien sûr. Si vous avez acheté une de ces lampes, retournez chez le commerçant qui vous l'a vendue et demandez-lui de contrôler son numéro.

— Oui mais, justement, mon mari l'a achetée au cours d'un déplacement et j'ignore où. Avec les enfants à la maison, je ne voudrais pas courir de risques. Seulement, je ne veux pas non plus la jeter sans être sûre que c'est le modèle défectueux sans quoi j'ai pas fini d'en entendre quand mon mari rentrera !

— Je peux vous donner le numéro du modèle. Avez-vous de quoi écrire ?

— Attendez une seconde... Oui, voilà.

— Le fabricant est Lite-Way Electric Corporation et le numéro du modèle 124C.

Dans la cabine, la femme répéta à haute voix le renseignement tandis qu'elle en prenait note :

— Lite-Way Electric Corporation... 124C.

— Oui, c'est bien ça.

— Merci infiniment, Miss Hart.

— A votre service.

La femme raccrocha le combiné. Elle regarda la petite vitrine poussiéreuse de la quincaillerie située de l'autre côté de la rue tout en fouillant de nouveau dans son sac. Elle en sortit d'abord le billet de dix dollars dissimulé sous la doublure déchirée, puis son poudrier.

Elle promena soigneusement la houpette sur la meurtrissure qui soulignait son œil droit, rangea le poudrier, relut les précisions fournies par Miss Hart puis, sortant de la cabine, elle traversa la rue en direction de la quincaillerie.

Trouble light.

Traduction de Maurice B. Endrèbe.

Table

Dans Le Livre de Poche policier

Extraits du catalogue

Astafiev *Victor*
Triste polar

Bachellerie
L'Ile aux muettes

Baudou *Jacques* (Sous la direction de)
Mystères 88
Anthologie du mystère

Borniche *Roger*
Vol d'un nid de bijoux
L'Affaire de la môme Moineau
Le Coréen

Chaplin *Michael*
Ballade pour un traître

Christie *Agatha*
Le Meurtre de Roger Ackroyd
Dix Petits Nègres
Les Vacances d'Hercule Poirot
Le Crime du golf
Le Vallon
Le Noël d'Hercule Poirot
Le Crime de l'Orient-Express
A.B.C. contre Poirot
Cartes sur table
Meurtre en Mésopotamie
Cinq Petits Cochons
Meurtre au champagne
Les Sept Cadrans
L'Affaire Prothero
Mister Brown
Le Couteau sur la nuque
La Mort dans les nuages
Cinq heures vingt-cinq
Mort sur le Nil
Je ne suis pas coupable
Un cadavre dans la bibliothèque
Pourquoi pas Evans ?
L'Heure zéro
Un, deux, trois
N. ou M. ?
Rendez-vous à Bagdad
Une poignée de seigle
La Maison biscornue
Le Train de 16 heures 50
Le Major parlait trop
Le Flux et le reflux
Témoin à charge
Les Indiscrétions d'Hercule Poirot
Drame en trois actes
Poirot joue le jeu
Les Pendules
Le Crime est notre affaire
Miss Marple au Club du mardi
Le Club du mardi continue
Rendez-vous avec la mort
Un meurtre sera commis le...
Trois souris...
Le Miroir se brisa
Le Retour d'Hercule Poirot
Le Chat et les Pigeons
Le Cheval pâle
La Nuit qui ne finit pas
Jeux de glaces
Allô, Hercule Poirot
Le Cheval à bascule
Pension Vanilos
Un meurtre est-il facile ?
Mrs Mac Ginty est morte
Le Mystère de Listerdale
Destination inconnue
Témoin indésirable
Némésis
La Dernière Enigme

Coatmeur *Jean-François*
Les Sirènes de minuit

Delacorta
Vida
Lola
Rock

Dickinson *Peter*
L'Oracle empoisonné

Doyle *Sir Arthur Conan*
Sherlock Holmes : Étude en Rouge
suivi de Le Signe des Quatre
Les Aventures de Sherlock Holmes
Souvenirs de Sherlock Holmes
Résurrection de Sherlock Holmes
La Vallée de la peur
Archives sur Sherlock Holmes
Le Chien des Baskerville
Son dernier coup d'archet

Doyle *Sir A. Conan* et **Carr** *J.D.*
Les Exploits de Sherlock Holmes

Ellin *Stanley*
Miroir, miroir dis-moi

Exbrayat *Charles*
Chant funèbre pour un gitan
L'inspecteur mourra seul
Quel gâchis, inspecteur
Les Menteuses
La Honte de la famille
Encore vous, Imogène !
Deux enfants tristes
Quand Mario reviendra
Le Petit Fantôme de Canterbury
Avanti la mùsica !
Cet imbécile de Ludovic
Aimez-vous la pizza ?
Le plus beau des Bersagliers
Les Douceurs provinciales

Goodis *David*
La Lune dans le caniveau
Cassidy's girl
La Garce
Descente aux enfers

Hitchcock *Alfred* présente :
Histoires à ne pas lire la nuit
Histoires à faire peur
Histoires diablement habiles
Histoires à n'en pas revenir
Histoires macabres
Histoires angoissantes
Histoires piégées
Histoires riches en surprises
Histoires de mort et d'humour
Histoires troublantes
Histoires noires
Histoires médusantes
Histoires qui défrisent
Histoires à sang pour sang
Histoires pour tuer le temps
Histoires explosives
Histoires déroutantes
Histoires à corps et à crimes
Histoires avec pleurs et couronnes
Histoires à risques et périls

Irish *William*
Alibi noir
Rendez-vous mortel

James *P.D.*
La Proie pour l'ombre
L'Ile des morts
Meurtre dans un fauteuil
La Meurtrière
Un certain goût pour la mort
Sans les mains
Une folie meurtrière
Meurtres en blouse blanche

Jaouen *Hervé*
La Mariée rouge
Histoires d'ombres

Leblanc *Maurice*
Arsène Lupin, gentleman cambrioleur
Arsène Lupin contre Herlock Sholmès
La Comtesse de Cagliostro
L'Aiguille creuse
Les Confidences d'Arsène Lupin
Le Bouchon de cristal
813
Les 8 Coups de l'horloge
La Demoiselle aux yeux verts
La Barre-y-va
Le Triangle d'Or
L'Ile aux 30 cercueils
Les Dents du Tigre
La Demeure mystérieuse
L'Éclat d'obus
L'Agence Barnett et Cie
La Femme aux deux sourires
Les Trois Yeux
Le Formidable événement
Dorothée, danseuse de corde
Victor de la Brigade mondaine
La Cagliostro se venge

Leonard *Elmore*
La Loi de la cité
Un drôle de pèlerin
Gold Coast
La Brava
Bandits

Leroux *Gaston*
Le fantôme de l'Opéra
Le Mystère de la chambre jaune
Le Parfum de la dame en noir
Le Fauteuil hanté

Lovesey *Peter*
Trois flics dans un canot
À chacun son Dew

Mcdonald *Gregory*
Flynn joue et gagne
Flynn se fâche
Flynn s'amuse

McGivern
Une question d'honneur

Millar *Margaret*
Un étranger dans ma tombe
D'entre les morts

Rendell *Ruth*
L'Analphabète
Le Lac des ténèbres
Fantasmes
La Danse de Salomé
Son âme au diable
Ces choses-là ne se font pas
La Banque ferme à midi
Le Jeune Homme et la mort

Reouven *René*
L'Assassin du boulevard
La Banque ferme à midi
La Raison du meilleur est toujours la plus forte

Steeman *Stanislas-André*
L'assassin habite au 21

Thomson *June*
Le Crime de Hollowfield
Champignons vénéneux
Claire... et ses ombres
La Mariette est de sortie

Topin *Tito*
Un gros besoin d'amour

Traver *Robert*
Autopsie d'un meurtre

Vachss *Andrew*
Flood

Vickers *Roy*
Service des affaires classées 1 - Un si beau crime
Service des affaires classées 2 - L'ennemi intime
Service des affaires classées 3 - Le Cercle fermé
Service des affaires classées 4 - Le Mort au bras levé

Wambaugh *Joseph*
Soleils noirs
Le Crépuscule des flics

Composition réalisée par C.M.L., Montrouge

IMPRIMÉ EN FRANCE PAR BRODARD ET TAUPIN
Usine de La Flèche (Sarthe).
LIBRAIRIE GÉNÉRALE FRANÇAISE - 6, rue Pierre-Sarrazin - 75006 Paris.

ISBN : 2 - 253 - 05574 - 3 30/6926/7